Cómo seducir
a un duque

books4pocket

Kathryn Caskie

Cómo seducir
a un duque

Traducción de Claudia Viñas Donoso

EDICIONES URANO
Argentina - Chile - Colombia - España
Estados Unidos - México - Perú - Uruguay - Venezuela

Título original: *How to Seduce a Duke*
Editor original: Avon Books, An Imprint of HarperCollinsPublishers,
Nueva York
Traducción: Claudia Viñas Donoso

1ª edición en **books4pocket** febrero 2015

Impreso por Novoprint, S.A.
Energía 53
Sant Andreu de la Barca (Barcelona)

Fotocomposición: Moelmo, S.C.P.

ISBN: 978-84-15870-52-4
Depósito legal: B-25.350-2014

Código Bic: FRH
Código Bisac: FIC027050

Impreso en España – *Printed in Spain*

Para Jenny Bent, cuya fe en mí nunca flaqueó

Agradecimientos

Son varias las personas con las que tengo una deuda de gratitud por ayudarme a dar vida a esta historia:

Mi maravillosa editora en Avon Books, Lucia Macro, que tal vez no sabe cuánto me animaban sus graciosísimos e-mails diarios cuando la última línea me parecía estar a kilómetros de distancia.

Jenny Bent, mi increíble agente, que superó con mucho la llamada del deber para ayudarme a entregar este libro a tiempo.

Mi sorprendente ayudante de investigación, Franzeca Drouin, que siempre iba un paso por delante de mí.

La experta en el periodo de la Regencia, Nancy Mayer, y también las doctas señoras de Beau Monde, en especial las escritoras Diane Perkins, Dee Hendrickson, Gaelen Foley y Tonda Fuller, que siempre estaban dispuestas y sabían contestar mis preguntas de último momento sobre detalles complejos del periodo.

Mi amiga y colega escritora Sophia Nash, que me animó a lo largo de toda la escritura de esta novela, entre otras cosas organizando un muy vigorizador día en un balneario cuando se acercaba la fecha de entrega.

Mis hermanas Lisa Sellers y Jenny Byers, y también mis dos princesas (ya en edad para leer mis novelas), que podrían ver atisbos de sí mismas entre estas páginas.

Y a mi marido, por demostrarme que sí existen los héroes cotidianos.

Gracias a todos.

Capítulo 1

Berkeley Square, Londres
Mayo de 1814

Bajo el velo azul de la noche, tres estatuas humanas estaban agachadas detrás de una espinosa cortina de acebos, y cuando hablaban, lo hacían en suavísimos susurros.

Mary, la mayor de las trillizas Royle, apuntó con su índice muy blanqueado con polvos hacia un espacio entre las ramas.

—Ahí está. ¿Lo veis? Es el caballero que está delante de la fuente. ¿No es exquisito?

—Yo sólo veo la parte de atrás de tu cabeza —susurró Anne, su hermana menor, que no encontraba tan entretenida esa aventura como ella.

Desde el instante mismo en que salieron de la casa de su tía abuela Prudence, no había hecho otra cosa que protestar y quejarse de la estupidez de entrar furtivamente en la fiesta en el jardín de la casa vecina.

Pero, en su opinión, era absolutamente lógico estar escondida ahí detrás del seto. Ellas no estaban invitadas a la fiesta de esa noche, pero él sí.

¿Qué otra cosa debía hacer? ¿Estar sentada de brazos cruzados en su dormitorio mientras él se paseaba por los jardines a sólo unas yardas de distancia? No, de ninguna manera podría haber dejado pasar una oportunidad como ésa.

Hasta esa noche sólo había visto al vizconde cinco veces, y de pasada. Y aunque era excelente para juzgar el carácter de las personas, lo decía todo el mundo, tuvo que conceder que necesitaba más tiempo para hacerse una buena idea de él, para estar segura. Porque era una joven muy decidida, y una vez que tomaba una decisión, no la cambiaba jamás. Jamás.

Poder observarlo desde detrás del seto de acebos, así oculta, le permitiría confirmar su primera opinión sobre él, aun cuando en su corazón ya sabía que su percepción era la correcta. Él era exactamente lo que parecía ser, absolutamente perfecto.

Resoplando ofendida, Anne le dio un fuerte empujón en el hombro para apartarla.

Mary giró bruscamente la cabeza y le hizo una mueca. Le había llevado dos horas completas conseguir el efecto mármol.

—No tienes por qué impacientarte. Me haré a un lado si me quitas la mano del hombro con cuidado.

Anne levantó poco a poco un dedo tras otro y luego quitó la palma húmeda del hombro empolvado.

Mary se miró el hombro para ver el daño hecho a su perfecto acabado blanco.

—¡Lo sabía! Me has removido el polvo. Me has dejado las huellas de tus dedos por todas partes.

Elizabeth, la menor de las trillizas, por casi diez minutos, según su padre, agitó furiosa sus pestañas empolvadas.

—¿Vais a hacer el favor de bajar el volumen de vuestros chillidos? ¿Y si nos pillan? Nuestra familia quedará deshonrada. ¿Es que sólo soy yo la que toma en consideración eso?

—Está oscuro, Lizzie, nadie nos verá aquí —dijo Anne, pisándose el bajo del vestido al intentar incorporarse, y haciendo volar una nube de polvo blanco.

—Anne tiene razón —dijo Mary, asomando la cabeza por el borde del arbusto—. Pero desde aquí no vemos ni oímos nada de lo que ocurre. Yo diría que tenemos que acercarnos más.

Diciendo eso se giró a hacerles una señal a sus dos hermanas. Entonces vio la mirada que intercambiaron entre ellas. Ah, no, no iban a dar marcha atrás. Tenían que seguir con ella. Al fin y al cabo se lo habían prometido.

—Ni se os ocurra marcharos. Éste era el plan, ¿o lo habéis olvidado? Vestirnos de blanco, empolvarnos, entrar en el jardín y hacernos pasar por estatuas.

Elizabeth emitió un bufido.

—Y como dije yo en la casa, tu plan es una locura. Aunque he de reconocer que a la luz de la luna nuestro aspecto marmóreo es perfecto. El efecto es francamente increíble.

Anne se estremeció y se miró el reluciente brazo blanco.

—¿Qué otra cosa contiene este polvo? Me siento como si me subieran hormigas por toda la piel. Buen Dios, Mary, no sé cómo lograste convencernos para hacer esto. ¿Y por qué?, porque estás encaprichada con un gallardo soldado. Coincido con Lizzie, esto es una locura.

—Hay un océano de diferencia entre un simple soldado y un héroe de la guerra. ¿No os he dicho que le acaba de otorgar un vizcondado el propio príncipe regente? Ha sido un buen premio por su valor en las batallas. —Un movimiento captó su atención—. Oh, no, se marcha. Vamos, tenemos que darle alcance. Supongo que va hacia la parte de césped.

Elizabeth agitó la cabeza con vehemencia.

—Lo único que voy a hacer es volver a saltar por el muro y luego darme un buen baño para eliminar de mi persona esta capa de polvo blanco.

Se incorporó y le tendió la mano a Anne para ayudarla a ponerse de pie.

—Por favor —suplicó Mary—. No os marchéis hasta después de haberlo visto por lo menos. Me voy a casar con él, ¿sabéis? —concluyó, haciendo un firme gesto de asentimiento.

—Eso has dicho —dijo Anne, quitándose las hojas secas de acebo de la parte de las rodillas de su níveo vestido—. Pero no necesitas casarte con ese hombre sólo para asegurarte el futuro. Tenemos toda la temporada y más para encontrar las pruebas que necesitamos.

Le tocó a Mary emitir un bufido.

—No pienso dejar en suspenso mi vida por una posibilidad tan tenue. Soy realista en cuanto a nuestras perspectivas, y también deberíais serlo vosotras. —Vio que el vizconde se llevaba una copa a los labios, vio brillar el cristal de la copa a la luz de la luna y dejó escapar un suspiro—. Comenzando por ese caballero, ese hermoso caballero.

—Ah, muy bien, enséñamelo. —Anne se puso de puntillas y asomó la cabeza por encima del seto—. ¿Cuál es?

Mary miró con más atención y vio que ya eran dos los hombres que estaban ahí. Pero mientras su vizconde, porque ya pensaba en él así, «su vizconde», tenía el pelo dorado, el otro lo tenía negro como azabache, y lo sobrepasaba en altura por una cabeza al menos.

—Bueno, desde luego no es ese corpulento gigante. Mis gustos son mucho más refinados.

Echó a andar por detrás del seto, haciéndoles un gesto a sus hermanas para que la siguieran; éstas avanzaron, aunque de mala gana. Se detuvo cuando estaba a sólo unos veinte pasos de los dos caballeros.

—Ése es, el que lleva el bastón —les susurró, asomándose por arriba del seto—. ¿Qué os dije? Ese semblante de rasgos tan aristocráticos indica buena crianza.

—¡Oh, santo cielo, Mary! —masculló Elizabeth, con los ojos agrandados.

Pero su hermana estaba tan absorta admirando al vizconde que no le hizo caso.

—¡Mary! —dijo Anne—. Nos ha oído. Viene... viene hacia nosotras, el grande.

—No te preocupes de ella, Anne —susurró Elizabeth—. Simplemente corre.

Con el rabillo del ojo, Mary vio desaparecer a Elizabeth en la oscuridad y a Anne corriendo tras ella, saltando torpemente por encima de zarcillos y chocando con ramas caídas.

Volvió a mirar hacia los dos hombres.

Ay, no. Sólo quedaba uno junto a la fuente, y el otro, el gigante moreno, que parecía una sombra, acababa de pasar por un hueco entre el seto y venía caminando hacia ella.

No tenía tiempo para huir.

Buen Dios, no tenía tiempo para esconderse.

Así pues, siendo una estatua con el blanco algo estropeado, se colocó de espaldas al seto, juntó las manos delante y trató de parecer una estatua de verdad elegantemente tallada en un trozo de mármol.

No bien había cerrado los ojos cuando oyó sus pasos cerca y al instante siguiente percibió que él se había detenido delante de ella.

«No te muevas. No respires.»

Lo oyó emitir una risita ronca.

—Un lugar condenadamente raro para poner una estatua —musitó, como hablando consigo mismo—. ¡Quinn! —gritó—, hay una estatua aquí detrás del seto. ¿La has visto? Es bastante bonita en realidad. Deberías examinarle el perfil, es extraordinario el detalle. Muy realista.

—No la he visto —llegó la suave voz del vizconde desde la distancia—. Debe de ser una de las recientes adquisiciones de lord Underwood.

—No, esta estatua no tiene... mmm, la pátina de la antigüedad. Ven a verla.

El caballero que tenía delante no se movió y ella tuvo la clara impresión de que la estaba examinando, con mucho detenimiento. De hecho, estaba tan cerca que sentía el calor de su aliento en la piel, y eso la hacía estremecerse por dentro.

Vamos, fatalidad. No podría soportar eso mucho tiempo más. ¿Por qué no se marchaba?

Aunque estaba bastante oscuro detrás del seto, aparte de unos pocos hilos de luz de luna que caían desde arriba, era más que posible que su disfraz no lo engañara.

Tenía que ver qué estaba ocurriendo. Tenía que arriesgarse.

Lentamente abrió un poco los párpados, miró por entre sus pestañas empolvadas, y vio una enorme mano alargándose hacia ella como para ahuecarse sobre uno de sus pechos.

Santo cielo, no iba a..., buen Dios, sí que tenía la intención de tocarle un...

Abrió del todo los ojos, echó atrás la mano para darse impulso y la estampó con toda su fuerza en la mejilla del hombre.

—¡Cómo se atreve, señor!

Jamás en su vida había visto tal expresión de espanto y absoluta sorpresa en una cara. Boquiabierto, él apartó la mano y con ella se tocó la marca blanca por los polvos que ella le había dejado en la mejilla izquierda.

—Le ruego me perdone, señorita. Creí que era una...

—¡No! Sabía que no lo era. Quería jugar conmigo. ¡Depravado sinvergüenza!

Entonces oyó una carcajada detrás de ella. Era evidente que el vizconde había llegado caminando con su bastón hasta el seto. Se quedó inmóvil.

—Hasta una estatua de jardín sabe que eres un bribón, Rogan. Te juro que ya deberías tener muy claro que no tienes manera de escapar de tu reputación, hermano, por mucho que lo intentes.

Buen Dios, el vizconde estaba justo detrás de ella.

De ninguna manera podría haber resultado más desastrosa esa noche. De ninguna.

Giró la cabeza para ocultar bien la cara; no podía permitir que el vizconde le viera la cara porque podría reconocerla, seguro.

Sintiendo retumbar fuerte el corazón en el pecho, dado que no tenía otra opción ni ninguna explicación que dar sobre su estrafalaria apariencia, apartó de un empujón al hombre de pelo negro ébano y, teniendo despejado el sendero, pasó corriendo por su lado y se adentró en la oscuridad de la noche.

La mirada del vizconde siguió a la fantasmagórica figura femenina hasta que desapareció en la oscuridad.

—Que me cuelguen. ¿Quién era?

Su hermano arqueó una ceja, divertido, al tiempo que se friccionaba la dolorida mejilla empolvada.

—Por mi honor, te juro que no tengo la menor idea. Pero no te quepa duda de que tengo toda la intención de descubrirlo.

* * *

Por desgracia, en su precipitación, Mary tomó la dirección exactamente opuesta a la que debía tomar, que era justo hacia el muro de separación con la casa del lado, por lo tanto se vio obligada a recorrer la parte de atrás de seis casas de ciudad, con sus jardines, establos y muros cubiertos de hiedra, hasta por fin entrar en un estrecho callejón que llevaba de vuelta a Berkeley Square y a la casa de su tía abuela, donde estaba alojada con sus hermanas para pasar la temporada.

Cuando entró en la casa y cerró la puerta, vació los pulmones en un largo resoplido de alivio. Estaba en casa por fin, y, afortunadamente, bastante segura de que el vizconde no le había visto la cara.

Y en el caso de que se la hubiera visto un breve instante, con su cuerpo y pelo negro cubierto por una gruesa capa de pasta de harina y polvos, no la habría reconocido como a la mujer a la que saludaba tocándose el ala del sombrero en Hyde Park cada martes cuando iba cabalgando a la hora del paseo de los elegantes.

Al menos esperaba que no.

La parpadeante luz del fuego del hogar iluminaba la puerta abierta del salón, así que allí se dirigió, segura de que encontraría al menos a una de sus hermanas.

Elizabeth estaba sentada en una banqueta junto al hogar cepillándose el brillante pelo cobrizo recién lavado para secárselo.

—Has llegado —dijo.

Mary paseó la mirada por la sala en penumbra.

—La tía Prudence sigue durmiendo, ¿no? —susurró.

—Sabes la respuesta a eso. ¿Qué otra cosa podría estar haciendo nuestra anciana tía a esta hora tan avanzada de la noche, o a cualquier hora de la mañana, o de la tarde? —Se pasó la larga mata de pelo por encima del hombro, haciendo chisporrotear el fuego con las gotitas de agua que arrojó—. Estábamos muy preocupadas temiendo que te hubieran pillado.

—Tan preocupadas no estabais. Me abandonasteis.

Elizabeth bajó los ojos y clavó la mirada en el suelo.

—Sí, bueno, lamentamos terriblemente eso. —Levantó la vista y sonrió—. Pero todo está bien. Has vuelto a casa. No ocurrió nada malo.

Mary se cruzó de brazos y no contestó.

—¿No te... no te... apresaron?

—No, pero casi. El grande casi me cogió.

Recordó la expresión de asombro en la cara del patán cuando ella le dio la bofetada, y se rió para su coleto. Se la merecía. Si no lo hubiera detenido, le habría...

Anne apareció en la puerta del salón, en camisón de dormir y con el aspecto de acabar de salir de la bañera.

—¡Oh, Mary, has vuelto sana y salva, por suerte! —exclamó, corriendo a abrazarla. Al ver que continuaba marmórea con su capa de pasta y polvo, cambió de opinión en el último instante y se detuvo—. ¿Por qué has tardado tanto en volver? ¿Qué te ocurrió?

—Nada. Simplemente me equivoqué y eché a correr en la dirección opuesta, así que tuve que encontrar el camino hasta aquí por la parte de atrás de las casas. —Sólo entonces se fijó en que Anne tenía la cara, el cuello y las manos, toda la piel que se le veía, roja como si se la hubieran marcado con un hierro candente—. La pregunta debería ser, ¿qué te pasó a ti?

Anne le arrebató el cepillo a Elizabeth y se lo pasó por el pelo dorado mojado.

—El polvo —arqueó una ceja, enfadada—. Te dije que picaba. Por qué me dejé convencer por ti de disfrazarme de estatua no lo sabré jamás.

—Yo sólo quería que vierais al hombre con el que me voy a casar al final de la temporada, y esta noche iba a estar en la casa vecina. Estáis de acuerdo conmigo, ¿verdad? —añadió, sonriendo de oreja a oreja—. Es perfecto en todo lo que importa. —Fue hasta el sofá, pero antes que se sentara Elizabeth le hizo un gesto para que se alejara, no fuera a estropear los cojines de seda con el vestido empolvado—. No tengo mucho tiempo así que naturalmente voy a necesitar vuestra ayuda para conseguir que me proponga matrimonio.

Anne negó con la cabeza.

—No me atrevo ni a preguntarte en qué consiste tu idea de ayuda. —Poniendo el cepillo en la mano de Elizabeth, atravesó el salón, abrió la caja forrada en piel que contenía los documentos de su difunto padre y sacó varios papeles—. Además, una vez que demostremos que la información contenida en estas cartas...

—Para —dijo Mary, levantando una mano—. Ni siquiera sabemos por dónde empezar. Demostrar algo será imposible, dadas las limitaciones de tiempo y dinero que tenemos.

Elizabeth fue a situarse a un lado de Anne junto a la caja.

—Aquí hay muchísima información y un buen número de buenas pistas. Nuestro padre guardó estas cartas para nosotras justamente por ese motivo, para demostrar quiénes somos.

Bufando de frustración, Mary atravesó la sala y cerró de un golpe la caja.

—Nuestro padre no guardó estos documentos aquí para nosotras, sino para ocultarlos de nosotras, de todos. Si hubiera sabido que su muerte estaba tan próxima, estoy segura de que habría destruido esta caja y su contenido.

—Estoy en absoluto desacuerdo —rebatió Anne—. Si hubiera sido ésa su intención podría haber quemado todo esto, pero no lo quemó, ¿verdad? Ésta era su seguridad de que algún día las nenitas bebés que rescató encontrarían su destino.

Cogiendo la orilla de su camisón entre sus dedos hinchados y rojos, y con expresión de bastante molestia, limpió las marcas de polvo blanco que había dejado Mary en la caja.

Ésta clavó en su hermana una dura mirada.

—Sólo por continuar la discusión, digamos que somos las niñas mencionadas en estas cartas, e incluso avancemos otro poco y supongamos que todas estas cartas son auténticas. ¿Creéis que esas personas que se esforzaron tanto para borrarnos del mapa nos permitirían aparecer de repente en la sociedad de Londres con diademas de diamantes?

Elizabeth agitó la cabeza ante esa ridiculez.

—No seas boba, Mary. No llevaríamos diademas. Qué idea más ridícula. Hay que estar casada para llevar diadema. ¿No es así, Anne?

Mary gruñó de frustración.

—No has entendido nada de lo que he dicho. Esta empresa vuestra podría ser muy peligrosa si estas cartas son auténticas. Muy peligrosa. Si no, descubrir la verdad acerca de nuestro nacimiento no sería otra cosa que una colosal pérdida de tiempo y dinero.

Anne alzó su delicado mentón y, curvando los labios en una maliciosa y satisfecha sonrisa, dijo a Elizabeth:

—Eso es, Lizzie. Ésa es la verdad de la resistencia de Mary.

Elizabeth la miró sin entender.

Anne exhaló un suspiro.

—¿Es que no lo ves? Nuestra tacaña y siempre frugal Mary no desea gastar ni un cuarto de penique en investigar las circunstancias de nuestro nacimiento.

Elizabeth bajó la mirada a sus manos, cuyos dedos estaban tan firmemente entrelazados como las ramitas de un nido.

—Es una tarea hercúlea, sin duda, Mary —dijo; entonces levantó la vista y la miró con sus grandes ojos verdes—. Pero intentarlo... se lo debemos a nuestro padre y a nosotras mismas.

Mary elevó las manos al cielo y luego las bajó con fuerza a los costados, haciendo elevarse por el aire dos nubes iguales del polvo del vestido.

—Muy bien, pues, sea. Vosotras podéis hacer lo que queráis, pero yo pienso usar mis recursos con lógica.

—Somos ricas, Mary —bufó Anne.

—No somos ricas, y distamos mucho de serlo. Sólo os lo parece debido a que vivimos con mucha sencillez en Cornualles. —Agitó la cabeza—. No sé cómo se las arreglaba padre, lo más seguro que pasando penurias y ahorrando penique tras penique durante años, pero a cada una nos dejó regalos fabulosos, dinero suficiente para continuar viviendo y dotes lo bastante abundantes para que nos atrajéramos caballeros de rango e importancia. Si tenemos cuidado en nuestros gastos y somos prácticas en la elección de maridos, tendremos los medios para asegurarnos vidas cómodas, y no tener que rascar para encontrar medio penique para comprar la harina para el pan. Pero eso solamente si no somos derrochadoras y dejamos de lado esa fantasiosa idea de nuestro supuesto linaje. —Echó a andar hacia la puerta, pero al caer en la cuenta de que sus hermanas no habían contestado nada y que seguro que no harían caso de su pragmático consejo, se giró para mirarlas otra vez—. Debemos ser realistas. Sencillamente somos tres hermanas de Cornualles que hemos tenido la suerte de que nos dejaran dotes importantes. Eso es todo.

Elizabeth cogió la caja y la sostuvo delante de ella con reverencia.

—No, Mary, somos las hijas secretas del príncipe regente y su esposa católica, la señora Fitzherbert.

—Jamás probaremos eso —dijo Mary haciendo un gesto hacia la caja de cuero—. ¿No lo entiendes? Esa idea es solamente un cuento de hadas, y estaríamos locas si creyéramos otra cosa.

—Niégalo todo lo que quieras, Mary —replicó Anne—, pero sabes tan bien como yo que es cierto, que por sangre al menos somos... princesas.

Al día siguiente por la tarde, Mary estaba repantigada en el asiento de la ventana del salón, inmersa en las páginas de un grueso libro, cuando sonó un fuerte golpe en la puerta de la calle. Al instante miró hacia la tía Prudence, que se había quedado dormida en el sillón de orejas junto al hogar con una copa de cordial en su marchita mano. Prudence roncó una vez, pero no se despertó.

En lugar de levantarse a abrir, cogió el borde de la cortina entre el índice y el pulgar, la separó de la otra apenas lo suficiente para que le cupiera la nariz y miró.

La avanzada edad de la tía Prudence había reducido a la nada las visitas sociales hacía muchos años. Ni ella ni sus hermanas habían conocido a nadie formalmente en Londres todavía, así que era del todo imposible que fuera una persona amiga o conocida que venía a visitarlas.

Lo único que sentía en ese momento era miedo.

¿Y si no hubiera escapado tan limpiamente como creía del jardín la noche pasada y ahora alguien venía a hablar del grave asunto de su intrusión en una propiedad privada?

Ay, Dios, ¿qué hacer? No tenía la menor idea.

Enfocó la mirada en la abertura entre las cortinas, pero el ángulo era demasiado agudo y se pusiera en la posición que se pusiera no lograba ver quién estaba ante la puerta.

Sonó otro golpe.

Apartó bruscamente la cabeza de la ventana. ¿Y si era «él» la visita? ¿Su vizconde o, peor aún, el ogro gigantesco al que llamaba hermano?

El corazón le golpeaba las costillas.

Entonces oyó pisadas en el corredor y se giró a tiempo para ver pasar por fuera de la puerta a MacTavish, el flaco y anciano mayordomo recientemente contratado.

—No, por favor, no abras —exclamó, levantándose de un salto y corriendo hacia la puerta del salón.

Afortunadamente él la oyó, y llegó retrocediendo hasta la puerta.

—¿Me permite preguntarle por qué no, señorita Royle?

Ella movió la cabeza frustrada. ¿Acaso no era evidente?

—Porque... porque no sabemos quién es.

—Disculpe, señorita, pero yo puedo remediar ese problema simplemente abriendo la puerta.

Mary juntó las yemas de los dedos de ambas manos y bajó los ojos, golpeteándose los pulgares.

Sonaron varios golpes seguidos en la puerta.

—¿Señorita Royle? Debo abrir.

Mary lo miró y contestó en el susurro más suave posible:

—De acuerdo, pero si alguien pregunta, no estamos en casa, ni mis hermanas ni yo.

—Muy bien, señorita Royle. Comprendo… Un poco.

Mientras MacTavish caminaba hacia la entrada, ella se precipitó por el corredor y entró en la biblioteca, donde estaban sus hermanas tomando el té.

Aplastándose contra la pared de libros a un lado de la puerta, aguzó los oídos para discernir quién era la visita.

—Maldita sea, no logro oír ni una sola palabra —masculló.

De todos modos, las voces eran roncas, lo que por lo menos indicaba que la persona era un hombre. Aunque eso no presagiaba nada bueno para ella.

Elizabeth, cuyo pelo rojo resplandecía bajo el rayo de sol moteado de polvo que entraba por la ventana de atrás, la miró con los ojos entrecerrados. Cerró el libro encuadernado en piel roja que tenía sobre la falda.

—Conozco esa expresión. ¿Qué has hecho ahora?

Mary se apartó del ojo un mechón errante y la miró enfurruñada.

—Chss. ¿Quieres que alguien te oiga? No estamos en casa, ¿sabes? Lee lo que sea que tienes ahí, Lizzie.

—Es un libro sobre enfermedades y remedios que encontré en la caja de documentos de nuestro padre.

Anne se giró en su sillón para mirarla. Le había remitido la rojez e hinchazón de las manos y la cara, dejándole la piel tan clara y luminosa como su pelo rubio.

—¿Por qué tenemos que estar calladas? No le encuentro ninguna lógica. —Entonces agrandó los ojos—. Buen Dios, Mary, ¿qué te pasa? Estás tan blanca como…

—Una estatua de mármol —terció Elizabeth, y las dos se echaron a reír, estremeciendo los hombros.

Mary abrió la boca para contestar y justo en ese instante oyó el clic metálico de la puerta de la calle al cerrarse.

Un momento después MacTavish estaba en la puerta de la biblioteca con un cuadrado de fino papel vitela con un sello en lacre en el centro de su bandeja de plata.

—Han traído esto para usted, señorita Royle —dijo, poniéndole la bandeja delante.

Ella pestañeó, pero no alargó la mano para cogerlo.

—¿Para mí? Vamos, no logro imaginar...

Las dos hermanas ya estaban de pie.

—¿De quién es, Mary? —preguntó Elizabeth, acercándose con sus ojos esmeralda brillantes de entusiasmo.

—No lo sé —contestó ella, mirando al mayordomo.

—Lo dejó un lacayo de librea. —Se aclaró la garganta—. Si me permite el atrevimiento, señorita Royle, así como abrir la puerta revela la identidad del que llama, se puede saber la identidad del remitente simplemente abriendo la maldita carta.

—¡MacTavish, tu lenguaje! —exclamó Anne.

La reacción de su hermana era algo exagerada en opinión de Mary, pero ese lenguaje sirvió a su finalidad; le llegó el mensaje. Cogió la carta.

—Con su permiso, señorita —dijo entonces el mayordomo escocés, tocándose con un dedo su cabeza calva—. Si me disculpa, por favor, tengo que ir a ver si la cocinera necesita ayuda para poner la carne en el espetón.

Cuando se marchó el mayordomo, Anne clavó una mirada de superioridad en Mary.

«Ay, no. Otra vez.»

—No entenderé jamás por qué no te decides a pagar un poco más al año para tener un mayordomo como es debido. —Cruzándose de brazos volvió a sentarse en su sillón—. MacTavish es poco más que un bruto de la calle, y bien que lo sabes.

—No sé nada de eso —repuso Mary, agitando la carta hacia su hermana—. Lo que sí sé es que siendo ahorrativa en los salarios he conseguido un mayordomo y una cocinera, y acabo de poner un anuncio en el *Bell's Weekly Messenger* para encontrar una criada. Así que a menos que te encargues tú de hacer la comida, las compras y de vaciar los orinales y los recipientes de agua sucia durante toda nuestra estancia en Londres, harás bien en no volver a mencionar los defectos sin importancia de MacTavish.

—¿Defectos sin importancia? El mayordomo y la cocinera son absolutamente ineptos. Esta casa estaría mucho mejor servida si hubieras dejado al personal que tenía la tía Prudence.

—Basta, Anne, por favor. Ya hemos tenido esta conversación, demasiadas veces. Ese antiguo personal se aprovechaba de la edad y la mala memoria de tía Prudence. Le robaban descaradamente, y bien que lo sabes.

Entonces Elizabeth le levantó el brazo y se lo movió, haciéndole pasar la carta por delante de los ojos.

—Venga, ábrela y dinos de quién es.

Mary tragó saliva y, ya recuperado su aplomo, rompió el sello en lacre rojo y abrió la carta. Pasó rápidamente la vista por las apretadas palabras en tinta negra y al llegar al nombre del remitente estuvo unos cuantos minutos mirándolo sin parpadear.

—Ay, santo cielo —exclamó, y la carta se deslizó por entre sus dedos y cayó al suelo.

—No nos hagas esperar más, por favor, Mary —dijo Elizabeth—. ¿Puedo leerla?

Su hermana no contestó, simplemente continuó mirando la carta en el suelo. Entonces Elizabeth la recogió y comenzó a leerla. Cuando terminó, retrocedió muy envarada hasta su sillón y se dejó caer en él.

Anne la miró boquiabierta.

—¿Va a hacer el favor una de vosotras de revelar el contenido de la carta? Se me está acabando la paciencia con vuestro drama. ¿De quién es la carta?

—De lord Lotharian, de Cavendish Square, Marylebone Park. Nuestro tutor —repuso Elizabeth, y miró a Mary—. Debemos ir a verlo, Mary, ¡tenemos que hacerlo!

—¿Estás loca? —bufó ella—. ¿Hacer una visita a un caballero que no conocemos? ¿Un hombre del que no hemos oído hablar jamás?

—Asegura que es un viejo conocido de nuestro padre. No veo ningún motivo para que asegure eso si no fuera cierto.

Al ver que Mary negaba con la cabeza, alargó las manos por encima de la mesita y cogió las de Anne. La miró a los ojos con pintitas doradas hasta que ésta asintió.

—Sí, yo iré, Lizzie.

Entonces Elizabeth volvió a mirar a Mary.

—Debemos ir todas.

—Hay que informar de vuestro plan a la tía Prudence —dijo Mary.

Claro que si le decía a su querida tía abuela que sus hermanas iban a ir a visitar a un caballero, su supuesto tutor, lo olvidaría en menos de una hora. Pero no fue por eso que lo dijo. Su intención era apelar al enorme sentido del decoro de Anne.

Pero no le resultó el truco.

—La tía Prudence está durmiendo —replicó Anne con la mayor naturalidad—. No querría despertarla.

Entonces Elizabeth se levantó de un salto y salió corriendo; cuando volvió, traía en la mano la brillante llave de latón extraída de la cerradura de la caja con los documentos. Tenía arreboladas las mejillas por el entusiasmo.

—Según esta carta —les dijo—, esta llave tiene una doble función, una que podría ayudarnos en nuestra investigación.

Mary arqueó las cejas.

—¿Cómo sabe este caballero de nuestra «investigación»?, te pregunto.

—Era amigo de nuestro padre —dijo Anne, con los ojos brillantes—. Él podría saberlo todo acerca de nuestros verdaderos padres.

—Creo que las dos suponéis demasiado —suspiró Mary, y acercándose a Elizabeth, le cogió la llave de entre los dedos—. Las dos creéis que este simple trozo de latón retorcido podría ser... la clave del misterio de nuestro nacimiento.

Anne y Elizabeth se miraron y al instante salieron corriendo de la biblioteca, haciendo sonar estruendosamente el suelo del corredor con sus botas.

—Mary, ven. Debemos ir inmediatamente.

—Esto no es otra cosa que una tomadura de pelo, aunque os acompañaré, sólo para estar ahí y recordaros que os lo dije.

Resignada, salió y echó a andar por el corredor.

Cuando ya estaba cerca de la puerta, sus entusiasmadas hermanas le rodearon los hombros con un chal de lana y le calaron una papalina de paja en la cabeza.

—Pero no voy a gastar dinero en un coche de alquiler para este viaje inútil. —Con un enérgico gesto recalcó este punto—. Cavendish Square no está muy lejos, y hoy está bastante templado el aire. Iremos a pie.

Anne abrió la puerta y miró el cielo cubierto por nubarrones grises.

—Pero, Mary, está a punto de llover.

Su hermana levantó su preocupada mirada al cielo.

—Ay, Dios. Eso cambia las cosas. —Se giró y entró en la casa a toda prisa—. Esperadme un momento, por favor.

Anne y Elizabeth se quedaron en asombrado silencio. De pronto aquélla miró a ésta y rompió el silencio:

—Santo cielo. Nuestra frugal Mary va a gastar una moneda en un coche de alquiler. Vamos, no me lo puedo creer.

—Yo tampoco, así que busquemos un coche de alquiler antes que cambie de opinión.

Diciendo eso, Elizabeth salió corriendo a la acera y atravesó la calle agitando la mano como loca hasta que por fin captó la atención de un cochero que estaba fumando su pipa en la esquina de la plaza con Davies Street.

Anne corrió hasta la plaza, cogió a su hermana de un brazo y la hizo retroceder.

—¡Elizabeth, estamos en Londres! Tienes que poner fin a tu conducta de marimacho. Ahora somos damas, no toscas señoritas de campo. Recuerda eso.

Cuando Mary salió por la puerta, vio consternada que sus hermanas estaban a punto de subir a un coche de alquiler.

—¡No, no! Le pido disculpas, mi estimado señor —gritó al cochero—, pero mis hermanas no van a necesitar sus servicios.

Anne y Elizabeth giraron simultáneamente sus cabezas y miraron a su hermana boquiabiertas.

Mary les sonrió amablemente y les pasó un paraguas a cada una.

—Puesto que vamos a ir caminando, sin duda los necesitaremos.

Capítulo 2

El olor a lluvia inminente impregnaba el aire cuando Rogan Wetherly, duque de Blackstone, y su hermano Quinn, el recién nombrado vizconde Wetherly, iban cabalgando en sus relucientes bayos por Oxford Street en dirección a Hyde Park.

Rogan sintió caer una fría gota en la mejilla y levantó la vista hacia el oscurecido cielo.

Las nubes estaban negras, cargadas de agua. Eran condenadamente locos al aventurarse lejos de Marylebone, aunque fueran unas pocas millas, y todo por una mujer.

Pero, según Quinn, que estaba empeñado en conocerla, la susodicha dama visitaba el parque todos los martes a esa hora. ¿Y quién era él para aplastar las esperanzas de su hermano de conocerla?

De repente Quinn se incorporó en la montura, afirmado en los estribos, alargó la mano y sin aviso le cogió la rienda derecha.

—¡Buen Dios, Rogan, para!

Dio un fuerte tirón a la rienda haciendo casi chocar el caballo de Rogan con el de él, deteniendo su avance.

A éste le dio un vuelco el corazón en el pecho.

—¡Maldita sea, Quinn! Si pretendías desmontarme, casi lo has conseguido.

Su hermano se aclaró la garganta. Se quitó el sombrero e inclinó la cabeza, con lo cual atrajo la atención de Rogan al trío de señoritas que los miraban pasmadas, con los ojos agrandados.

Estúpidas, pensó. Debieron salir de Davies Street y cruzaron la calle sin prestar atención al tráfico. Y ahí estaban, en el medio de la atiborrada calzada, inmóviles como estatuas, a menos de dos palmos de ellos.

La más alta de las tres lo estaba mirando indignada por debajo del borde de seda desteñida del ala de una ridícula papalina adornada con cintas. Sus ojos color ámbar relampagueaban de furia.

Entonces se le curvaron los labios y los abrió, como para darle una buena reprimenda, y de repente le cambió la expresión, a una de aflicción, y desvió la cara bruscamente.

Él estaba a punto de decirle algo cuando ella cogió la mano enguantada de la beldad de pelo cobrizo que estaba a su lado y rápidamente sacó al pequeño grupo del centro de Oxford Street y continuaron su camino por la acera en dirección contraria a la que llevaban ellos.

Quinn se giró en su silla para mirar a las tres mujeres que se alejaban abriéndose paso por entre los numerosísimos viandantes.

—¿Dónde tenías la cabeza? Podrías haberlas atropellado.

—Es evidente que cruzaron la calle sin prestar ninguna atención al tráfico de coches y jinetes. En el caso de que mi caballo hubiera pisoteado a alguna de ellas, la culpa no habría sido del todo mía. —Hizo girar a su inquieta montura en círculo y se unió a su hermano en la contemplación de las jóvenes que se alejaban—. ¿Viste cómo me miró la alta? Como si creyera que yo tenía la viruela o algo peor.

—No, no me fijé. Estaba ocupado en detener a tu maldito caballo.

Rogan apretó las riendas y se incorporó sobre los estribos para ver mejor a las jóvenes que iban dejando atrás las tiendas de Oxford Street.

—Me dio la impresión de haberla visto antes, ¿no estás de acuerdo? —dijo volviéndose a sentar en la silla.

Quinn exhaló un suspiro.

—Sin duda. Sé que has adoptado un estilo de vida respetable desde que heredaste el título de nuestro padre, pero después de años de aventuras libertinas no es inconcebible que le hayas hecho algún tipo de agravio en el pasado.

—A ésa no —bufó Rogan—. Ah, es bastante atractiva, sin duda, pero ¿te fijaste en su ropa y en, buen Dios, ese sombrero? Yo diría que viene directo del campo y con apenas dos chelines en la palma.

Quinn no contestó; se limitó a emitir un gruñido, agitó las riendas y reanudó la marcha hacia Hyde Park.

—Vamos, vamos, no es posible que desees continuar —le gritó Rogan, pero su hermano no se detuvo—. Mira el cielo.

Quinn se caló el sombrero de copa dejándoselo bien bajo.

—Puedes acompañarme o volver a la casa, Rogan, pero yo continuaré. Ella estará allí, lo sé, y esta vez nos conoceremos.

Moviendo la cabeza, Rogan hizo girar su caballo, apretó los ijares con los talones y, pasado un momento, iba cabalgando junto a su hermano.

—Entonces, ¿piensas que esa mujer que vas a buscar en el parque... es la futura vizcondesa Wetherly?

—No lo sé. No nos hemos conocido formalmente. Pero podría serlo.

—¿Por qué esa carrera hacia el altar? No eres una doncella arrugada marchitándose a la espera. Eres un héroe, galardonado con un magnífico título por tu valor. Eres guapo, joven y rico. Lo tienes todo, ¿y sin embargo deseas grilletes?

La expresión de Quinn se tornó solemne. Tiró de las riendas y no dijo nada hasta que Rogan también detuvo su caballo.

—Lo deseo porque no quiero esperar para ser feliz, para tener la vida que deseo. En Tolosa vi cómo de repente la posición y el rango no significan nada. Vi cómo podía chocar mi copa con un amigo una noche y a la siguiente cavar su tumba. —Exhaló un largo suspiro, levantó la pierna derecha coja, retirando el pie del estribo, y la dejó colgando—. Si la guerra me enseñó algo, es que la vida es para vivirla, Rogan. Y para mí eso significa esposa e hijos. Y es mi intención no postergar eso mucho tiempo más.

Su hermano asintió, resignado. ¿Qué podía alegar ante esa lógica? Quinn había visto más muertes durante sus años en la Península que las que vería él en toda su vida. No querría negarle la vida idílica con que soñaba; después de todo lo que había soportado en la guerra, se la merecía.

Sólo que la dichosa vida de casado que buscaba no existía en realidad, por mucho que lo creyera.

Pero ése era un tema para otro día.

Enderezó la espalda y sonrió.

—Bueno, entonces, Quinn, encontraremos a tu dama, con tal de que volvamos a Portman Square antes que se abra el cielo y caiga el chaparrón sobre nosotros.

Quinn pasó la mano por debajo de la rodilla y movió la pierna hasta dejar la bota bien sujeta en el estribo. Una sonrisa traviesa le curvó las comisuras de la boca.

—Será mejor que nos demos prisa, entonces. —Se inclinó sobre el cuello del caballo y apretó fuerte los talones—. Te veré en la puerta, viejo.

Riendo, Rogan puso su semental al galope en dirección a Cumberland Gate por Oxford Street. Qué agradablemente divertido que Quinn, lesionado como estaba, creyera que podía llegar al parque antes que él.

Comenzó a soplar viento mientras acicateaba a su caballo, se levantó el ala de su nuevo sombrero de copa y se lo sacó de la cabeza. Oyó el sonido de chapoteo cuando el sombrero aterrizó en un charco, lo más probable, pero ni se molestó en mirar atrás.

Tenía que ganar una carrera.

La brisa húmeda le agitaba el abundante pelo y los faldones de su chaqueta volaban hacia atrás, empujados por el viento.

En menos de un minuto su caballo dio alcance al de Quinn y lo adelantó. Lanzando un grito triunfal se giró a mirarlo.

—¡Nadie le gana jamás al Duque Negro!*

Quinn acicateó más a su montura hasta que los dos caballos estaban casi cuello con cuello. Se rió cuando su bayo adelantó al de Rogan al galope.

—¿Nadie? —gritó el hermano rubio.

Rogan sonrió de oreja a oreja y fustigó al caballo con su corta fusta en el anca derecha. El bayo salió disparado y volvió a ponerse a la cabeza.

—Nadie, y eso te incluye a ti, querido hermano.

⁕ ⁕ ⁕

---

* Blackstone: piedra negra.

Gruesas gotas de lluvia caían en el suelo alrededor de las hermanas Royle cuando llegaron a Cavendish Square en Marylebone Park. Del suelo mojado por los goterones se elevaba un aroma a rosas y musgo.

Entusiasmadísima, Elizabeth puso la carta delante de los ojos de Mary.

—Hemos llegado. Ésta es la casa, ¿lo ves? Numero dos, recto por ahí.

—Lo veo —dijo Mary, sin moverse de su lugar en la acera, aun cuando el ritmo de la lluvia había aumentado al doble en ese último minuto.

—Puedes quedarte aquí si quieres, Mary —dijo Anne, echando a andar por el estrecho camino de entrada—, pero yo no quiero que la lluvia estropee mi vestido de mañana nuevo. —Cuando llegó al primer peldaño de la escalinata que llevaba a la magnífica mansión, se giró a mirar a sus hermanas—. Tú vienes conmigo ¿no, Lizzie?

Elizabeth se giró hacia Mary, alargó la mano y le apartó un mechón negro y mojado de la mejilla.

—Por favor, hermana. Sé que crees que esto podría ser una simple tomadura de pelo, pero tengo que saber si este lord Lotharian nos puede decir algo acerca de nuestros nacimientos. Ven con nosotras, te lo suplico. Tú eres la más lista y adivinarás la verdad más rápido que Anne o yo.

Mary miró hacia Anne, que ya estaba con la mano puesta sobre la aldaba de bronce en postura amenazadora.

Y levantó la pesada anilla.

—Lo haré. Voy a golpear con esto inmediatemente. Las dos vais a parecer bobas cuando se abra la puerta y sigáis de pie ahí en la acera, mojadas como carpas de río.

Elizabeth miró suplicante a Mary.

Había hecho todo el camino hasta ahí, pensó ésta, y había estado a punto de que la mataran. Igual podía entrar.

—Muy bien —dijo—, pero si de esta aventurita no sale nada que apoye vuestra fantasiosa historia sobre nuestros nacimientos, tenéis que prometerme que vais a renunciar a la investigación y a concentraros en vuestros futuros.

—Uy, qué tonta pareces a veces —rió Elizabeth—. Sabes que jamás aceptaremos eso.

Diciendo eso, le cogió la mano y la llevó a toda prisa hacia la puerta, a la que llegaron justo en el momento en que Anne dejaba caer dos veces la aldaba de bronce sobre su base.

Antes que Mary pudiera contestar una sílaba, se abrió la puerta y un criado bajo y corpulento las hizo pasar al interior, a salvo de la lluvia.

Desde fuera la casa se veía bastante magnífica, pero sólo estando dentro se apreciaba su verdadera enormidad.

Las paredes del vestíbulo se elevaban tres plantas, siguiendo la curva de una escalera bordeada por barandillas doradas. El mármol pulido del suelo brillaba como un espejo, lo que complació a Mary hasta que observó que reflejaba el color blanco de su ropa interior.

«Será mejor caminar con las rodillas bien juntas», pensó.

De repente las rodeó un trío de lacayos jóvenes, sobresaltándolas. Las manos enguantadas de estos criados no tardaron en quitarles las capas y coger sus paraguas. Entonces desaparecieron con la misma rapidez con que habían aparecido.

—Milady las recibirá en la biblioteca —dijo el criado, y haciendo un gesto con la cabeza, se giró y echó a andar, como si esperara que lo siguieran—. Está a punto de tomar el té.

Mary alargó la mano y le tocó el hombro antes que saliera del vestíbulo.

—Perdone, pero es posible que se equivocaran al darnos esta dirección.

El criado se giró a mirarla, al parecer bastante perturbado por la audacia de la joven al tocarle el hombro, pero ella no estaba dispuesta a dejarse distraer por eso.

Elizabeth le pasó la carta; la cogió y apuntó con el dedo la dirección, enseñándosela al criado:

—Dos, Cavendish Square.

El hombre agitó los párpados de sus ojos parecidos a los de una lagartija y volvió a mirar a Mary.

—No, la dirección es la correcta, señorita. Son las hermanas Royle, ¿verdad?

—Bueno, sí, pero...

—Como he dicho, señorita Royle —interrumpió el criado, como si no la hubiera oído—, si hacen el favor de seguirme, las llevaré a ver a milady.

—¡Pare, por favor! —exclamó Anne, que, ya visiblemente impaciente, estaba cruzada de brazos—. No hemos venido a ver a una «lady».

—Hemos venido a ver a nuestro tutor —terció Elizabeth, cuyos ojos esmeralda se veían ahora, debido a la confusión, tan grandes y redondos como los del criado—, un caballero... mmm, lord Lotharian.

—Exactamente —dijo el criado, asintiendo—. Y verán a su señoría muy pronto—. Por aquí, si me hacen el favor.

Elizabeth y Anne se cogieron cada una de un brazo de Mary, aunque era imposible saber si para apoyarse en ella o para impedir que girara sobre sus talones y escapara, y siguieron por un corredor al achaparrado hombrecillo hasta entrar en una inmensa biblioteca.

Libros encuadernados en piel llenaban los estantes hasta el cielo raso en que había pintado un mural enmarcado en oro. El aire fresco de la sala estaba impregnado por una mezcla de olores: cera para abrillantar el cuero, cera de abeja de las velas y moho.

En el centro de la sala rectangular vieron a una diminuta anciana, de forma de cebolla, sentada en un sofá tapizado en seda, mirándolas.

Era tan sorprendentemente pequeña, a excepción de su contorno, que sus delicados zapatos no llegaban a tocar la alfombra turca que cubría el suelo.

El criado avanzó hasta el centro de la sala y las anunció:

—Milady, las señoritas Royle.

Acto seguido se apresuró a salir.

Era evidente que la anciana estaba muy entusiasmada.

—Oh, oh, por fin puedo veros con mis ojos. Cuánto me alegra que hayáis venido. No sabíamos si vendríais, ¿sabéis? Pero estáis aquí y sois tan hermosas como me había imaginado. He oído hablar muchísimo de vosotras tres, niñas, ¡muchísimo!

Agitó excitada los pequeños pies, embutidos en zapatos forrados en seda con tacones sorprendentemente altos.

Bajó la mano por el brazo curvo del sofá y tiró de una palanca de madera. Al instante por debajo del sofá apareció un escabel. La redonda señora lo pisó, se levantó y de un ágil salto bajó a la alfombra.

—Poneos bien erguidas y permitidme miraros bien. Qué gráciles sois. Y altas también, las tres. —Fijó la mirada en Mary—. ¿Cuál eres tú, querida?

A la joven comenzaron a arderle las mejillas, y le ardieron más aún cuando la anciana levantó unos impertinentes para examinarla. No le gustaba nada ser objeto de escrutinio, y mucho menos por una persona a la que no conocía.

—Ss... soy Mary —dijo.

—Dado que sois trillizas, había supuesto que os parecíais muchísimo, pero no os parecéis. Tenéis el pelo de color totalmente diferente. Incluso la forma de vuestras caras... No, no os parecéis en nada.

La anciana procedió a examinar detenidamente a cada una con sus impertinentes.

—No, sois tan diferentes como la mañana, el mediodía y el anochecer. Sólo vuestra imponente altura y vuestros ojos delatan el parentesco. —Volvió la atención a Mary—. Mírate, hija, ese pelo largo y oscuro, y, vamos, tu altura es casi la de un hombre. —Se rió encantada—. Tienes la sangre, seguro. En las mujeres de linaje real suele darse una altura espectacular.

—¿Sí? —dijo Elizabeth, visiblemente embelesada.

—Ah, desde luego —dijo la anciana, mirándola. Se le acercó más y se puso de puntillas para tocarle el brillante pelo cobrizo—. Tú debes de ser Elizabeth. Fíjate en esa fiera corona que tienes. La reina Isabel tenía el pelo como el tuyo, querida, y casi llegaba a los seis pies* en altura.

Elizabeth miró a Mary engreída.

Uy, buen Dios. Tuvo que dominar el deseo de poner los ojos en blanco. Como si alguna de las estúpidas observaciones de esa anciana significara algo.

La señora la miró, siguiendo la mirada de Elizabeth, y añadió:

---

* 6 pies: 1,82 metros.

—Su prima María, reina de los escoceses, tenía casi su misma altura, ¿sabéis? —Entonces sus ojos azul celeste buscaron a Anne—: Ah, qué rasgos tan delicados, y el pelo del color de oro batido. Qué hermosa, muy hermosa.

Anne se ruborizó encantadoramente.

—Juro que cuando la alta sociedad os mire a las tres no tendrá ninguna duda, porque está claro que por vuestras venas corre la sangre de reyes y reinas.

Mary ya no podía aguantar más tiempo esa cháchara. La mujer, quienquiera que fuera, no había dado ninguna prueba que apoyara sus palabras, y no saldría nada bueno de entusiasmar de esa manera a sus hermanas. La historia de sus nacimientos no era otra cosa que un cuento de hadas.

—Perdone, señora, pero no sabemos quién es usted —dijo sonriéndole—. Aún no se ha presentado.

La anciana se golpeó el voluminoso pecho con una mano.

—Ay, por piedad. Aceptad mis disculpas, por favor. Pensé que Lotharian me había mencionado en su misiva. Soy lady Upperton.

Era evidente que la anciana de pelo blanco como la escarcha creía que esa revelación tendría un significado para ellas, pero no lo tenía. Las tres se quedaron mirándola mudas.

—¿O sea que no lo sabéis? —dijo lady Upperton. Entonces sonrió de oreja a oreja e hizo una profunda inspiración para llenarse los pulmones—. Lotharian me ha pedido que sea vuestra patrocinadora, vuestra entrada en la sociedad de Londres.

—¿Nuestra patrocinadora? No... no lo entiendo —dijo Mary, intentando imaginar cómo podía ser posible eso—. Lady Upperton, no quiero parecer desagradecida, pero hasta hace tres minutos no la habíamos visto nunca, ni siquiera conocíamos su apellido.

—Madre mía, claro que entiendo que el ofrecimiento de una total desconocida de presentaros en sociedad os parezca increíble. Pero todo es cierto, os lo aseguro. —Le cogió la mano a Mary—. Le prometí a vuestro padre hacerlo cuando llegara el momento. Y se lo prometí a Lotharian también. Y lo haré. Cuando doy mi palabra, la mantengo.

¿Se lo prometió a nuestro padre?, pensó Mary.

—¿Cuándo? —soltó—. ¿Cuándo le hizo esa promesa a nuestro padre?

La anciana no contestó inmediatamente; estuvo un momento muy callada, pasándose los pequeños dedos por los labios pintados, y dándose golpecitos.

—Creo que tiene que haber sido hace casi veinte años. Una vez que los libertinos y yo nos enteramos de las circunstancias de vuestro nacimiento, ¿cómo podríamos haberle negado algo a vuestro padre? Claro que las tres sólo erais bebés, pero él estaba preocupado ya entonces por vuestros futuros.

Seguro que la engañaban los oídos, pensó Mary. Eso no podía estar ocurriendo. Vamos, su padre nunca hizo alusión a nada de eso. Y lo habría dicho. Seguro.

Anne avanzó y le cogió la mano a la anciana, retirándola de la de Mary.

—Ha dicho que se enteraron de las circunstancias de nuestros nacimientos. Usted y... ¿los libertinos?

—Ah, sí. Nos lo dijo a todos, a mi marido, que lamentablemente murió hace unos años, y a otros compañeros miembros de su grupo, los Viejos Libertinos de Marylebone.

Anne frunció el entrecejo con visible confusión.

—¿Padre era miembro de un club? No logro imaginarme algo así.

—Pues sí que lo era, sí, como lo era, y lo es, lord Lotharian. —Lady Upperton se estremeció ligeramente al recordar y retiró la mano de la de Anne—. En realidad, creo que ya es hora de que lo conozcáis, niñas.

Dicho esto, giró sobre sus elevados tacones y se dirigió a la librería situada a la izquierda del hogar sin fuego.

Después de obsequiarlas a las tres con una sonrisa traviesa, colocó la palma de la mano en la cara de una diosa que formaba una columna y empujó. Se hundió la nariz magistralmente tallada de la diosa y detrás de la librería sonó un clic metálico.

Entonces lady Upperton se giró hacia ellas y arqueó las cejas en gesto despreocupado.

—¿Estáis preparadas?

Las hermanas intercambiaron miradas nerviosas y luego, como si eso hubiera sido una señal, asintieron al mismo tiempo.

Bueno, sólo dos; Mary permaneció inmóvil.

—Muy bien, entonces, entrad.

Dio un firme empujón a la librería y al instante la parte de abajo, de unos seis pies de altura, se abrió como una puerta, dejando a la vista un oscuro pasadizo.

Anne echó a caminar hacia el pasadizo sin vacilar, seguida por Elizabeth pisándole los talones. Cuando llegaron a la abertura, las dos se detuvieron a mirar por encima del hombro a Mary, que no había dado ni un solo paso.

Santo cielo, exclamó Mary para su coleto.

De repente se sentía algo mareada. Cuando aceptó acompañar a sus hermanas a hacer la visita a lord Lotharian, estaba bastante segura de que no ocurriría nada fuera de que sus hermanas volverían a casa con otro paquete de cartas inútiles o algo similar.

Pero ese giro de los acontecimientos era inimaginable. No podría haberse preparado para eso.

Ni para que una gran dama estuviera dispuesta a introducirlas en la sociedad de Londres.

Ni para un club secreto de viejos libertinos.

Tampoco para una puerta oculta en una pared de libros viejos.

—Venga, Mary, date prisa —la llamó la anciana—. Los caballeros estarán esperando.

—¿Ca... caballeros? —Tragó saliva para que le saliera la voz—. Creí que íbamos a conocer a lord Lotharian.

—Ah, sí, querida, pero hay otros dos caballeros que oyeron la historia de vuestro nacimiento esa noche. Desearás conocerlos a ellos también. Venga, no te quedes atrás.

Mary comenzó a mover lentamente los pies avanzando hacia la librería abierta. En ese mismo instante Anne y Elizabeth desaparecieron en la oscuridad.

Cuando entró en el pasadizo, una corriente de aire frío le agitó unas finas guedejas sueltas, produciéndole un estremecimiento. De todos modos, avanzó.

En el momento en que la envolvió la oscuridad, sintió el sonido de la librería que comenzaba a cerrarse. Se giró a mirar.

Vio la sonriente cara de lady Upperton a la luz de la biblioteca que se iba atenuando.

—¿No nos va a acompañar, lady Upperton?

La mujer sonrió de oreja a oreja.

—Uy, no, por Dios, hija. Es un club de caballeros. Yo sólo soy la portera. No convenía que os vieran a las tres entrando en el club, y por ese motivo lord Lotharian os envió a mi casa. Ve con tus hermanas, niña. Guíate por el pequeño círculo de luz que verás dentro de un momento. Sigue la luz hasta que llegues al final del pasadizo. Entonces golpea dos veces. Fuerte. Me parece que el oído de Lotharian ya no es lo que era.

Sin decir más, lady Upperton terminó de cerrar la puerta librería.

—¿Vienes, Mary? —oyó susurrar a Elizabeth, en algún lugar del pasadizo.

Hizo una inspiración y sintió entrar aire rancio en las narices.

—Sí.

Pasado un momento notó la presencia de sus hermanas a su lado. Tal como dijera lady Upperton, pasaba un delgado rayo de luz de velas por un agujero en forma de ojo al final del pasadizo. Cogiéndose instintivamente de las manos, las tres avanzaron juntas hasta el final.

Mary le soltó la mano a Anne y la levantó para golpear dos veces, como le dijera lady Upperton, pero su hermana le detuvo la mano.

—Mira primero por la mirilla y dinos lo que ves.

Mary echó atrás la cabeza y miró el agujero ovalado.

—No soy tan alta —susurró.

—Yo lo haré —dijo Elizabeth, avanzando a tientas—. Venga, Mary, préstame tu rodilla para poder sentarme en los hombros de Anne, como hacíamos en el huerto del señor Smythe.

Mary echó atrás una pierna e hizo la genuflexión.

Un fuerte estornudo salió de los labios de Anne cuando Elizabeth pasó una pierna por sus hombros, se sentó y apretó las piernas a los costados para afirmarse. Entonces avanzó un paso, algo tambaleante.

—Venga, mira. ¿Qué ves?

Elizabeth se inclinó y miró.

—Es... una biblioteca. Vamos, parece ser la de lady Upperton, sólo que al revés. ¡Es como verla reflejada en un espejo! ¡Lo juraría!

Justo en ese instante se oyó un ruido de metal sobre metal. Y entonces se movió la pared, de modo tan repentino que Anne y Elizabeth perdieron el equilibrio y cayeron de bruces sobre una alfombra turca, qudando ahí como un solo bulto, dejando a Mary sola en la penumbra del pasadizo.

Un hombre flaco como pasamanos y de abundante pelo canoso, que estaba sentado en un sofá, miró divertido a las dos hermanas que estaban en el suelo y luego a dos hombres que estaban de pie cerca de la mesita para el té.

—¿Qué os dije, señores?

Se inclinó a dejar su pipa en una bandeja de madera con reborde y luego levantó su monóculo para mirar a las dos muchachas caídas cerca del hogar. Arqueando una traviesa ceja, de rió suavemente.

—¿No son las niñas la personificación de la gracia y la realeza?

Mary tragó saliva. Debería haber revelado su presencia y hablado en nombre de sus testarudas hermanas, las que, vergonzosamente, todavía no hacían ni siquiera el intento de levantarse. Continuaban ahí en un enredo de faldas, piernas y brazos, mirando como atontadas a los tres hombres.

En realidad, sólo podía comprenderlas. Aunque los caballeros eran avanzados en años y tendrían por lo menos la edad que tenía su padre cuando murió, en ellos se veía algo diferente, una especie de vitalidad. Fuera lo que fuera, no logró discernir qué era exactamente. Pero lo percibía desde donde estaba, en la penumbra.

El caballero flaco se levantó del sofá y le habló a ella, aunque estaba segura de que no la veía.

—Querida, pase, por favor, salga del pasillo. No tiene nada que temer.

Maldita sea. Se le evaporó el momentáneo alivio. Por lo tanto, esbozando la sonrisa más confiada que logró, salió de detrás de la librería y entró, mostrándose a la luz de las velas.

Al instante sus hermanas se pusieron de pie y fueron a situarse a su lado cerca del hogar.

—Soy el conde de Lotharian —dijo él.

Acto seguido, con una agilidad increíble en un hombre de su avanzada edad, se apartó la fina chaqueta de la cadera, echó atrás la pierna y moviendo el brazo en un gesto de barrido, se inclinó, honrándolas con una profunda reverencia propia de un libertino.

Las tres se inclinaron en reverencias bastante pasables, no tan elegantes.

Cuando se enderezaron, vieron que lord Lotharian continuaba inclinado.

Se miraron desconcertadas. Entonces sin saber qué otra cosa hacer, volvieron a hacer sus reverencias.

Y el anciano continuó sin moverse; sorprendentemente continuaba honrándolas.

Elizabeth retrocedió un poco para susurrarle a Mary al oído:

—Creo que eso significa que debemos inclinarnos más aún, como debe de ser lo apropiado en la sociedad de Londres. Procura hacerlo mejor, Mary, si no nos vamos a pasar toda la tarde haciendo reverencias.

—Muy bien.

Diciendo eso, hizo un gesto a sus hermanas y las tres bajaron las cabezas y se inclinaron en las reverencias más profundas de sus vidas.

Cuando se enderezaron, lord Lotharian continuaba inclinado, pero estaba haciendo chasquear los dedos desesperado.

—Cielos, Lilywhite, échame una mano, por favor.

Lilywhite, que era más bajo que Lotharian por algo más de una cabeza, corrió a ponerse a su lado.

—Perdona, viejo. No me había dado cuenta de tu situación. —Se agachó para pasar el hombro bajo la axila de su amigo y lo ayudó a enderezarse—. Estupenda reverencia, Lotharian. La mejor que has conseguido hacer en años.

Lord Lotharian sonrió de oreja a oreja.

—¿De veras te lo pareció?

—Ah, sin duda.

—No fue una buena reverencia —dijo el otro hombre, que llevaba una ridícula peluca de color castaño rojizo, acercando una copa de coñac a sus labios.

Lord Lotharian hizo un gesto de desagrado.

—¿Qué quieres decir, Gallantine? Me pareció que mi reverencia fue más que buena, fue magnífica.

—Nada de eso. La mitad de una reverencia verdaderamente magnífica es enderezarse después. Observa. —Tras decir esto, el caballero con la peluca se inclinó elegantemente ante las hermanas. Entonces, sin ningún movimiento brusco ni crujido de huesos, se enderezó y juntó los talones en gesto triunfal—. Eso, señores, es una buena reverencia.

Por cuarta vez, porque era lo correcto, las hermanas Royle hicieron sus reverencias.

Y luego hicieron otras dos más, por educación, cuando sir Lumley Lilywhite y el vizconde Gallantine se presentaron.

En opinión de Mary, era el momento de poner fin a la misión.

—Estimados señores, nos encontramos en lo que creo es un club de caballeros, un club de libertinos. —Enderezó más la espalda, irguiéndose en toda su estatura, y continuó—: Aun cuando hemos entrado por la casa de lady Upperton, la que por alguna razón parece ser una imagen especular de este club, no me cabe duda de que comprenden que nuestra presencia en el club es muy indecorosa, ya que somos jóvenes solteras. —Frunció los labios, como había visto hacer muchas veces a Anne cuando quería transmitir la gravedad de una situación—. Por lo tanto, quisiera saber si podrían explicarnos el significado de su enigmática misiva, de modo que podamos marcharnos tan pronto como sea posible para proteger el honor de nuestra familia. Hemos traído la llave que nos pidió.

Le dio un codazo a Elizabeth, que llevaba la llave colgada de una cinta azul al cuello.

—Sí —dijo ésta—, nos interesa saber cuál es su doble función, pero antes —avanzó un paso hacia Gallantine— ¿me permite pedirle su opinión, señor? ¿Estuvo bien ejecutada mi reverencia? —Al ver que el caballero se limitaba a mirarla, continuó, tartamudeando—: Me... me gustaría saberlo. Nos criamos en el campo y creo que somos bastante ignorantes de los usos de la buena sociedad.

Lord Lotharian se rió y contestó en lugar de Gallantine:

—Su reverencia, o reverencias más bien, fueron espléndidas, querida mía. Y dudo seriamente de que su educación social sea defectuosa de alguna manera, porque su padre alternaba en los círculos más selectos de la aristocracia londinense.

—¿De veras? —terció Anne—. Lady Upperton dio a entender algo de eso. Pero..., pero si era un vulgar médico rural.

—Ah, sí que era médico, querida —contestó lord Lotharian—, pero no vulgar, nada de eso. Era el médico personal del príncipe de Gales, como también uno de sus compañeros de juerga, y miembro fundador de los Viejos Libertinos de Marylebone, aunque en ese tiempo sólo éramos los Libertinos de Marylebone. Éramos un grupo de apuesto jóvenes. No de ancianos arrugados como ahora.

Estuvo un buen rato en silencio, sonriendo, hasta que finalmente hizo una profunda inspiración y expulsó con fuerza el aire por la nariz.

—No me entiendan mal —continuó—. Ya no me siento orgulloso de la naturaleza de nuestra asociación, pero no puedo negar que durante un tiempo, antes que nacieran ustedes tres, todos éramos íntimos amigos de Su Majestad, el príncipe regente.

¿Su padre era íntimo amigo de Prinny?, pensó Mary. Sintiendo que la sangre le abandonaba la cabeza, logró llegar al sofá y se dejó caer en él, desmoronándose.

Lord Lotharian cogió el decantador de coñac de la licorera y, con la mano casi imperceptiblemente temblorosa, llenó una copa de cristal, y se la ofreció.

—Beba esto, por favor, señorita Royle. La fortalecerá.

—Lo... lo siento. Todo esto es demasiada información para un solo día. —Miró la copa que tenía delante—. Ah, no, gracias, lord Lotharian.

—Querida niña, le recomiendo encarecidamente que beba un poco para envalentonarse. —Le acercó la copa a las manos—. Porque su visita aún no ha terminado y es mucho más lo que debo decirles.

¿Más? Buen Dios, tal vez debería beber.

Claro que no tenía ni la más mínima tolerancia a los licores, pero sin vacilar bebió de ese líquido ámbar tónico para fortalecerse los nervios.

Lord Lotharian se pasó la mano por su tupido pelo.

—Condenación —lo oyó mascullar en voz baja—. Perdonadme, señoras, por favor. No debería haber aireado así el pasado de vuestro padre.

Anne fue a toda prisa a sentarse al lado de Mary. Entonces miró a lord Lotharian.

—Necesitamos saberlo, milord. No hizo nada malo diciéndolo.

—Lo que pasa es que nuestra Mary sencillamente no estaba preparada para oírlo —dijo Elizabeth, acercándose a su hermana para darle una palmadita en el hombro—. Verá, mientras que Anne y yo creemos lo que sugieren los documentos de mi padre, lo bastante como para investigar más la historia de nuestros nacimientos, Mary no lo cree.

Ésta ya se sentía algo mareada, y encontraba que esa conversación era demasiado fantástica para creerla.

Bastante inquieta, bajó los ojos y se concentró en la ociosa tarea de arreglarse los puños de encaje por debajo de los guantes de cabritilla.

Cuando levantó la vista, al instante se encontró con la sagaz mirada de Anne.

Ésta curvó las comisuras de los labios en esa conocida sonrisa de superioridad y la cogió de la muñeca.

—Aunque me parece que ya no puede desentenderse de la posibilidad de que la historia sea cierta. ¿Verdad, Mary?

Capítulo 3

Mary juntó recatadamente las manos en la falda y miró a las cinco personas que la estaban mirando.

—Padre era educado y de buenos modales. No resulta extraño imaginárselo bien considerado en la sociedad de Londres.

Nadie dijo una palabra. Se sintió obligada a explicar algo más:

—Sin embargo, que fuera miembro del séquito de Prinny es una información que no resulta fácil aceptar, aunque de todos modos no está fuera del dominio de lo creíble.

—Entonces lo crees —dijo Elizabeth con la cara radiante.

Mary negó con la cabeza.

—No.

A Anne se le tensó el cuerpo. Frunció el ceño y, ya fuera con intención o no, aumentó la presión de la mano en su muñeca, tanto que le causó dolor.

—Pero si acabas de decir...

—No. —Frustrada, Mary negó con la cabeza—. Aun en el caso de que me tome la historia del pasado de mi padre como el Evangelio, y no tengo ningún motivo para no creer lo que nos han dicho estos señores, todavía no he oído nada que me lleve a considerar la posibilidad de que nuestra sangre sea ligeramente azul.

—Es justo por eso que les pedí a las tres que vinieran aquí hoy, querida —dijo lord Lotharian.

Les hizo un gesto con la cabeza a los otros dos caballeros para que se acercaran. En silencio ellos fueron a situarse detrás del sofá en que estaban sentadas Mary y Anne.

—Estamos convencidos de vuestro linaje —continuó lord Lotharian con voz segura.

Mary arqueó la ceja derecha.

—¿Qué pruebas tiene? ¿Tiene alguna? No es mi intención ser grosera, pero esa afirmación que hace, si es cierta y está respaldada por pruebas, no sería intrascendente, nos podría cambiar para siempre la vida. Y, Dios de los cielos, no me atrevo ni a pensar qué postura adoptaría la Corona, aunque me parece racional decir que esa postura no sería una de respaldo o apoyo.

—¡Mary! —exclamó Elizabeth, y miró suplicante a lord Lotharian—. Milord, le ruego que perdone esas descorteses palabras de mi hermana. Sencillamente está abrumada.

Lord Lotharian agitó la mano manchada por la edad para dar a entender que no se sentía ofendido.

—Si yo estuviera en su lugar mis palabras serían más o menos las mismas. —Guardó silencio un momento y luego arqueó una gruesa ceja gris—. Aunque tal vez habría esperado una respuesta después de pedir pruebas.

—¿Hay pruebas entonces? —preguntó Mary.

Por un instante casi creyó que podría haberlas, porque lord Lotharian parecía muy seguro. Casi lo creyó. Casi. No del todo.

La idea de que las tres eran hijas del príncipe de Gales y la señora Fitzherbert era algo más que ridícula; era una locura.

—¡La llave! —exclamó Elizabeth—. ¡La llave es la prueba!

Lord Lotharian negó lentamente con la cabeza.

—Pero usted nos ha hecho venir aquí insinuando que «ésta» —enseñó la llave de latón— era la llave para algo más que la caja de documentos de mi padre.

—Y podría serlo, pero no lo sé con certeza —dijo Lotharian—. ¿Me permite? —Alargó la mano hacia la llave y Elizabeth se la pasó—. Esta llave tiene una doble función, como he dicho. Observen. —Giró la cabeza ovalada de la llave, desenroscándola, y quedó a la vista una punta de sección hexagonal—. Vuestro padre me dijo que, si a él le ocurría algo, esta llave oculta abriría la trampilla.

—¿Qué trampilla? —preguntó Anne—. ¿En nuestra casa de Cornualles?

Lotharian se encogió de hombros.

—La verdad es que no me dijo nada más fuera de lo que les he dicho. Tuve la clara impresión de que él recelaba de decirme lo de la llave. Pero sí, yo supondría que la llave secreta es para abrir una trampilla de su casa de campo. Reconozco que tenía la esperanza de que ustedes, niñas, supieran mejor el significado de sus enigmáticas palabras.

—No sabemos nada de ninguna trampilla —dijo Mary, y dirigió una sagaz mirada a sus hermanas—. Nuestra visita no ha servido de nada.

—Por el contrario, señorita Royle —dijo Gallantine antes que Mary pudiera decir otra palabra—. Teníamos un muy buen motivo para solicitar su presencia y la de sus hermanas aquí hoy.

En ese momento se abrió la puerta que daba al corredor y entró una criada delgada y menuda, de dulces ojos almendrados, con una bandeja con té y galletas.

Dada la naturaleza de la conversación, Mary supuso que lord Lotharian levantaría una mano para silenciar a Gallantine hasta que saliera la criada y volvieran a quedar solos en la biblioteca.

Pero Lotharian no hizo nada de eso.

—Permítanme que les relate otra historia de nuestro pasado —dijo—. Algo que deben oír las tres. —Apoyó la copa de cristal en su labio inferior y bebió unos cuantos tragos de coñac, tragándolos sonoramente—. Corría el año mil setecientos noventa y cinco. Había transcurrido un mes completo desde que el príncipe envió a Royle a Margate a atender a Maria, la señora Fitzherbert.

Mientras tanto Mary observaba los movimientos de la criada al poner el servicio de té en la mesita delante de ellas. No había dicho ni una sola palabra ni mirado a nadie, pese a la extraordinaria historia que empezaba a contar lord Lotharian; y cuando terminó su tarea, simplemente salió en silencio de la sala.

—Por entonces —continuó Lotharian, agitando las cejas entusiasmado—, se rumoreaba que la señora Fitzherbert había caído enferma después que el príncipe cortara bruscamente su relación con ella y aceptara casarse con la princesa Carolina.

Mary se sorprendió reteniendo el aliento, esperando la parte que demostraría que la historia sobre ellas no era otra cosa que pura fantasía.

Miró de reojo a Anne, la más ecuánime de las tres, y vio que también ella estaba mirando ilusionada a lord Lotharian, tal como hacía de niña cuando su padre les leía cuentos.

Lotharian continuó el relato, interrumpiéndose de tanto en tanto para respirar o beber otro trago de coñac.

—Para todos nosotros estaba muy claro que Jorge quería muchísimo a Maria, su esposa del corazón, así la llamaba,

¿saben?, así que no nos pareció raro que enviara a su médico personal de confianza, vuestro padre, a atenderla.

Lilywhite asintió vigorosamente.

—Pero un mes era un tiempo demasiado largo para que vuestro padre estuviera ausente de la ciudad sin tan siquiera enviar una carta a nadie. Eso era muy impropio de él. Yo comencé a pensar si algo habría ido mal. Finalmente decidí enviar una misiva a Margate, la casa de campo a la que se había retirado la señora Fitzherbert, preguntándole sus planes respecto a su regreso a Londres.

Gallantine movió su cabeza con peluca castaño rojiza en gesto de asentimiento, manifestando su acuerdo.

—Vuestro padre siempre fue muy responsable. Sabíamos que algo no iba como debía.

—Bueno —exclamó Lilywhite, dándose una palmada en el muslo—. Pueden imaginarse mi sorpresa cuando la carta me llegó devuelta sin abrir. No tardamos en enterarnos de que vuestro padre ya no estaba en Margate. Se había marchado de allí hacía semanas. De hecho, se había ido a la casa de su familia en Cornualles y no había manifestado a nadie una intención de volver a Londres... nunca.

—Bah, podría haber tenido muchos motivos para irse a Cornualles —dijo Mary, retirando de un tirón la dolorida muñeca de la mano de Anne; se la friccionó mientras buscaba las palabras correctas—. El motivo más probable es que la señora Frasier, el ama de llaves, encontró una cesta con tres niñitas bebés en la puerta, y él tenía que cuidar de ellas, o, mejor dicho, de nosotras.

Lotharian arqueó sus gruesas y revueltas cejas, formando algo parecido a un montículo de hierba cubierto de escarcha.

—Caramba, caramba, ¿eso es lo que les dijeron?

—Sí. Eso nunca fue un secreto en nuestra casa. —Miró con los ojos entornados a cada uno de los tres caballeros—. Y tienen que reconocer que es muchísimo más probable la idea de que una campesina pobre dejara a sus bebés en la puerta de alguien que tuviera mejor situación para criarlas y cuidar bien de ellas.

—Ahí te ha pillado, Lotharian —dijo Gallantine, asintiendo. Se dirigió a la licorera—. ¿Alguien quiere más coñac?

Los otros dos respondieron levantando sus copas vacías.

Cogiendo el decantador en su elegante mano de largos y delicados dedos, Gallantine fue a llenarles las copas hasta la mitad.

—Mil gracias, compañero —dijo Lotharian.

Llevándose la copa a la boca, bebió unos cuantos tragos. Después juntó los labios y luego se pasó la lengua por ellos, como si quisiera asegurarse de que no se perdía ni una sola gota. Entonces miró fijamente a Mary.

—Ah, sí, estoy de acuerdo. La historia de las niñitas bebés abandonadas es infinitamente creíble, pero por desgracia ese cuento de que las dejaron en la puerta para que las criara mejor su padre dista mucho de ser verdad.

Se dio dos palmadas en la rodilla para recalcar lo dicho.

Elizabeth alargó la mano y la puso sobre la de lord Lotharian.

—Entonces, ¿usted nos va a contar la verdadera historia? —Miró inquieta a Mary y añadió—: La verdadera historia, tal como usted la sabe, milord.

—Oh, permítanme que la cuente yo —dijo entonces Lilywhite. Saliendo de detrás del sofá, cogió un pequeño sillón de madera de cerezo que estaba cerca del hogar y lo acercó al sofá en que estaban sentadas las tres hermanas—. Es una historia tan dramática que juro que ninguno de vosotros dos le hará justicia.

Se sentó con sumo cuidado en el sillón, hizo una honda inspiración y miró a Lotharian, como si quisiera pedirle su consentimiento.

Cuando el caballero más alto asintió, dando su permiso, comenzó:

—Puesto que no le encontrábamos ninguna explicación a la desaparición de Royle, lord Upperton, Dios lo tenga en su santa gloria, lady Upperton y nosotros tres decidimos que no teníamos más remedio que aventurarnos a ir a Cornualles para enterarnos de la suerte que corría nuestro amigo.

—¿Y de qué se enteraron, milord? —preguntó Anne, apretando distraídamente los pliegues de su falda y arrugándolos sin duda.

—De todo. Llegamos sin anunciarnos una noche, ya tarde, pero Royle nos hizo pasar y nos ofreció coñac. Se veía a las claras que estaba preocupado por nuestra repentina aparición. Eso lo detecté en su forma de hablar, en voz baja, y lo vi en sus ojos, en la manera como a cada minuto más o menos miraba hacia la escalera. Lógicamente nosotros no podíamos saber que arriba había tres bebés, ustedes tres, durmiendo profundamente en uno de los dormitorios. Evidentemente él quería mantener eso en secreto. Pero le fue aumentando y aumentando el nerviosismo, y recurría al coñac, una y otra vez.

—¡Cielos, Lilywhite! —exclamó Lotharian, echando atrás la cabeza, frustrado—. Te alargas demasiado en esos detalles. —Devolviendo la mano enguantada de Elizabeth a la rodilla de ella, se levantó, fue hasta el hogar y apoyó un codo en la repisa de mármol verde jaspeado con blanco—. Continúa, hombre.

Lilywhite se lanzó a hablar muy rápido, como si creyera que si hacía una pausa Lotharian aprovecharía para interrumpir y contar él la historia.

—En menos de una hora el coñac le había soltado la lengua, y Royle, el hombre que las crió, reveló una serie de hechos sin igual.

Miró a Lotharian, receloso.

—Buen Dios, hombre, continúa.

Diciendo eso Lotharian llevó la copa a sus labios, pero no bebió. Mary vio que la estaba mirando atentamente a ella por encima del borde de la copa. La estaba observando para ver su reacción, esperándola.

Lilywhite hizo otra honda y calmante inspiración antes de continuar. Y la historia sí que daba un giro dramático.

—Nos contó que Prinny lo llamó una noche y le pidió que fuera con la mayor celeridad posible a Margate para atender a su esposa. Sí, así la llamaba, «su esposa». No le dio ninguna indicación de lo que hacía necesario ese urgente viaje a Margate, pero él partió inmediatamente. Cuando llegó, encontró a la señora Fitzherbert casi inconsciente y a la mitad de las labores de un parto difícil.

Fingiendo una tosecita, Lilywhite levantó su copa haciéndole un gesto a Gallantine para que se la volviera a llenar, algo que su amigo hizo de mala gana.

El rechoncho Viejo Libertino se llevó la copa a la boca y apuró su contenido, lo que le dio tiempo a Mary para prepararse para el resto.

—El parto fue una sorpresa para Royle, puesto que el príncipe no le había dicho nada de eso. Pero no fue tan sorprendente como lo que vio entonces.

—¿Qué vio? Díganos qué vio, por favor —suplicó Elizabeth.

Lilywhite agrandó los ojos. Había aumentado tanto la tensión en la sala que casi se podía palpar.

—En la parte oscura del dormitorio estaban lady Jersey y la reina Carlota.

—¿La reina? —exclamó Elizabeth, golpeteando la alfombra con los pies.

—En efecto. De hecho, cuando Royle preguntó por qué la señora Fitzherbert tenía alteradas las facultades, fue la reina la que le explicó que la dama había tomado una buena cantidad de láudano al sentir los primeros dolores y que ella no pudo impedírselo. Royle le levantó los párpados y vio que lo que decía la reina era cierto, la señora Fitzherbert tenía las pupilas negras y dilatadas, pero cuando preguntó por la botella de láudano, para ver cuánto había tomado, ésta no apareció.

Anne frunció el entrecejo.

—¿Otra persona la drogó?

Lilywhite exhaló un suspiro y se encogió de hombros.

—Royle sospechó eso, pero no estaba en situación para manifestar sus dudas sobre la explicación de la reina. Dos largas horas después, la señora Fitzherbert dio a luz a tres niñitas muertas.

—¿Muertas? —exclamó Elizabeth, inspirando aire a bocanadas, como si acabaran de arrebatarle su sueño de ser una princesa—. Entonces..., entonces no podemos ser esos bebés.

—Ya has tenido bastante, Lilywhite —dijo Lotharian—. Yo terminaré el relato.

Fue hasta el sofá y lentamente, al tercer intento, logró hincar una huesuda rodilla delante de Elizabeth.

—Querida, daba la impresión de que estaban muertas, pero a vuestro padre, aun cuando estaba reconocido como el mejor médico de Londres, no le permitieron examinarlas, ni siquiera un momento. Él rogó que le dieran la oportunidad de reanimarlas pero la reina no quiso ni oír hablar de eso. Aseguró que las niñas estaban muertas. Y que si todavía no lo estaban, lo estarían muy pronto, y que así era como debía ser.

Anne se cubrió la boca con una mano, con los ojos llenos de lágrimas.

—Aunque esperaba que Royle cumpliera su orden, la reina no se responsabilizaba de eso —terció Gallantine—. Dio la tarea a Royle de escribirle una carta al príncipe informándolo de que la señora Fitzherbert se recuperaría muy pronto y no le quedarían ni rastros de la enfermedad.

—¿Enfermedad? Oh, caramba —exclamó Elizabeth, con los ojos brillantes como joyas verdes por las lágrimas sin derramar—, se refería a las recién nacidas.

Lotharian estuvo un rato mirando la alfombra turca y finalmente continuó:

—Entonces, por orden de la reina, lady Jersey se quitó su chal, envolvió en él a las nenitas ya azuladas y las colocó en una cesta con tapa, que se apresuró a poner en los brazos de Royle. Él debía llevarlas al campo, enterrarlas y no hablar jamás de su existencia. Jamás. El futuro del príncipe de Gales dependía de eso.

—Pero no estaban muertas —añadió Gallantine, excitadísimo—. Todavía no.

—¡El diablo te lleve, Gallantine! —exclamó Lilywhite, cerrando el puño y dejándolo caer sobre su rodilla—. ¡Que estropeas el drama de la historia!

Lotharian alargó el brazo hacia atrás e hizo chasquear los dedos.

—Ayuda, por favor.

—¡Ah, sí!

Lilywhite ayudó a Lotharian a incorporarse. Entonces el alto caballero se sentó en el sillón de madera y su amigo se quedó de pie con la boca abierta.

—Ponte en el otro lado del sofá, amigo mío, para que yo pueda ver las hermosas caras a estas niñas mientras pongo punto final a la historia de su nacimiento y de su segunda oportunidad de vivir.

Gallantine gruñó, pero hizo lo que le pedía Lotharian, el evidente jefe de los Viejos Libertinos.

—Royle no era otra cosa que leal a la Corona, así que salió de Margate a cumplir la orden de la reina. Pero cuando el coche iba traqueteando en la oscuridad de la noche, oyó salir un débil lloriqueo de la cesta.

—¡Las niñitas! —exclamó Anne, y le brotaron las lágrimas por entre las pestañas y le cayeron por las mejillas.

—Sí —dijo Lotharian—. Royle levantó la tapa y vio tres pares de ojos mirándolo. Se abrió la camisa y las puso sobre su pecho desnudo para calentarlas, y luego las envolvió en su capa. No estaban muertas, pero estaba seguro de que si volvía con ellas a Margate, donde estaba la reina, no sobrevirían a esa noche.

Gallantine apretó fuertemente su copa de cristal entre las manos, como para reunir el valor para usurpar el papel de historiador.

—Royle sabía lo que debía hacer, así que llevó a las pequeñas a su casa de campo e inmediatamente contrató a dos nodrizas. —Sonrió a cada una de las jóvenes—. Y bueno, el resto ya lo saben. Las crió como si fueran sus hijas y se han convertido en tres refinadas damitas.

—Por la mañana —terció Lilywhite—, sin duda después de comprender el peligro en que se había puesto él y puesto a las niñas al revelar la historia, se retractó de todo. Le echó la culpa al coñac y a su inclinación a inventar cuentos. —Exhaló un suspiro—. Pero sólo teníamos que mirarle a los ojos para saber que la conmovedora historia que nos había contado por la noche era cierta. Así pues, cuando nos pidió que si a él le ocurría algo nos encargáramos de vuestro futuro, se lo juramos.

—Y lo haremos —dijo Gallantine. Tragó las últimas gotas de su coñac y dejó la copa en la mesita—. Y lo haremos.

Lord Lotharian se inclinó, le cogió la mano a Mary y se la rodeó con las de él.

—Y ésa es, señorita Royle, la verdadera historia de su nacimiento.

Mary se sentía atontada, incapaz de hablar.

«No, es imposible, esa historia no puede ser cierta. No puede ser. Es totalmente disparatada. Una grandiosa fábula.»

Y sin embargo, tenía que reconocer para su coleto que una parte de ella la creía.

Deseaba creerla.

Ah, no la parte de ser hijas del príncipe.

Por todo lo que había oído, Prinny era un patán mimado, odioso y, santo cielo, si se sabía que ella era hija suya, sólo sería una vergüenza para ella, aun cuando no podía decir lo mismo de sus hermanas.

No, la parte que deseaba creer era la de la heroica actuación de su padre, aun cuando significara que se hubiera negado a hacer lo que le ordenó la reina. Salvar a las trillizas, a pesar del muy real peligro de sufrir represalias por parte de la Corona, estaba absolutamente de acuerdo con su carácter. Su padre era el tipo de hombre que siempre hacía lo que podía por salvar vidas inocentes.

Y cuando estaba pensando en silencio en esa extraordinaria revelación, tomó tardía conciencia de que sus hermanas tenían los ojos clavados en ella, mirándola expectantes.

—¿Qué dices, entonces, Mary? —le preguntó Anne, que parecía estar impaciente con ella, y no sabía por qué.

¿Se habría perdido una parte de la conversación por estar sumida en sus pensamientos?

Lord Lotharian se apoyó en los brazos de su sillón de madera y se levantó.

—Veo que no está totalmente convencida —dijo—. No importa.

El alto y flaco caballero volvió a su lugar junto a la chimenea y les hizo un gesto a los otros dos indicándoles que fueran a reunirse con él.

Durante casi un minuto entero, las tres hermanas Royle estuvieron sentadas calladas, aguzando los oídos para oír la conversación en murmullos que se desarrollaba junto a la repisa del hogar.

A Mary la sorprendió oír su nombre dos veces, pero no logró captar ni una sola sílaba más de la conversación, que parecía ser muy seria. Finalmente los tres viejos libertinos volvieron a reunirse con ellas.

Lotharian les sonrió a cada una y luego fijó la mirada en Mary.

—Comenzaremos por usted, querida mía, si eso es aceptable.

¿Qué significaba eso?

—Esto... ¿comenzar qué por mí, milord?

—Vamos a ocuparnos de su futuro. Se lo prometí a Royle, y pese a mi reputación... en otros aspectos, le aseguro que siempre cumplo mi palabra.

«¿Mi futuro? Noo, no.»

Lotharian le cogió la mano enguantada y la levantó del sofá.

—La señora Upperton se ha encargado de los preparativos. Ya deberían haber ido a dejarlo todo a su casa.

Guiñó los ojos muy entusiasmado, induciéndola a pensar qué tipo de preparativos habría hecho lady Upperton.

—Mi coche de ciudad pasará a recogerlas a usted y a sus hermanas a las nueve en punto de esta noche para llevarlas a la fiesta de lady Brower, donde las tres serán introducidas en la alta sociedad de Londres.

Santo cielo. Sintió la lengua pegada al paladar, pero se las arregló para dejar salir unas palabras de protesta:

—Señores, son ustedes muy amables, pero no conocemos a lady Brower.

Lord Lotharian agitó su mano libre para quitarle importancia a ese detalle.

—Querida mía, no conocen a nadie en Londres, así que debe fiarse de mi orientación.

Les hizo un gesto a sus hermanas, le dio una palmadita en la mano a ella y la llevó hacia la librería giratoria.

—Su padre les legó una razonable herencia y una muy buena dote a cada una. Y tiene a los caballeros de los Viejos Libertinos de Marylebone para ocuparse del resto. Sí, señorita Royle, juro que me encargaré de que al final de la temporada esté adecuadamente casada con un caballero de suprema categoría. Entonces Lilywhite y Gallantine harán lo mismo por cada una de sus hermanas. Esto será un divertido reto para nosotros.

—¿Te refieres a encontrarles marido a las niñas, Lotharian? —preguntó Gallantine, ocupadísimo en hacerse los arreglos de último momento en la posición de su peluca.

A Mary le pareció que se sentía bastante disgustado en ese momento.

—¿O tal vez te refieres a demostrar el linaje de las niñas? —continuó—. Porque aún no has dicho nada de esto último, y me parece que esa tarea será mucho más difícil de realizar.

Por un brevísimo instante, la preocupación juntó las gruesas cejas de Lotharian, pero al siguiente ya estaba totalmente relajada su expresión y sus labios se curvaron en su característica sonrisa de libertino.

—¡Vamos, las dos cosas, hombre! Porque la única manera de asegurar el futuro de las hermanas Royle es asegurar su pasado también.

—¿Habéis oído, hermanas? —exclamó Elizabeth—. Desean ayudarnos ¡en todo!

Sin poder contener su alegría y entusiasmo, se le escapó una risita aguda, que se apresuró a ahogar cubriéndose la boca con una mano.

Lotharian se rió suavemente y luego se entregó a la tarea de hacer girar la librería hasta abrirla de par en par.

Interpretando eso como la señal para que saliera, Mary intentó dar un paso hacia el pasadizo secreto, pero el viejo libertino la retuvo firmemente donde estaba.

—No bromeo, señorita Royle —le dijo muy serio—. Para usted no será un simple señor tal o cual y ni siquiera un sir.

Nuevamente Mary no supo qué contestar.

De ninguna manera necesitaba que alguien la ayudara a elegir marido. Ella era más que capaz de manejar su vida. Vamos, ya había decidido conquistar a un hombre muy digno y valioso, héroe de la guerra y con título además.

Estaba a punto de decir eso cuando se le ocurrió mirar hacia sus hermanas.

Si había una posibilidad de que los Viejos Libertinos de Marylebone se ocuparan del futuro «conyugal» de sus hermanas, bueno, tendría que aceptar el plan, al menos por un tiempo.

Claro que eran muchísimos los encantos de Anne y Elizabeth, pero estaban totalmente distraídas por ese cuento de las pequeñas trillizas de sangre azul.

A diferencia de ella, les faltaba la concentración, el enfoque necesario para poner sus futuros en el camino adecuado: encontrando maridos.

Debido a eso, la orientación y dirección de lady Upperton para encontrarles esposos adecuados era verdaderamente un regalo caído del cielo.

Vamos, teniendo a lady Upperton de patrocinadora, seguro que se obsesionarían tanto con la caza de maridos que no derrocharían su tiempo ni sus pocos fondos en investigar ese ridículo cuento de su supuesto nacimiento real.

Lotharian arqueó una ceja.

—¿Duda de mis conexiones, señorita Royle?

—Oh, no, milord.

—Muy bien, entonces concentraremos nuestra atención en duques, marqueses y condes, aunque podríamos considerar la posibilidad de un vizconde o incluso un barón, pero sólo si su familia es muy antigua y prominente.

Mary lo miró con los ojos entrecerrados.

—¿Por qué es tan importante un título?

—¿Por qué? —dijo él, haciéndole un travieso guiño y soltándole la mano para que siguiera a sus hermanas por el oscuro pasadizo que se abría detrás de la librería—. Porque, querida mía, es usted la hija del futuro rey de Inglaterra.

Capítulo 4

Rogan estaba empapado hasta los huesos, igual que Quinn, pero eso no era una gran sorpresa. No deberían haber echado una carrera como tontos escolares para llegar a Hyde Park estando clarísimo que estaba a punto de empezar a llover.

De todos modos, él nunca había sido capaz de darle la espalda a un reto, y mucho menos a uno de su hermano.

Tal como había supuesto, cuando llegaron al parque, no vieron por ninguna parte a la misteriosa chica de Quinn.

Por lo menos ella fue lo bastante juiciosa para quedarse en casa ese día lluvioso. Eso indicaba que tenía cerebro en su bonita cabeza; era algo que decía mucho de ella.

Para no dejar mojados los peldaños de la escalera si subían a sus habitaciones, se dirigieron directamente al hogar encendido del salón y allí comenzaron a desvestirse.

Rogan se secó el pelo y luego le pasó la toalla a su ayuda de cámara, que le dió una bata ya calentada.

—Lo único que te digo, Quinn, es que no te cases con prisas.

—¿Por qué no si ella es la mujer para mí?

—Esta chica que te ha calentado la sangre bien podría ser la esposa perfecta para ti —suspiró Rogan, pasándose la mano por su abundante pelo húmedo—. Sólo prométeme que la vas a conocer, conocerla de verdad y conocer a su familia, antes de hablar de anillo, y de «hijos», por el amor de Dios.

Quinn puso su chaqueta empapada en el respaldo de un sillón cerca del fuego y se sentó para que el lacayo le quitara las botas mojadas.

—¿Nunca has visto algo de lejos, una escopeta o un caballo tal vez, y sabido al instante que es perfecto para ti?

—Un arma dista mucho de ser una mujer, Quinn. Si yo dejara de estar enamorado de una escopeta, podría venderla o dejarla arrinconada en algún lugar de la casa. Eso no se puede hacer con una mujer. Va contra la ley, ¿sabes? Al menos eso creo. —Se frotó el mentón—. Aunque valdría la pena averiguarlo, como buena información para el futuro.

Riendo, Quinn se levantó y se quitó la camisa de linón empapada.

—Sabes lo que quiero decir. Es hermosa, discreta y tímida. Decididamente pertenece a la aristocracia, eso se ve en la elegancia de su porte al caminar.

—¿Y has visto todo eso al pasar a caballo junto a ella cada martes?

—Su belleza es indiscutible, Rogan. Pronto lo verás. Y en cuanto a su naturaleza, bueno, es muy evidente también. Cuando nos encontramos de paso en el parque, siempre me mira a través de sus pestañas. Me sonríe tímidamente y entonces las mejillas se le cubren del más delicado color rosa y desvía la cara.

—Ah, el más delicado color rosa, bueno, eso cambia del todo las cosas, ¿verdad? Enmiendo mi postura, lógicamente. Un delicado color rosa, imagínate.

Quinn se cerró la bata y se ató el cinturón.

—¿Cómo te puedo convencer?

—Dudo que puedas. En mi opinión, el matrimonio no puede basarse en un capricho. Es un acuerdo entre familias.

—Cogió dos copas de oporto de la bandeja que les ofrecía el lacayo y le pasó una a su hermano—. Procede con cautela, eso es lo único que te pido. No quiero que acabes con una vulgar plebeya sólo interesada en tu monedero.

—¿Podrías decirme por qué siempre que conoces a una mujer, o yo conozco a una, inmediatamente sospechas que tiene el ojo puesto en nuestras fortunas?

—Porque soy realista, Quinn. He conocido a muchos nobles que le entregan el corazón a mujeres que sólo desean su dinero. Si quieres vivir desgraciado el resto de tu vida, adelante, cásate con una plebeya.

—No siempre es una mala decisión casarse con una plebeya, Rogan. Cuando nuestro padre se casó con mi madre, ella era una simple señorita que no poseía ni una guinea. Y su matrimonio fue de lo más exitoso, hasta el día de la muerte de padre.

Rogan se giró a mirar el fuego del hogar, para que Quinn no le viera las mejillas rojas por la sangre que le había subido.

Buen Dios, esa afirmación distaba quinientas leguas, como mínimo, de la verdad.

¿Cómo pudo Quinn ser tan ciego a la codicia de su madre? La mujer sólo era una mezquina avariciosa.

Cuando aún no transcurría un año de la muerte de su madre, al darlo a luz a él, la señorita Molly Hamish, plebeya de cara lozana de Lincolnshire, enterró sus garras en su afligido padre. Éste se enamoró, y estaba tan necesitado de afecto que se casó con ella tan pronto como llegó a su fin su periodo de luto.

Por lo que le contaba su padre después, una vez que ella, ya duquesa, le dio un hijo, Quinn, le cerró la puerta de su dormitorio para siempre. Ya ni siquiera simulaba que lo amaba o que toleraba a su otro hijo, él, Rogan. Cubría de regalos a

Quinn, se compraba joyas y vestidos y viajaba a los elegantes balnearios de moda con sus vulgares amistades.

Su padre, el anciano duque, desesperado, lamentó hasta su último día su precipitada decisión de casarse con esa mezquina codiciosa.

Él juró no repetir jamás el error de su padre. Y no estaba dispuesto a permitir que su hermano menor cayera presa de una astuta plebeya como le había ocurrido a su padre.

No, estaba decidido a observar con recelo la relación en ciernes entre su hermano agotado por la guerra y esa... mujer de Hyde Park, sólo para asegurarse de que no cometiera el error más grande de su vida.

Se giró hacia él.

—Esta noche es la fiesta de los Brower. Podría convenirte presentarte con tu mejor aspecto. Quién sabe, podría asistir tu dama anónima.

A Quinn pareció iluminársele la cara.

—¿Tú crees?

—No lo sé, pero por lo que me han dicho, asistirá la mitad de la sociedad de Londres. Y puesto que aseguras que es de ilustre cuna, lo que sin la menor duda es, debido a la elegante curva de su espalda al caminar...

Quinn se echó a reír.

—Entonces debes ponerte tu chaqueta azul, Rogan.

—¿Y eso por qué?

—Para que también luzcas tu mejor aspecto cuando yo te presente a mi prometida.

Sonriéndole, Quinn levantó su copa y bebió las últimas gotas carmesí.

Rogan emitió una risita forzada, le hizo un guiño y salió del salón. En lugar de subir a su dormitorio, siguió el corredor y entró en la biblioteca. Ahí escribió una corta misiva y la envió a su destino con un lacayo.

No dejaría a la casualidad la elección de la novia de su hermano. Para el caso de que la chica estuviera en la fiesta, había puesto en marcha un plan de contingencia. Y ese plan incluía a la joven y hermosa lady Tidwell, viuda a causa de la guerra.

Lady Upperton miró a Mary, que iba sentada frente a ella en la cabina del coche, y le sonrió con absoluta aprobación:

—Ese vestido te cae deslizándose tan perfectamente por tus contornos, querida, que una se podría imaginar que está hecho de un trocito de cielo de primavera y cubierto con encajes tejidos con nubes etéreas.

—He de decir que yo tuve ese mismo pensamiento, lady Upperton.

Se miró el vestido que le había enviado la anciana, en seda finísima azul celeste, glaseada con hilos de plata del grosor de un pelo.

Suspiró para sus adentros. El vestido era precioso, tenía que reconocerlo. De todos modos, no estaba del todo convencida de que, a una luz más potente que la del interior del coche, ese vestido tan etéreo no fuera totalmente transparente.

Aunque claro, tenía que reconocer también, seguro que el vestido le atraería pretendientes. Pensando en el recato, tomó nota mental de evitar esa noche todos los grupos de dos o más velas o de dos o más caballeros.

Elizabeth y Anne iban sentadas a su lado en el asiento de cuero muy calladas, las dos con la espada derecha, rígida. En sus caras tenían bien puestas sus practicadas sonrisas, pero estaba claro que se sentían mucho más nerviosas que ella.

Además, estaban tan pendientes de sus finos atuendos que no disfrutaban de viajar en ese coche tan espléndido. Las inquietaba la posibilidad de que con los zarandeos del coche se les arrugaran las faldas antes que llegaran a la grandiosa casa de los Brower.

Pero llegaron. Los coches formaban tres hileras en Grosvenor Square. Los cocheros se peleaban a gritos por el mejor lugar para detenerse; cada uno quería dejar a sus pasajeros ante la puerta principal de la imponente mansión.

A través de las magníficas ventanas de la planta baja y la puerta abierta, se veía el interior brillantemente iluminado, y Mary observó cómo las damas y caballeros elegantemente vestidos avanzaban hombro con hombro, como vacas lecheras al pasar por una puerta abierta a una verde pradera.

A los pocos minutos, ella, sus hermanas y lady Upperton formaban parte del rebaño, avanzando y mugiendo por el vestíbulo central en dirección al salón.

La multitud caminaba con una lentitud horrorosa, y la presión de los cuerpos sudorosos era tan enorme que apenas lograba expandir la caja torácica lo suficiente para respirar. Sólo gracias a su estatura podía coger un poco de aire por encima de las cabezas.

Elizabeth, en cambio, no parecía sentir nada de su incomodidad. Iba emparedada entre ella y Anne, bien cogida de sus brazos.

—Mira, Mary. Puedo levantar los pies del suelo y seguir avanzando. Deberías intentarlo. Observa.

Mary sintió un peso en el brazo y, cómo no, Elizabeth iba avanzando en el aire llevada por la multitud.

—Vamos, por el amor de Dios, déjate de tonterías. No tardaremos en llegar al salón y ahí habrá espacio suficiente para todos.

Cuando ya le parecía que le iban a estallar los pulmones por falta de aire, por fin pasaron por la puerta de doble hoja abierta de par en par del inmenso e iluminado salón, y pudieron separarse.

Decenas de velas ardían en los candeleros de nada menos que tres arañas de lágrimas de brillante cristal. Las paredes estaban recubiertas por satén azul plisado.

Se le abrió sola la boca, por la sorpresa. No podía mirar a más de unos cuantos palmos en cualquier dirección sin ver a un lacayo de librea de un exquisito color azafrán ofreciendo vino en enormes bandejas de plata.

Anne se dio una vuelta completa contemplando el entorno. De pronto arrugó la nariz.

—No veo a lady Upperton. ¿Dónde puede estar?

Con sus brillantes zapatos de seda, Mary se puso de puntillas y miró alrededor, pero no logró divisar a la anciana.

—Tal vez se ha quedado atrapada en medio del gentío cerca de la puerta. Pero seguro que estará aquí dentro de un momento. No os inquietéis.

—Yo no estoy inquieta —dijo Elizabeth, mirando alrededor, y las mejillas se le tiñeron de un rubor de excitación—. ¿Cuánto tiempo podemos estar aquí?

—¿No querrás decir cuánto tiempo «debemos» estar? —bromeó Mary.

—Bueno, queridas —dijo una vocecita aguda—, cuántos tictac del minutero del reloj estemos aquí depende totalmente de vosotras tres.

Mary bajó la mirada hacia el lado de ella y vio que repentinamente había aparecido lady Upperton.

—Y del tiempo que tardéis en conocer a los Brower y a sus invitados —añadió la redonda y bajita anciana.

Mary sintió que el ánimo le bajaba por el cuerpo hasta meterse en las puntas de sus finos zapatos. No había tenido el menor deseo de asistir a esa fiesta. Habría hecho casi cualquier cosa por quedarse en casa. Pero cuando se sentó a la mesa para la comida del atardecer, comprendió que de ninguna manera podía declinar la invitación de los Brower.

Fiel a la palabra de lord Lotharian, lady Upperton se había encargado hasta de los más mínimos detalles.

Cuando volvieron del Club de los Viejos Libertinos de Marylebone ya avanzada la tarde, se quedaron pasmadas al encontrar en sus camas con dosel vestidos de seda con zapatos a juego, brillantes para el pelo, collares de brillantes perlas, ridículos y chales.

Incluso habían enviado a una doncella para ayudarlas a vestirse y peinarlas con los clásicos rizos recogidos en la coronilla.

No podría haber rechazado la amable generosidad de la anciana lady Upperton sin ofenderla, y eso no lo haría por nada del mundo.

—Si estáis preparadas, niñas —dijo entonces la patrocinadora—, permitidme que os introduzca en la buena sociedad londinense.

Y sin perder tiempo, la anciana comenzó las presentaciones. En unos pocos minutos las hermanas Royle fueron presentadas a más de diez señoras de la alta sociedad.

Buen Dios, Mary ya estaba más agotada que aquel mes en que una epidemia de viruela azotó la parroquia.

Anne y Elizabeth, en cambio, no parecían afectadas. En ese momento iban siguiendo a la bajita señora para meterse en las fauces de una conversación en grupo. Ella se quedó atrás y se dejó engullir totalmente por la muchedumbre. En un instante la marea de gente la había separado bastantes yardas del grupo.

La verdad, no tenía otra opción que alejarse. Todas las fibras de su ser le decían que no debía estar ahí alternando con la flor y nata de la sociedad londinense.

Se sentía incómoda, hecha un atado de nervios, así que, cuando vio en un rincón del salón una pequeña silla junto a un biombo charolado con laca japonesa, al instante se dirigió hacia ella.

Mirando el entorno por encima del hombro, para asegurarse de que no la observaba nadie, movió la silla hasta dejarla oculta detrás del biombo y se sentó para poder sobrellevar la fiesta.

Estuvo sentada muy quieta unos cuantos tediosos minutos, oyendo retazos de conversación o contemplando las molduras que adornaban los bordes del cielo raso.

Y comenzó a aburrirse, poco a poco fue sintiéndose más y más aburrida.

Se apoyó en el respaldo y bostezó, y justo entonces vio una hilera de libros sobre una repisa que sólo estaba a la distancia de un brazo del borde del biombo.

Vaya, ¿cómo no se había fijado antes en ellos?

Se levantó y alargó la mano, cuidando de dejar oculto el cuerpo. Apenas logró rozar con las yemas de los dedos la cubierta del libro más cercano.

Ah, fatalidad, estaba fuera de su alcance.

Se estiró y con los dedos temblorosos raspó la cubierta de piel, pero no logró cogerlo.

Y, de repente, el libro estaba flotando delante de sus ojos.

—¿Es éste tal vez el que deseaba coger, señorita? —dijo una voz masculina asombrosamente sonora, profunda.

Entonces el hombre asomó la cara por el lado del biombo.

Mary agrandó los ojos.

—Us... usted.

No había sido su intención decir algo, pero, de todas las personas de la ciudad, qué horrendo que fuera justamente «él» quien la hubiera encontrado escondida ahí como una cría.

El detestable hermano del vizconde.

Él sonrió.

—Creo que no nos han presentado como es debido. Soy Rogan Wetherly, duque de Blackstone. —La miró de arriba abajo y finalmente volvió la vista a su cara—. Perdone mi impertinente mirada. ¿Me equivoco o nos hemos encontrado antes?

Ella sintió arder las mejillas. «Ah, sí que nos hemos encontrado. Eres el ogro del jardín, y el animal que casi nos atropelló en Oxford Street esta misma tarde.»

Abrió la boca, y la volvió a cerrar.

De ninguna manera iba a reconocer nada ante él. Así pues, negó con la cabeza.

—¿No? ¿Está segura? Su cara me resulta conocida.

Mary se encogió de hombros y fijó la mirada en el espacio que quedaba entre el gigantesco hombre y el borde del biombo.

El espacio era estrecho, pero si pasaba por él a toda prisa podría escapar.

—¿Y usted es? —preguntó él, arqueando las dos cejas oscuras, esperando que ella le dijera su nombre.

Ella hizo una fuerte inspiración.

—Yo, esto..., me marcho. Haga el favor de disculparme, excelencia.

Y entonces los nervios la propulsaron, algo más rápido de lo que habría querido. Al pasar junto a él, sin querer golpeó el biombo con el codo izquierdo y con el derecho lo golpeó a él, lanzándolo medio tambaleante hacia la pared.

Se encogió de horror, y acababa de echar a andar hacia un grupo de caballeros de trajes oscuros cuando oyó el ruido de un golpe. Y luego un coro de exclamaciones detrás de ella.

Aunque el ruido que oyó no era ningún misterio, no pudo evitar mirar atrás por encima del hombro, como para ver de dónde provenía.

El biombo se había caído al suelo y daba la impresión de que Blackstone, que seguía en el mismo lugar, había sido el que lo había tirado.

Más horroroso aún era que sus ojos la miraban directamente a ella echando chispas.

Unas diez o más personas siguieron su potente mirada hacia ella, y un alborotado murmullo pasó como una ola por la multitud.

Sintió que le temblaban las piernas. Santo cielo, sólo llevaba unos pocos minutos en el interior de esa casa y ya se había puesto en ridículo y había conseguido que el hermano del hombre con el que se casaría algún día se convirtiera en su enemigo.

No tenía otra opción. Debía marcharse. Inmediatamente.

Entonces sintió la suave presión de una mano pequeña en el brazo.

—Por fin te encuentro, Mary —dijo lady Upperton—. Ven conmigo, querida niña. —Hizo un gesto hacia el otro lado del salón—. Por aquí, por favor. Alguien desea conocerte.

Mary exhaló un suspiro de alivio. Buen Dios, no sabía si lady Upperton se daba cuenta de que acababa de rescatarla de una situación muy embarazosa, pero en ese momento ya no le importaba. Lo único que sabía era que la bajita señora la iba alejando de Blackstone.

Pasado sólo un momento lady Upperton ya la había llevado al otro extremo del salón, lo que le venía muy bien. Estaría encantada de conocer a quien fuera que deseara presentarle la anciana señora, porque esa presentación la salvaba de una vergüenza inimaginable ante la alta sociedad.

—Hemos llegado, querida —le dijo lady Upperton, sonriéndole alegremente.

Levantó la vista y de repente fue incapaz de moverse.

Ante ella estaba lord Wetherly, el guapo vizconde rubio con el que estaba destinada a casarse.

Oyó que lady Upperton estaba haciendo las presentaciones, pero sus palabras sonaban como zumbidos en sus oídos. No lograba entenderlas.

Pero él estaba ahí.

Buen Dios, qué noche. Aunque antes la habían abandonado, en ese momento todos los ángeles del cielo le estaban sonriendo.

Lo miró a los ojos y lo obsequió con una tímida sonrisa.

A él se le levantaron las comisuras de los labios y se inclinó ante ella.

—Señorita Royle.

Su voz sonó suave y agradable a sus oídos, no como la voz profunda de su hermano, que pasaba vibrando por toda ella de la manera más molesta cuando hablaba.

—Lord Wetherly.

Se inclinó en una reverencia, que le salió perfecta, gracias a lo que había practicado esa tarde en el Club de los Viejos Libertinos de Marylebone. Claro que de eso no diría una sílaba, y confiaba en que la anciana guardaría el secreto también.

—Debo darle mis más sinceras gracias, lady Upperton, por presentarme a su protegida. Reconozco que la señorita Royle y yo hemos intercambiado miradas de vez en cuando en Hyde Park, pero hasta esta noche no habíamos tenido la oportunidad de conocernos.

—Me honra que me recuerde, lord Wetherly.

El vizconde estaba a punto de contestar algo cuando su mirada se posó en un punto detrás de ella, y se le ensanchó la sonrisa.

—Ah, Rogan, has venido. Ven aquí, a conocer a la señorita Royle. Es la protegida de lady Upperton.

Tras decir esto, el vizconde se apoyó en su bastón y avanzó un paso, por un lado de ella, en dirección a su hermano, que en algún momento había llegado hasta ahí silencioso y estaba situado justo detrás de ella.

Entonces Blackstone se colocó a la izquierda de su hermano. Ladeó un poco la cabeza y esbozó una sonrisa sesgada.

—¿Señorita Royle? —dijo, y después de enderezar la cabeza, la inclinó en una venia ante ella.

Lady Upperton le dio un codazo a Mary en las costillas.

—Una reverencia, querida —susurró.

La joven obsequió al duque con una sonrisa satisfecha y se inclinó levemente doblando apenas la rodilla, pensando que eso era más de lo él se merecía.

¿Quién se creía que era, haciéndole sólo una leve venia?

—Nos acaban de presentar —continuó el vizconde, dirigiendo una reprobadora mirada a su hermano—. Aunque en varias ocasiones nos hemos cruzado por casualidad en Hyde Park.

El duque enarcó las cejas tanto que casi le tocaron la línea del pelo.

—¿Hyde Park? Entonces debe de ser...

Clavó la mirada en los ojos de ella, perforándoselos.

Mary sintió subir el ya conocido rubor a las mejillas.

—Ah, ahí está, Quinn —dijo el duque, haciendo un gesto hacia la cara de ella—. El delicado color rosa.

—Sí, bueno...

El vizconde rascó el suelo con un pie, al parecer azorado, pero eso no era nada comparado con el azoramiento que sentía Mary.

Ella giró la cabeza, para romper el contacto visual con el duque, y miró más allá de lady Upperton, buscando a sus hermanas.

—¡Condenación! —exclamó el duque—. Ya sé dónde la he visto.

Mary giró la cabeza justo a tiempo para ver a lady Upperton mover el abanico cerrado hacia el duque.

—Hay damas presentes, señor —lo reprendió la anciana—. Y ya sea usted duque o príncipe, exijo respeto y lo tendré.

—Les ruego me perdonen, lady Upperton, señorita Royle.

A Mary se le aceleró la respiración; las palabras de él eran de disculpa, pero el destello travieso de sus ojos era cualquier cosa menos eso.

—Me pareció que la había visto antes, señorita Royle, y ahora sé dónde fue.

Mary tragó saliva. «Ay, no.»

Él agrandó tanto los ojos que pareció que se le doblaban en tamaño.

—¡Usted es la estatua del jardín!

Capítulo 5

Mary pestañeó y arqueó las cejas para parecer sorprendida. Aun cuando las entrañas le revoloteaban como hojas secas en un día ventoso, al menos había tenido un momento para prepararse para el ataque de Blackstone. En realidad, le resultó bastante fácil adivinar la intención del duque cuando lo vio mover los ojos con ese destello travieso.

—¿Una estatua? —dijo. Miró a lord Wetherly con expresión confundida, con la esperanza de obtener su apoyo—. ¿Qué podría querer decir con eso, excelencia?

El duque pareció entender su juego.

—¿Quiere decir que no me entiende, señorita Royle? Estoy convencido de que sabe exactamente de qué hablo.

Mary se encogió de hombros y guardó silencio.

—Estaba seguro de que la había visto, y la había visto en el jardín de los Underwood.

—Lo siento, excelencia —dijo ella, tocándole el brazo en gesto apaciguador—, pero no conozco a los Underwood.

—Estaba vestida... con una túnica —continuó él, mirándola con los ojos entrecerrados—. Por el motivo que fuera se había empolvado el pelo y el cuerpo y estaba posando como una estatua de jardín.

Lady Upperton le cogió una mano a Mary y la acercó.

—¿Posando como una estatua? ¿Qué tontería es ésa? Dime. ¿De qué habla su excelencia, querida?

Mary emitió una risita forzada.

—Oh, ay de mí. Ha querido gastar una broma, lady Upperton. —Volvió a reírse más suave y miró tímidamente al vizconde por entre las pestañas—. Lord Wetherly, debería habernos dicho que su querido hermano tiene ese humor irónico tan divertido.

Al duque le centellearon los ojos y ella comprendió que su estrategia de ir una jugada por delante de él le estaba agotando la poca paciencia que tenía.

—Señorita Royle, sé lo que vi.

—Rogan, no hay duda de que estás equivocado —dijo lord Wetherly, mirándolo suplicante.

—Era usted —insistió el duque, con la voz más profunda y ronca aún por la ira que lo embargaba—. Aunque usted desee que nuestros acompañantes crean que esta noche nos hemos visto por primera vez, no es así, y le exijo que lo reconozca, señorita Royle.

¿Qué opción tenía?

No podía mentir.

Levantó la vista hacia lord Wetherly.

Incluso él estaba esperando una respuesta que dejara tranquilo a su bruto hermano.

Y justo entonces se le ocurrió qué decir.

—Qué tonta soy. Tiene absolutamente toda la razón, excelencia.

Al duque de Blackstone se le ensanchó algo el pecho ante ese reconocimiento.

—¿Lo ves, Quinn? Lo reconoce.

Lady Upperton volvió a cogerle el brazo a Mary y la acercó.

—¿Te disfrazaste de estatua de jardín, querida?

Mary emitió otra risita forzada.

—Su excelencia tiene razón en que nos habíamos visto antes de esta noche.

Varios invitados ajenos al círculo se acercaron curiosos para oír su confesión.

—En realidad, fue hoy. —Miró al duque a los ojos y le sonrió, confiada—. ¿No lo recuerda, excelencia? Vamos, si casi me atropelló esta tarde en Oxford Street. —Miró a lord Wetherly y luego a lady Upperton—. Debo decir que sólo fue gracias a la rápida reacción de lord Wetherly que el enorme caballo de su excelencia no nos pisoteó a mis hermanas y a mí.

—¡Cielos! —exclamó lord Wetherly, doblando la mano en el brazo de ella—. ¿Eran usted y sus hermanas? Mis más sinceras disculpas. ¿Y está totalmente ilesa?

—Sí —repuso ella con dulzura.

La estaba tocando. El calor de su mano pasaba a través de los guantes, calentándole la piel. Aunque no deseaba que la soltara, no pudo resistir el deseo de mirarse el lugar donde la estaba tocando. Deseaba recordar ese momento, recordar el contacto de su mano.

Lord Wetherly le siguió la mirada y al instante retiró la mano y la colocó al costado.

—Perdóneme, señorita Royle.

—No tiene importancia, lord Wetherly. —Le sonrió coqueta otra vez—. Reconozco que me halaga muchísimo su amable preocupación.

Tuvo la impresión de que el duque habría echado atrás la cabeza y aullado de frustración por su derrota si eso hubiera sido aceptable socialmente.

Se le curvaron solos los labios en una sonrisa triunfal. Pero, muy consciente de que en cualquier momento podría perder la posición favorable que gozaba en ese momento, comenzó a buscar una manera de escapar.

¿Y dónde se habían metido Anne y Elizabeth?

Lady Upperton frunció sus diminutos labios.

—Querida, ni tú ni tus hermanas dijisteis nada de ese roce con el desastre de hoy.

—No había necesidad. Lord Wetherly nos salvó del peligro. —Le tendió la mano—. En ese momento estaba tan conmocionada que no le di las gracias como era debido. Así que lo hago ahora. Acepte mi más sincero agradecimiento, lord Wetherly, por salvarnos la vida.

—Fue mi deber, señorita Royle, y mi placer. —Le dio un codazo a su hermano—. Mi hermano desea decirle algo. ¿Verdad, Rogan?

El duque se aclaró la garganta.

—Señorita Royle. Le ruego que perdone ese cuasi accidente de hoy. Me alivia muchísimo que ni usted ni sus hermanas sufrieran daño alguno. —Se le acercó un poco—. ¿Podría sugerirle que en el futuro use un coche?

—Podría, excelencia, pero dado que no tenemos coche propio y los de alquiler son muy caros para usarlos con regularidad, es probable que continuemos caminando siempre que sea posible. Lo entiende sin duda.

Él la miró con las cejas arqueadas y se le iluminaron los ojos, como si de repente hubiera entendido, aunque por la curiosa expresión de su cara ella no supo qué conclusión podría haber sacado de su inocente comentario.

Se acercó al gigantesco hombre, aunque le retumbó el corazón al hacerlo y le dijo en el tono más bajo posible:

—¿Y yo podría sugerirle que en el futuro tenga la mente enfocada para que no estén en peligro las vidas de los demás?

El duque la miró haciendo un gesto de desagrado y luego exhaló un sonoro suspiro.

—Creo que sucumbiré a las náuseas si no localizo una copa de vino. ¿Tal vez a las damas también les apetecería una libación?

—Me encantaría beber uno o dos traguitos de vino, excelencia —dijo lady Upperton, abriendo su abanico y agitándolo ante su empolvada cara.

—Muy bien, lady Upperton. ¿Y usted, señorita Royle?

—No, gracias, excelencia.

El Duque Negro echó a andar hacia la mesa de refrigerios, pero antes de cobrar velocidad se giró.

—Quinn, ¿me ayudas, por favor?

El desencanto se vio claramente en los ojos del vizconde.

—Discúlpenme, señoras, volveré enseguida.

Haciéndoles una cortés venia, cosa que el imponente patán no se había molestado en hacer, siguió a su hermano por entre la agitada multitud.

En el instante en que los caballeros se perdieron de vista entre el conjunto de chaquetas negras, cambió bruscamente la actitud de lady Upperton.

—Mary, puede que lord Wetherly no se diera cuenta de que mentías, pero yo sí.

La joven frunció el ceño.

—No mentí. En realidad, puse especial cuidado en decir la verdad.

Lady Upperton dejó salir un soplido por entre sus labios pintados.

—Yo te tenía cogida la mano, querida. La sentí crisparse y vi cómo se te tensaba el cuerpo cuando el duque hacía sus ridículas acusaciones sobre la estatua del jardín.

—No mentí.

—Puede que no, pero sin duda no dijiste toda la verdad. —Le levantó el mentón y la miró atentamente con los ojos entrecerrados—. ¡Ah, caramba, Mary! El duque no estaba equivocado. Sí que eras tú la estatua del jardín de los Underwood. ¿Cómo pudo ocurrírsete semejante cosa?

—Sólo quería que mis hermanas vieran al caballero con el que deseo casarme algún día.

No dijo nada más, pero lady Upperton se cruzó de brazos y enarcó las cejas como si estuviera esperando el resto de la historia.

—Verá, esa tarde nuestra cocinera pidió la noche libre para poder ganar unos chelines extras ayudando a preparar la cena para la fiesta en el jardín de los Underwood. No podemos pagarle mucho de salario, así que accedimos. Esto la hizo muy feliz, como se puede imaginar. Comenzó a explicarnos los platos que se iban a servir, y durante la conversación dijo que estaba invitado lord Wetherly, el héroe de la guerra.

—Pero dijiste que no conocíais a los Underwood.

—Bueno, no los conocemos. No estábamos invitadas. Pero yo tenía muchos deseos de que mis hermanas vieran al hombre que me he propuesto conquistar, lady Upperton. Y, claro, él iba a estar justo en la casa vecina, tan cerca. Comprendí que no debía perder esa oportunidad, así que nos empolvamos y entramos sigilosamente en el jardín de atrás.

Lady Upperton sacó un delicado pañuelo de la finísima manga de encaje rosa.

—Ay, Dios. ¿Estabais las tres?

—No se inquiete, por favor. Nadie vio a mis hermanas. Y nadie me vio a mí, bueno, a excepción del duque. Pero estaba oscuro, y yo parecía totalmente de mármol, toda cubierta con capas de pasta y polvos.

—Cielos, ¿Lotharian sabe algo de esto?

—¿Sé algo de qué?

Repentinamente estaban rodeadas por lord Lotharian y sus amiguetes Gallantine y Lilywhite.

Lady Upperton se agitó al instante.

—No tengo ni un tictac del minutero para hablar de esto ahora, Lotharian. Debes saber, sin embargo, que Mary está empeñada en conquistar al vizconde Wetherly, y apostaría todas mis joyas a que él está muy interesado en una unión con ella.

Lotharian se rascó el mentón.

—Wetherly, ¿por qué conozco ese apellido?

Lilywhite levantó un dedo.

—Tal vez porque Wellington mencionaba al muchacho en todos sus despachos desde Tolosa. O porque hace poco el príncipe regente le otorgó un vizcondado en reconocimiento de su arrojo y valentía. Vamos, Wetherly dirigió la División Azul en el heroico ataque sobre Tolosa, ¿sabes? No es pequeña hazaña. Es un verdadero héroe.

—Su padre fue el difunto duque de Blackstone —añadió Gallantine—. Ahora tiene el título su hermano. Sin duda has oído hablar de él, el Duque Negro.

—Ah, sí, el Duque Negro —dijo Lotharian—, sí que he oído hablar de él. —Se echó a reír y los otros dos se le unieron, como si se estuvieran acordando de algún chiste secreto—. Ahora bien, ése sí es un hombre que debería tomar en consideración, señorita Royle.

Mary lo miró incrédula.

—¿Blackstone? Va... vamos, es... «horrendo».

Lotharian movió la mano como para desechar ese comentario, como si fuera un mal olor.

—No, no. Está confundida. Blackstone no es otra cosa que un joven con brío. Reconozco que incluso me recuerda a mí mismo en mi juventud.

—Vamos, no te hagas ilusiones, Lotharian —dijo lady Upperton, asomándose a mirar por los lados del alto noble—. Pero eso no viene al caso. El Duque Negro tiene una especie de resentimiento contra nuestra Mary.

—Le di una bofetada —dijo la joven con toda naturalidad—. Bastante fuerte.

Lady Upperton se encogió.

—Casi me da miedo preguntar, pero debo. ¿Eso ocurrió en el jardín de los Underwood?

—Sí, pero le juro que se la merecía. Estaba a punto de... tocarme —flexionó las rodillas y le susurró al oído— de la manera más indecente.

—Ay, Dios. —Lady Upperton se pasó el pañuelo por la frente, con lo que se quitó un poco de los polvos—. Lotharian, lord Wetherly es el elegido por la señorita Royle, no su hermano. El vizconde procede de una antigua familia y se ha ganado honor y distinción... a pesar de su madre. ¿No estás de acuerdo?

—¿Su madre? —preguntó Mary, mirándolos a los cuatro interrogante.

Pero fue como si su pregunta hubiera caído en oídos sordos.

—Wetherly parece ser un caballero perfectamente conveniente —dijo Lotharian—. Le diré a mi hombre que lo investigue más. —Sonrió a Mary—. Señorita Royle, dentro de una semana le daré la respuesta.

—Creo que no tenemos tanto tiempo —terció lady Upperton y se apresuró a continuar—: Mi temor es que Blackstone no apoye el matrimonio. Ya esta noche ha hecho serios intentos de dejar en ridículo a nuestra Mary. Creo que podría hacer un daño irreparable a una posible unión si no se lo persuade en contra.

—Yo puedo distraer al duque esta noche. Y mañana volveremos a encontrarnos para idear una estrategia más amplia para mantener juntos a estos dos jóvenes enamorados.

Dicho esto, Lotharian se llevó el monóculo al ojo.

—¿Qué piensa hacer? —preguntó Mary.

Comenzaba a zumbarle la cabeza. Ya se había puesto en la peor situación posible con el duque. Los Viejos Libertinos sólo iban a empeorar las cosas, de eso estaba segura.

Lotharian, que sobrepasaba por una cabeza a la mayoría en el grandioso salón, de repente se puso alerta.

—Ah, ¿qué tenemos ahí? Ése es él, el alto, con los hombros de pugilista. ¿Tengo razón?

Lilywhite también levantó su monóculo y miró en esa dirección.

—Tienes la razón, Lotharian.

Éste paseó una traviesa mirada por el salón.

—Muy bien. Déjenme a Blackstone a mí. Lady Upperton, tú te encargas, entonces, de la tarea de que el vizconde y la señorita Royle vuelvan a encontrarse esta noche.

La anciana asintió, con lo que se le agitó la doble papada.

Lotharian volvió a mirar por su monóculo.

—Mmm, será mejor que nos demos prisa, querida. Mira ahí —alzó el mentón, haciendo un disimulado gesto hacia el centro del salón—. El duque le está presentando a su hermano a la hermosa viuda lady Tidwell.

—Ay, Dios.

Lady Upperton se puso de puntillas y tuvo un atisbo de la joven, que se estaba riendo con lord Wetherly. Pero el duque ya no estaba con ellos. Con la copa de vino para ella en su mano, venía caminando directo hacia su grupo.

Poniéndose el abanico delante de la cara, se acercó a Mary.

—Lady Tidwell ha terminado su periodo de luto. Uy, Mary, su conexión con tu joven es un mal giro de los acontecimientos, muy malo, uno que debemos anular al instante.

—No se preocupen demasiado, señoras —dijo lord Lotharian con toda confianza—. La señorita Royle tiene su inocencia y una educación superior que la recomiendan. Lord Wetherly tomará la decisión correcta. Ahora, si me disculpan, señoras, tengo que realizar mi trabajo.

Curvando los labios en una pícara sonrisa, el viejo libertino se puso en camino por una ruta que llevaría a provocar una cierta colisión con el Duque Negro.

De camino hacia lady Upperton con la copa de vino para ella en la mano, Rogan interrumpió su avance y se giró a echarle una última mirada a su hermano.

El asunto iba bien. Era evidente que a Quinn le caía muy bien lady Tidwell, y eso lo tranquilizaba.

Sencillamente no podría soportar que su hermano entablara una relación con la señorita Royle. Vamos, la muchacha parecía disfrutar muchísimo fastidiándolo a cada paso.

En toda su vida no había conocido a una mujer más irritante, de eso estaba seguro.

Pero ¿qué otra cosa podría haber esperado de ella? Todo lo que sabía de esa joven confirmaba su creencia de que era una vulgar plebeya codiciosa.

De todos modos era peligrosa, porque era guapa y sabía emplear sus ardides.

Pertenecía a la peor clase de mujeres, al tipo de las que sabían atrapar a un hombre confiado tocándole la fibra sensible y luego lo llevaban al altar solamente por su dinero.

La señorita Royle era una avariciosa. Peor aún, tenía a Quinn firmemente en su punto de mira.

Aunque no por mucho tiempo.

Cuando le comentó a Portia, lady Tidwell, que su hermano tenía la intención de casarse para formar una familia antes que terminara el año, ella se mostró bastante interesada.

Ella sí sería una esposa perfecta.

Venía de buena familia, poseía una considerable fortuna, era bien educada, de buenos modales, y contaba con todas las mejores conexiones de la sociedad. Sí, les iría muy bien juntos.

Acababa de girarse hacia lady Upperton cuando sintió una firme mano en el hombro. Se volvió y se encontró ante un caballero muy musculoso que lo estaba mirando indignado. En sus furiosos ojos se veía una red de venillas rojas, tenía las mejillas casi moradas y la respiración agitada, echando su mal aliento.

—¿En qué puedo servirle, señor? —preguntó.

—Querría hablar con usted en el jardín, excelencia.

—¿Me permite preguntar de qué se trata, señor?

El caballero emitió un bufido.

—Sabe exactamente de qué se trata. Varios señores mayores le vieron hacerlo. Me lo señalaron. Exijo una satisfacción, en el jardín.

Rogan miró a los dos caballeros ancianos que los estaban contemplando con sonrisas de diversión en sus arrugadas caras.

—Creo que ha habido una confusión, señor. ¿Podría saber qué hice que lo ha enfurecido tanto?

El hombre prácticamente arrojaba fuego por la nariz y la boca, pero tuvo la buena educación de bajar la voz a casi un susurro:

—Le pellizcó el trasero a mi esposa.

—¿Yo? ¿Está seguro? —Paseó la mirada por el salón—. ¿Cuál es su esposa? ¿Me hace el favor de señalármela?

En la ancha frente del joven vibró una vena, y su roja cara pareció vibrar también.

—Al jardín —dijo—. Ahora.

Lo cogió por la manga y lo giró en dirección al pasillo.

—Va a cometer un peligroso error —le dijo Rogan, soltando la manga de su mano.

—El error fue suyo, excelencia, en el momento en que tocó a mi esposa.

—Pero es que no la he tocado. Seguro que lo recordaría si lo hubiera hecho.

—Al jardín.

Levantando las comisuras de los labios, Rogan dejó la copa de vino para lady Upperton en la bandeja de un lacayo que iba pasando.

—Entonces continuemos la conversación en el jardín, como sugiere, señor. Hace un calor agobiante aquí, y me iría bien un poco de aire fresco.

Curvando los labios en una sonrisa satisfecha, siguió al airado tonto por el pasillo y luego por las puertas cristaleras que daban al jardín.

Se quitó los guantes y los metió entre el chaleco y la camisa de linón.

Sí, tal vez un poco de aire enfriaría la ira de su nuevo amigo. Pero si no, tomaría el asunto en sus manos, pensó, flexionando los dedos de la mano derecha y formando un puño.

En el instante en que Blackstone salió del salón se puso en marcha lo que Mary supuso era la segunda parte del plan del cuarteto de ancianos.

Lotharian miró a lady Upperton y se tiró del lóbulo de la oreja.

—Querida niña, ha llegado el momento de que yo distraiga a lady Tidwell, te darás cuenta en el instante si observas con atención, y entonces debes aparecer al lado de tu galán. La oportunidad no te durará mucho, así que cuanto antes lo convenzas de que salga del salón, tanto mejor.

Mary le cogió la regordeta mano.

—Lady Upperton, de verdad le agradezco el interés, pero francamente...

A la anciana se le iluminó la redonda cara.

—Sé que agradeces mi ayuda, y por eso me alegra tanto ayudarte de todas las maneras posibles. Hacía muchísimo tiempo que no me sentía tan necesaria.

Mary hizo un gesto de pesar: no era eso lo que había intentado decir, pero ya era demasiado tarde. No tenía más remedio que seguir el juego.

Lady Upperton le dio una palmadita en el dorso de la mano y retiró la de ella.

—Lotharian acaba de hacerme otra señal. Es mi momento de actuar. Estate atenta para aprovechar tu oportunidad.

Dicho esto, la bajita anciana se lanzó como una bala de cañón por entre el gentío sin prestar la más mínima atención a los perturbados invitados a los que iba haciendo a un lado.

Mary se puso una mano en la frente cubriéndose los dos ojos. ¿Cuándo llegaría a su fin esa velada? Jamás en su vida había soportado tantos momentos vergonzosos en una sola noche.

—Querida.

Bajó la mano y levantó la vista; lord Lotharian estaba ante ella, acompañado por lord Wetherly.

El anciano le sonrió de oreja a oreja.

—Señorita Royle, me acaban de presentar al vizconde Wetherly, el famoso héroe de la guerra. Lógicamente, de inmediato sentí el deseo de presentárselo, pero me he enterado de que alguien ya lo había hecho.

—Ah, sí, lord Lotharian, nos acaban de presentar hace sólo unos minutos.

Miró a lord Wetherly y sintió arder las mejillas por la vergüenza que le producía ese descabellado ardid.

—¿Se siente mal, señorita Royle? —preguntó el vizconde, y una verdadera preocupación se reflejaba en sus ojos de vivo color azul.

Ella abrió la boca para decirle que no, pero Lotharian se le adelantó en hablar.

—Las mejillas de la señorita Royle indican que tal vez está muy acalorada. —Sacó un pañuelo y se tocó con él los elevados pómulos—. Me parece que aquí hace demasiado calor. Tal vez un paseo al aire fresco la reanimaría, señorita Royle.

—Su... supongo que sí —dijo ella, y miró de Lotharian al vizconde—. ¿Tal vez podríamos salir los tres?

El anciano agitó el pañuelo.

—Nada me agradaría más, señorita Royle, pero le he prometido a Gallantine presentarlo a sir Corning. —Miró al vizconde—. ¿Me haría usted el favor de acompañar a la señorita Royle, lord Wetherly? Se lo agradecería muchísimo.

Los labios del vizconde se curvaron en una encantadora y muy atractiva sonrisa.

—Será un honor, señor. —Enderezó la espalda y complacido le ofreció el brazo a ella—. ¿Vamos, señorita Royle?

Ella se cogió del brazo que le ofrecía y lo miró tímidamente a través de sus pestañas.

—Desde luego.

Cielos. El plan estaba dando resultados.

No podía creer en su buena suerte.

¿Por qué había dudado del plan de lord Lotharian para casarla? Era evidente que tenía buenas ideas tratándose de hacer de casamentero.

Tal vez esa noche no sería tan terrible como había creído.

Capítulo 6

Mary se estremeció cuando salieron a la terraza de adoquines que llevaba al jardín de la casa Brower.

El aire era fresco, sobre todo comparado con el calor que hacía en el salón, pero no era la temperatura del aire nocturno la que le hacía temblar todo el cuerpo.

Interpretando su estremecimiento como necesidad de calor, lord Wetherly se apresuró a volver al salón a pedirle a un lacayo que le trajera el chal de ella.

Cuando pasado un momento volvió a la terraza, ella giró la cabeza y le sonrió, mientras él le ponía el paño sobre los hombros.

Se arrebujó el chal, deseando parecer agradecida, pero seguía sintiendo erizado el fino vello de los brazos y de la nuca.

No era el frío lo que la turbaba.

Tampoco era la emoción de poder caminar junto al hombre con el que finalmente se casaría.

Era su terrible hermano.

Porque aunque en el extenso jardín que tenían delante no se veía absolutamente a nadie, como si estuvieran sólo ellos dos allí, sabía que Blackstone y su contrincante dipuesto a darle de puñetazos estaban por ahí cerca.

—¿Le apetecería bajar al sendero? Lady Brower habló de un jardín nocturno que hay cerca del pozo. Se dice que por la noche esas flores blancas impregnan el aire con una fragancia que no se iguala a la luz del día.

La miró a los ojos.

Se detuvieron y estuvieron un largo rato sin moverse de donde estaban, iluminados por la luz dorada del salón que salía por las puertas cristaleras, mirándose a los ojos, soñadores.

O, mejor dicho, ella intentaba igualar la mirada soñadora que veía en los ojos de él. Curiosamente, le costaba muchísimo conseguirlo.

—Mmm...

Desvió la mirada y contempló el jardín iluminado por la luna.

No podía dejar de pensar que en cualquier momento el terrible duque saldría de un salto de detrás del seto de boj a causar estragos.

—Perdóneme, señorita Royle, no debería haberle pedido que dejara a su patrocinador y saliera del salón.

Tras decir esto, lord Wetherly se apoyó en su bastón y fijó la mirada en los adoquines.

Ella giró la cabeza y volvió a mirarlo.

—Le ruego que me perdone, lord Wetherly. No ha hecho nada incorrecto, se lo aseguro.

—No debería haber sugerido un paseo... los dos solos.

Maldita sea. Lo iba a perder si no enfocaba mejor la atención.

—Lord Wetherly, me encantaría dar un paseo por el jardín con usted. Nada me gustaría más. —Giró levemente la cabeza y lo miró de reojo, coquetona—. Lo que pasa es que antes de salir del salón con usted olvidé informar a mis hermanas de dónde estaría. Pensé que íbamos a estar cerca de la casa, por si ellas me buscaran. Lo entiende, ¿verdad?

El vizconde exhaló un suspiro

—Lo entiendo, y reconozco que me siento muy aliviado. Por un instante tuve la seguridad de que podría haber interpretado mal mi invitación, y pensado que soy un horrible bribón empeñado en arrastrarla a la oscuridad para darle un beso tremendamente apasionado.

—Lord Wetherly...

—Llámeme Quinn, tutéeme, por favor. Aun cuando nos acaban de presentar como es debido, creo que... que la conozco muy bien.

Aunque ella no tenía ninguna experiencia en las fases del amor, estaba bastante segura de que él estaba enamorado, y debido a eso, era probable una proposición de matrimonio en las próximas semanas.

Casi la sentía.

Comenzó a bailarle la cabeza con los pensamientos de un futuro con... Quinn.

Veía con toda claridad su boda con él, ya en ese momento. Vivirían en una magnífica casa en el campo. Tendrían tres hijos preciosos, los tres con el pelo dorado de Quinn.

Y... y... De repente se sintió llamada al momento presente.

—¿Señorita Royle? —Nuevamente la mirada de él expresaba preocupación—. ¿Señorita Royle?

«¿Qué? Ay, Dios. Centra la atención, Mary. ¡Concéntrate!»

—Mary, por favor, llámame Mary. —Se rió suavemente—. Perdona mi falta de atención, por favor. Confieso que estaba distraída con mis pensamientos.

Lo miró a los ojos y él sonrió.

«Buen Dios, qué hermoso es cuando sonríe.»

—¿Y qué pensamientos eran esos que te distraían, Mary?

Bueno, ésa sí era una buena pregunta. ¿Qué estaba pensando? O, mejor dicho, ¿qué le gustaría oír a él?

Agitó las pestañas.

«Buen Dios, ¿eso sería demasiado?» Entrecerró los ojos y lo observó.

«No, no, está sonriendo. Todo está bien. Está bien. Tiene que estarlo.»

Entonces, de repente supo cómo debía contestar a su pregunta.

—Estaba pensando si creería que eres un bribón horrible si... —adelante, continúa—, si me besaras aquí, ahora.

Agrandó los ojos con fingida inocencia.

Él también agrandó los ojos, y guardó silencio unos segundos, hasta que su expresión de sorpresa fue reemplazada por una de entusiasmo.

—Supongo que sólo hay una manera de saber la respuesta a tu pregunta.

Ella sintió tamborilear una retreta en su pecho y venas.

Él lo iba a hacer. En cualquier momento lord Wetherly iba a posar sus labios en los de ella.

Zeus, ¿debería cerrar los ojos? ¿O mejor esperar hasta que se tocaran sus bocas? Cerrarlos. Sí. Eso parecía ser lo correcto.

Cerró los ojos y levantó la cara, con los labios listos, esperando que Quinn, el hombre con el que se casaría algún día, la besara.

En cualquier momento... en cualquier momento.

Entonces lo oyó arrastrar los pies de una manera muy extraña y luego oyó el sonido que hacía al expulsar todo el aire de los pulmones.

Una fría ráfaga de aire pasó entre ellos y tuvo la seguridad de que él se había alejado de ella.

¿Habría interpretado equivocadamente su ardor?

Estaba a punto de abrir los párpados y echarle al vino la culpa de su lasciva conducta; bueno, no toleraba bien los zumos de uvas, así que tenía perfecta lógica, ¿no?

Antes que alcanzara a decir una palabra, él la cogió en sus brazos y la estrechó con fuerza, aplastándola contra su duro y musculoso pecho.

No bien había aprovechado un breve instante para hacer una rápida inspiración cuando los labios de él se apoderaron de los de ella, ardientes, húmedos, moviéndolos de una manera muy... muy apasionada.

«Vaya, caramba, Dios santo.»

Sintió que se le ablandaban las piernas, quedando con la consistencia de mermelada, y por todo su cuerpo pasó una ola de calentura.

Santo cielo, jamás se habría imaginado que un beso pudiera ser así.

Ni que Quinn, el dulce Quinn, fuera el tipo de hombre capaz de hacerle girar tan deliciosamente la cabeza.

Tenía que estar enamorada.

Claro, eso era. No había ninguna otra explicación. Ella y Quinn estaban hechos el uno para el otro. Debería decírselo, reconocer sus sentimientos, ya.

Él tenía que sentirlo también, seguro. Nadie podría besar así sin estar enamorado.

«No pienses, Mary, simplemente díselo. ¡Díselo!»

Así pues, en el instante en que él separó la boca de la de ella, le confesó sus sentimientos.

—C... creo que te amo.

Entonces oyó la voz de Quinn.

—¡Para, basta ya!

Qué extraño. Parecía estar muy lejos.

—Para inmediatamente —dijo él, en tono de súplica.

—¿Q... qué?

Mantuvo los ojos cerrados para no romper el momento y acercó la cara para que le diera otro beso.

—Rogan, te lo exijo.

¿Rogan? Se quedó inmóvil, rígida. Giró la cara hacia el jardín, suponiendo que vería salir al espantoso hermano de Quinn de detrás de los arbustos, tal como se había imaginado, tal como había temido.

Pero lo que vio fue a Quinn, de pie al lado de ella. ¿A Quinn?

Entonces, ¿quién fue el que la besó? Giró la cabeza y pestañeó. Ooh, fatalidad.

—¿Me ama, señorita Royle? —Todavía aplastándola contra su pecho, el Duque Negro se rió perversamente—. Y yo que pensaba que me detestaba.

A Mary se le agolparon las lágrimas en los ojos.

—Suélteme, vulgar animal.

—La has oído, Rogan. ¡Suéltala! —gritó Quinn—. No puedo creer que hayas hecho esto. Eres mi hermano. ¡Mi hermano!

—Muy bien, la soltaré, señorita Royle —dijo el duque en un insultante susurro—. Cualquier cosa por la mujer que me ama.

Se enderezó y la enderezó a ella, apartándose.

Mary lo miró indignada. Tenía la respiración tan agitada que las palabras le salieron en un soplido:

—¡Cómo se atreve!

Y por segunda vez, echó la mano hacia atrás para darse impulso y se la estampó en la mejilla.

Sin atreverse a mirar hacia Quinn, abrió las puertas cristaleras y, cegada por lágrimas de humillación, entró en el salón.

Rogan se friccionó la mejilla con el dorso de la mano.

—Deja que se vaya, Quinn, por ahora. Creo que va a necesitar unos cuantos minutos para calmarse.

El vizconde desvió la mirada de las puertas cristaleras para mirar a su hermano.

—Debería desquitarme por lo que has hecho.

—Pero no lo harás porque lo hice por tu bien. —Al ver que su hermano abría la boca para protestar, lo silenció levantando una mano—. Sé que ahora no basta una disculpa, Quinn, pero te juro que algún día me agradecerás esto.

Le puso una mano en el hombro, pero el otro se la apartó de una palmada.

—¿Por qué? Dime por qué lo has hecho. —Lo miró a los ojos; los de él brillaban a la suave luz que salía del salón—. Estaba a punto de besar a la señorita Royle, a la dama con la que me voy a casar algún día, cuando me apartaste de un empujón y la atacaste.

—No le hice ningún daño. Sólo la besé. Y estoy bastante seguro de que le gustó.

Intentó no sonreír; ni decir ni insinuar que a él también le había gustado besarla. Pero no era el bruto que los aristócratas creían que era. No la besó para herir a su hermano. No, cuando besó a la señorita Royle, lo hizo con la mejor de las intenciones.

—¿Por qué, Rogan? —repitió Quinn; estaba crispado, aunque intentaba disimularlo—. ¿Por qué diablos lo hiciste?

—Maldita sea, Quinn. Lo hice para salvarte de la maldita trampa del cura. —Caminó hasta el banco de mármol y se sentó. Se pasó la mano por el pelo y volvió a mirar a su hermano—. Venía de vuelta de la parte de atrás del jardín, después de una acalorada discusión con un caballero al que convencieron, equivocadamente, de mi interés en su esposa. Entonces fue cuando la oí seduciéndote para que la besaras.

—No me estaba seduciendo. Simplemente me invitó a hacer algo que yo deseaba muchísimo hacer.

—A veces eres tan ingenuo. Pero yo no. Era una trampa, una trampa en la que ibas a caer entusiasmado.

—No era una trampa, Rogan.

—Pero yo estaba seguro de que lo era. Ibas a cogerla en tus brazos y besarla y al instante saldrían corriendo lady Upperton y un montón de criticonas señoras de la sociedad a acusarte de deshonrar a la señorita Royle. Y siendo tú el hombre bueno, el hombre honorable que eres, la protegerías pidiéndole que se convirtiera en la vizcondesa Wetherly.

Curiosamente, Quinn no se conmovió en absoluto por su sacrificio. Se le colorearon las mejillas y se le agitó el pecho. Por el amor de Dios. Parecía estar más furioso aún, si eso era posible.

Simplemente no entendía. Por lo tanto, continuó:

—Un hombre honorable no tendría otra opción que casarse con ella. Pero a mí la sociedad me ha apodado el Duque Negro. Tengo mala reputación. Nadie me obligaría a casarme apelando a mi honor, porque, por lo que a ellos se refiere, yo no tengo honor. Así que besando a la señorita Royle en tu lugar te rescaté de un matrimonio obligado. —Le sonrió con la esperanza de apaciguarlo—. Ahora puedes darme las gracias, si quieres.

—Estás loco, Rogan. Llevas tantos años desconfiando de las mujeres que ves un motivo malvado tras el más inocente de los besos.

Rogan exhaló un largo y sonoro suspiro.

—No conoces a las mujeres como las conozco yo. Las colocas en un pedestal. Pero, créeme, sé de qué son capaces. He visto a mujeres como ella, muchas, muchas veces. Mujeres que engañan, que utilizan, que destruyen, que lo hacen todo para llenar sus monederos de oro.

—Demonios, Rogan. Ella no es de ese tipo de mujer. N... no conoces a la señorita Royle.

—¡Tú tampoco la conoces! ¿No lo entiendes, Quinn? Justamente de eso se trata. No hace más de una hora que sabes su nombre, y ya aseguras que podría ser una mujer digna de tu corazón.

—Si la hubiera besado, podría haber salido todo Londres por esas puertas cristaleras a exigirme que me casara con ella ahora mismo que yo lo habría hecho encantado. Deseo casarme, Rogan. Y ella es una mujer buena, una mujer virtuosa, de alma buena y tierna.

Su hermano se frotó la mejilla.

—Un alma tierna capaz de darte una bofetada de los mil demonios.

—No te merecías menos. Sólo puedo esperar que algún día comprendas que no todos tienen el corazón tan negro como el tuyo.

—Y tú comprenderás, hermano, que sé calar a una mujer más rápido de lo que tardaría en decirme su nombre. La señorita Royle no es de buena cuna.

—Lo es. Posee una elegancia que no había visto nunca antes.

—Cierto, esta noche ha venido bastante bien vestida, lo que podría dar la impresión a cualquiera de que procede de buena familia, pero yo la vi antes de hoy. Vi su vestido de campo y su ridícula papalina. Vi quién es en realidad, una oportunista, interesada tan sólo en tu título y tus bolsillos llenos.

—Te equivocas, hermano.

Tras decir esto, el vizconde se giró y entró en el salón pisando fuerte.

Rogan se levantó del banco y le gritó:

—Ya lo verás, Quinn. Ya lo verás.

A la mañana siguiente, bastante tarde, cuando Rogan se sentó a desayunar Quinn ya tenía su plato lleno con lonchas de beicon, huevos y pan, y estaba bebiendo lentamente su café. Ni siquiera se fijó en que él había entrado.

Y estaba muy guapo; vestía una levita azul muy bien cepillada, y la corbata meticulosamente arreglada; los botones de bronce relucían como si acabaran de abrillantarlos. Ése no era su atuendo normal para el día, no. Y eso lo preocupó.

—Mírate, Quinn, estás elegantísimo esta mañana, ¿eh, muchacho?

Mmm. Había esperado una explicación de su elegante ropa, pero Quinn no se apresuró a dársela.

En realidad, no dijo nada en absoluto.

Simplemente continuó tomando bocados de un grueso trozo de pan cubierto por una capa de mantequilla recién hecha.

—Vamos, ¿acaso no te pedí disculpas? Si no lo hice, permíteme que lo haga ahora. Querido hermano, te juro que lamento de todo corazón haber besado a la señorita Royle.

—No lo lamentas. Sólo quieres demostrar tu creencia, tu equivocada creencia podría añadir, de que la señorita Royle no desea otra cosa que mi fortuna.

Rogan llenó su taza de café y comenzó a sorber ruidosamente.

—Debes creerme cuando te digo que espero que mi afirmación diste muchísimo de ser la verdad.

—Bueno, no tiene ninguna importancia, Rogan.

Maldita sea. Quinn tenía la firme intención de hacer algo y él tenía una idea de qué podría ser.

—¿No?

—No, porque pienso visitar a la señorita Royle a primera hora de esta tarde para pedirle disculpas por tus bárbaros actos en la fiesta de los Brower. —Esbozó una sonrisa y lo miró desafiante—. Después me acercaré a Cavendish Square para hablar con lady Upperton sobre mi intención de cortejar a su protegida, la señorita Royle.

Una sacudida de preocupación pasó por todo el cuerpo de Rogan, impulsándolo a levantarse de la silla.

—Quinn...

No se le ocurriría nada que decir para disuadir a su hermano de esa ridícula decisión.

A eso se debió que cuando Clovis, el mayordomo, entró con una bandeja de plata en la que había una carta y se dirigió en línea recta hacia Quinn, cerró la boca y volvió a sentarse, agradeciendo el tener un momento para idear un argumento.

Cuando el vizconde vio al mayordomo se le formaron arruguitas en la fina piel de las comisuras de los ojos y por su cara de elegante estructura ósea pasó una expresión de desconcierto.

—Es algo temprano para una carta, ¿no?

—No tan temprano, milord —dijo Clovis, levantando un poco la bandeja ante él, instándolo a coger la misiva.

Entonces Rogan cayó en la cuenta de que la actitud de su hermano no era la debida.

—Cógela, Quinn.

Éste miró el papel color crema doblado.

—Creo... creo que primero voy a terminar de desayunar.

¿Qué significaba eso?, pensó Rogan. Se levantó. Desde su sitio al otro lado de la mesa vio que la dirección de la carta estaba escrita con letra de mujer. ¿De la señorita Royle tal vez?

¿Podría ser ése el motivo de que Quinn tuviera miedo de abrirla? ¿Temería que la carta contuviera la orden de que se refrenara de intentar volver a verla? Al fin y al cabo, ella podría considerar que Quinn, un héroe de la guerra y todo eso, no había hecho nada para impedir que su pícaro hermano la atacara. O, lo más probable, había encontrado otro con los bolsillos bien llenos después en la fiesta.

Sí, sí, pensamientos fantasiosos. Pero la perspectiva de ver el final de la campaña de la señorita Royle por atrapar el anillo de su hermano casi lo mareó de alegría.

Y Quinn seguía sin alargar la mano para coger la carta.

Maldita sea, no fue capaz de soportarlo más tiempo. Tenía que saber qué contenía ese sobre.

—Ya he comido todo lo que podía comer esta mañana —dijo, con la esperanza de Quinn no se fijara en su plato todavía casi lleno—. Yo te la leeré mientras tú comes. Después de todo no hay secretos entre nosotros, ¿verdad, hermano?

Antes que Quinn pudiera contestar, cogió la carta de la bandeja, rompió el sello de lacre dorado, desdobló el papel, miró y... ¡maldición!

No era de la señorita Royle.

—Es de lady Tidwell. —Ah, sí, su plan de contingencia, aunque ¿tan pronto? Bueno, eso sí que era interesante. Puso la misiva delante de Quinn—. Supongo que desearás leerla.

—Ah, muy bien. Dámela.

El vizconde se puso la carta ante los ojos y estuvo unos cuantos segundos leyendo en silencio.

Rogan lo observaba atentamente para ver su reacción. Ahora bien, ¿qué acababa de ver? ¿Podría ser una insinuación de sonrisa? ¿Un destello de interés?

—¿Cómo está lady Tidwell? —preguntó—. Anoche apenas hablé dos palabras con ella. Y era su primera reunión social después que acabó su periodo de luto. Tú hablaste con ella, ¿verdad, Quinn?

Se veía bastante distraído en ese momento, lo que le pareció un buen presagio.

—Sí. Su hermano, el teniente Spinner, ha aceptado un nombramiento en otro regimiento. Ha estado un periodo corto en la ciudad. Parece que mañana se embarca para la India. Buen hombre, Spinner. —Levantó la vista y lo miró, y la expresión de preocupación de su cara había sido reemplazada por una de alegría y ánimo—. Esto... combatimos juntos en Tolosa, ¿sabes?

—¿Ah, sí? No lo sabía.

Pero claro que lo sabía. En realidad, era la estrecha relación de Quinn con el hermano de lady Tidwell la que hacía que ella fuera la opción perfecta para distraerlo.

—Me envía una invitación para comer con ellos dos esta tarde, antes que él se marche. —Dejó la carta en el regazo y sus ojos adquirieron una expresión vaga, sumido en sus pensamientos—. Me gustaría muchísimo aceptar, pero...

—¡Pero nada! —Rogan avanzó un paso y le dio una palmada en la espalda, fuerte pero cordial, con el fin de sacarle de la cabeza la idea de visitar a la señorita Royle en lugar de aceptar la invitación—. Sé dónde tienes la cabeza. Escucha, acepta la invitación de lady Tidwell. Tú mismo comentaste lo corta que puede ser la vida, sobre todo para un soldado.

Quinn alzó la vista y lo miró. Había aceptado el argumento.

—Pero después de anoche... debería...

—Por el amor de Dios, Quinn. Si debes, si de todos modos debes visitar a la señorita Royle y a lady Upperton, puedes hacerlo después de la comida o, mejor aún, mañana, cuando la señorita Royle haya tenido la oportunidad de calmarse debidamente después de mi... indiscreción.

—Sí, supongo que tienes razón.

Tras decir esto, alegremente se metió un trozo de manzana en la boca y comenzó a masticar.

—Éste es mi hombre —dijo Rogan, y dándole una palmadita en el hombro salió del salón en dirección a la escalera para subir a sus aposentos.

Chasqueó los dedos hacia un lacayo y le ordenó que fuera a buscar a su ayuda de cámara inmediatamente. Necesitaba mostrar su mejor aspecto, pues tenía que hacer dos importantes visitas enseguida.

La primera a lady Upperton.

Y después a la chica con el brillo de guineas de oro en los ojos.

La señorita Royle.

Mary colocó el pitón de la chocolatera sobre la taza descascarillada aunque perfectamente servible de Elizabeth y comenzó a llenarla.

Esa noche había sido la peor de su vida sin duda alguna. Jamás se había sentido tan humillada en su vida. El duque de Blackstone era un sinvergüenza, y deberían tenerlo encerrado con llave por el bien de todas las mujeres.

—¡Mary! —exclamó Elizabeth, cogiéndole la mano y enderezando la chocolatera—. ¿Dónde tienes la cabeza? Porque no la tienes puesta en servir. Mira el mantel.

—¿Qué has dicho?

Elizabeth apuntó con el dedo su taza que rebosaba.

Rayos. También había unos cuantos goterones de chocolate manchando el mantel.

—Ay, Dios, deja que vaya a buscar algo para...

—No se preocupe, señorita —dijo la señora Polkshank, la cocinera y ama de llaves a la que Mary había contratado sólo hacía dos semanas—. Yo me encargaré de limpiarlo.

A continuación colocó un plato con bollos calientes en la mesa, de los que Elizabeth cogió uno.

—Estoy acostumbrada, ¿saben? Cuanto más tarde era en la taberna más accidentes de este tipo había, así que aprendí a estar siempre preparada.

Justo en el instante en que entraba Anne en el comedor, la cocinera, a la que por lo visto le traía sin cuidado el decoro, se levantó el colgante pecho derecho y sacó un paño de cocina del cinturón de su delantal.

Anne la observó con repugnancia cuando dejó caer el pecho, mojó una punta del paño con la lengua y comenzó a frotar las manchas de chocolate.

—Uy, esto no va a servir —dijo la corpulenta mujer, echando a andar hacia la puerta—. Voy a necesitar vinagre. —Al llegar a la puerta se detuvo y miró hacia atrás por encima del hombro—. ¿Traigo más chocolate? ¿Tal vez té para usted, señorita Anne?

Ésta no se dignó girarse a contestar. Brillaba la ira en las pintitas doradas de sus ojos color verde musgo. Negó enérgicamente con la cabeza.

—Bueno, entonces, vuelvo enseguida.

Mary observó a la mujer hasta que desapareció por el corredor.

Al instante Anne le dijo a Elizabeth:

—Hermana, hazme el favor de decirle a Mary que la cocinera debe marcharse.

Mary frunció el ceño.

—No se va a marchar a ninguna parte, Anne, y si deseas hacer un comentario sobre el personal, puedes hacérmelo a mí directamente.

Las mejillas de Anne se colorearon de un rojo vivo.

—Muy bien. ¿Dónde la encontraste, Mary? ¿En una esquina de Drury Lane?

Elizabeth tomó un buen bocado de su bollo y levantó cuidadosamente su taza para acompañarlo de un trago de chocolate.

—No estoy de acuerdo contigo, Anne —dijo—. En el campo nunca tuvimos comidas como las que prepara la señora Polkshank. Yo creo que tiene mucho talento. Y de verdad mantiene la casa mucho más limpia de lo que la tuvo jamás el ama de llaves ladrona de la tía Prudence.

—Es muy dotada para la cocina —añadió Mary—, y muy económica. Siempre le quedan uno o dos chelines después de hacer la compra. Tienes que estar de acuerdo en que con su creatividad para idear las comidas y su habilidad para prepararlas casi se me olvida lo limitado que es nuestro presupuesto.

—Nuestra escasez de fondos sólo está motivada por tu frugalidad, Mary. No nos falta dinero. Vamos, con el dinero con que se nos ha dotado podríamos vivir como reinas durante varios años por lo menos.

—O como princesas, por lo menos —terció Elizabeth, ocultando su sonrisa tras la taza.

Mary negó con la cabeza.

—Anne, no estás enfadada porque contraté a la señora Polkshank. No estás enfadada, al menos esta mañana, por mi forma de manejar la economía de la casa.

Su hermana se cruzó de brazos.

—¿Ah, no, Mary?

—No. Sigues furiosa por lo de anoche.

Anne bajó la cabeza, como si le interesara mucho examinar el borde calado de la servilleta que tenía en la falda.

—Lady Upperton acababa de presentarme a un joven muy simpático y ameno, un conde. —El verde de sus ojos se aclaró al levantar la vista—. Y entonces entraste corriendo en el salón, con el pelo todo revuelto, y un instante después estábamos fuera de la residencia de los Brower esperando que el coche nos pasara a recoger para traernos a casa.

—Blackstone me besó —dijo Mary, y notó que le temblaba la voz—. Ese malvado sinvergüenza hizo todo lo que pudo por humillarme y dejarme en ridículo ante su hermano. Y lo hizo porque no sé cómo ha adivinado que me he propuesto conquistar a lord Wetherly. Ésa es la única explicación.

Elizabeth le puso una mano en el antebrazo, pero con la atención puesta en Anne.

—Teníamos que marcharnos. Nuestra hermana estaba pasándolo mal, y a saber qué podría haber hecho Blackstone si la hubiera encontrado en el salón.

Anne echó atrás su silla y miró a Mary detenidamente.

—Lo que no entiendo es por qué un simple beso, aunque fuera indeseado, te trastornó tanto. «Nuestra» Mary le habría dado una bofetada o algo peor.

—Se la di.

—Pero lloraste por lo que te hizo. Vamos, si fueras una simple señorita boba podría esperar sollozos. Podría esperar aullidos. Pero no de ti.

Elizabeth se giró a mirar a Mary también, como si de repente la viera a la luz del día por primera vez.

—Coincido con ella, Mary. Hasta la muerte de nuestro padre eras fuerte, segura de ti misma y, buen Dios, terriblemente competitiva. No habrías permitido que nadie te derrotara.

—¿Por qué ahora, Mary? —preguntó Anne.

Ésta apoyó los codos en la falda y la cabeza en las manos.

—No lo sé. De verdad, no lo sé.

Levantó la cabeza y la sorprendió sentir bajar calientes lágrimas por las mejillas.

—Antes que muriera papá yo sabía quién era, conocía mi lugar en el mundo. Ahora me siento... perdida.

—Nosotras nos sentimos igual —le dijo Elizabeth—. Éste es un mundo nuevo para nosotras, Mary. Encontraremos nuestro camino con el tiempo.

—Lo que sé es que el dinero que tenemos en nuestras arcas es lo único que se interpone entre nosotras y el asilo para indigentes —dijo Mary. Enderezó la espalda—. Debemos usarlo juiciosamente para construirnos futuros seguros.

—Y Blackstone está minando tus intentos para forjarte un futuro, una vida, con lord Wetherly —dijo Anne en tono dulce y tranquilizador—. Eso es lo que te asusta tanto.

Mary miró la mancha en el mantel y guardó silencio.

Sonó un golpe en la puerta de calle, pero solamente MacTavish se dio por enterado.

La misión de lady Upperton de presentar a las hermanas en sociedad la noche pasada había sido un éxito, y durante toda la mañana se habían ido acumulando sobre la repisa del hogar tarjetas de visita e invitaciones a fiestas y veladas musicales.

Mary se limpió una lágrima con el dorso de la mano.

—El duque está obstinadamente resuelto a mantenerme alejada de Quinn..., de lord Wetherly. Y yo no puedo hacer nada para impedírselo.

—Podrías hacer algo —dijo Elizabeth—. Al menos la antigua Mary sí podría.

Mary pestañeó para quitarse las últimas lágrimas de los ojos.

—Tienes razón. ¿Por qué he de hacerme a un lado, esperando su próxima estratagema para humillarme delante de su hermano? Sólo tengo que ser lo bastante lista como para tenerlo controlado, para distraerlo, de modo que no tenga ni el tiempo ni la oportunidad de abrir una brecha entre lord Wetherly y yo.

—Ésta es nuestra Mary —dijo Anne levantándose.

Rodeó la mesa y la abrazó, justo en el momento en que entraba MacTavish, procedente del pasillo.

Mary se incorporó y levantó el puño en un gesto muy teatral.

—Blackstone, has encontrado a tu igual.

—¿Ah, sí? —dijo una voz profunda, muy conocida, desde el corredor.

En el instante en que Mary vio quién estaba justo detrás de MacTavish, creyó que se le iban a salir los ojos de las órbitas.

Tragó saliva para pasar el enorme nudo que de repente se le había hecho en la garganta.

—Oh, Dios mío. Blackstone.

El duque enarcó las cejas significativamente.

—Mi querida señorita Royle, tengo entendido que está recién llegada de las tierras inhóspitas de Cornualles, así que estoy seguro de que no ha sido su intención insultarme. Mi título no es «Dios mío Blackstone». Soy duque, por lo tanto la manera educada de tratarme es «su excelencia».

—Ah, disculpe, pero no dije «Dios mío Blackstone» —tartamudeó Mary—. Hice una pausa después de «Oh, Dios mío».

—Señorita Royle, sé lo que oí.

—No, no, se ha equivocado. —Miró suplicante a una de sus hermanas—. Anne, ve a buscar una hoja de papel, por favor. Se lo enseñaré, excelencia.

—Simplemente dígalo otra vez.

Mary lo miró a punto de obedecer, incluso alcanzó a abrir la boca. Entonces vio el brillo travieso en sus ojos y su ancha sonrisa sesgada.

Maldita sea, nuevamente le había permitido tomarle el pelo, humillarla.

Muy bien, le concedería eso; era rápido y ella no estaba preparada.

Pero ésa sería la última vez.

La muy última.

Capítulo 7

—Le ruego que me perdone, excelencia —dijo Mary muy educadamente, aunque en su mente su tono era cualquier cosa menos cortés—. Le aseguro que mi comprensión de las formas de tratamiento es bastante buena, aunque confieso que no había esperado encontrármelo en nuestro comedor a esta hora, ni a ninguna otra.

Pasó por un lado de sus hermanas en dirección a él y extendió la mano.

—Comencemos de nuevo. Bienvenido a nuestra casa, excelencia.

Se inclinó en una exagerada reverencia, bajando tanto el cuerpo que era como para honrar al propio príncipe regente.

Cuando se incorporó miró a sus hermanas, las que visiblemente nerviosas por la presencia del Duque Negro en su casa, lo honraron de igual manera. Cuando se enderezaron, Mary las llamó a su lado dándose una palmadita en el muslo, como quien llama a un cachorrito.

—¿Nos hará el favor de acompañarnos al salón, excelencia? Juraría que allí estaremos todos mucho más cómodos.

Inmersa en el papel de una buena anfitriona, le sonrió alegremente a su huésped y salió al pasillo, indicándole con un gesto que la siguiera.

Por fuera estaba calmada y serena. Por dentro era un enredo de nervios anudados.

Cuando entraron en el salón, lo primero que hizo, como era su costumbre, fue sacar el vaso de cordial vacío de entre las huesudas manos de su tía abuela dormida.

Al girarse vio que Blackstone estaba mirando a la anciana.

—¿Tal vez deberíamos ir a otra sala para no perturbarla? —dijo el duque, haciendo un gesto hacia la tía Prudence.

Mary negó con la cabeza y apoyó la mano en el hombro de la anciana; ésta no se movió ni despertó.

—No es necesario. Es la señora Winks, nuestra tía abuela.

Blackstone hizo una venia ante la tía dormida. A Mary se le levantó una comisura de la boca, divertida.

—Es un encanto, pero está bien entrada en la chochez. No la molestaremos, no tiene por qué preocuparse. Siempre he creído que disfruta con la compañía de gente joven, aun cuando no esté del todo consciente. —Extendió la mano hacia el sillón enfrentado al que ocupaba la tía Prudence—. Tome asiento, por favor, excelencia.

Mientras se sentaban, Mary agradeció al cielo que sus faldas largas le ocultaran las rodillas que le entrechocaban ridículamente. No la beneficiaría en nada que aquel granuja viera lo nerviosa que la había puesto su ataque por sorpresa.

Porque eso era un ataque; era la única explicación que se le ocurría. ¿A qué habría venido si no?

No a pedirle disculpas por el beso, seguro. Eso sería lo caballeroso, y Blackstone no era un caballero.

—Excelencia, no me cabe duda de que está clarísimo que no le esperábamos —dijo, y notó, sorprendida, que la voz le salió tranquila y pareja—. ¿Me permite que le pregunte la finalidad de su visita?

Anne y Elizabeth estaban sentadas en silencio, prácticamente acurrucadas, mirando al duque como dos ratones de campo acorralados por un hambriento gato de granero.

Entonces Blackstone fijó los ojos en Mary, y de repente se sintió como si fuera incapaz de respirar.

—He venido, mi querida señora, a pedirle disculpas por mis actos de la noche pasada. —Tragó saliva, desvió brevemente la mirada hacia Anne y Elizabeth, obteniendo una suave exclamación ahogada de cada una—. No debería pedirlo, pero... ¿podría hablar con usted en privado un momento?

Esas palabras sólo acababan de salir de la boca del duque cuando Anne y Elizabeth se levantaron del sofá y salieron a toda prisa del salón, como si estuvieran cosidas.

Cobardes. Mary sintió latir fuerte el pulso en las muñecas. La habían dejado sola con él. Bueno, estaba la tía Prudence, que en ese momento estaba roncando fuerte, como para recordarles su presencia.

De todos modos, era como si estuviera sola, y Dios sabía que no estaba en absoluto preparada para eso. Vamos, no podía estar sentada ahí con un hombre que sólo la noche anterior se había aprovechado groseramente de ella.

Se levantó y abrió la boca para ofrecer sus disculpas.

—Por favor, señorita Royle, no se vaya. No tiene nada que temer de mí, se lo juro. —Se levantó y en un solo paso estaba ante ella—. Por favor.

Con una suavidad que la sorprendió, le puso la mano en el hombro y la llevó de vuelta al sofá a sentarse. Entonces se arrodilló ante ella y le cogió una mano.

Santos bienaventurados, ¿qué pretendía hacer?

Blackstone dobló la mano cubriendo la de ella con los dedos, y se la sostuvo con firmeza.

—Tengo la esperanza de lograr que me perdone, señorita Royle. Lo que hice fue despreciable y no tengo ninguna disculpa, aparte de que lo hice por Quinn.

Mary intentó retirar discretamente la mano de la de él, pero la sujetaba de tal forma que le fue imposible.

—Sí, lo que hizo fue horrendo, y debe perdonarme, excelencia, que no entienda su razonamiento. Creo haber visto que su hermano no estaba agradecido por lo que hizo por él.

Sin querer desvió la mirada de sus manos cogidas hacia su pecho. Incluso a través de su chaleco y su chaqueta se veían las ondulaciones de sus firmes músculos. Entonces pasaron por su cabeza, chocándose, todas las sensaciones de estar apretada a ese duro pecho.

Unas gotitas de sudor le mojaron la hendidura entre los pechos. Buen Dios, sí que estaba caluroso el salón.

Desvió la mirada de su musculoso pecho y la fijó en la campanilla que estaba sobre la mesa cerca del hogar. Si él volviera a su sillón, podría llamar a MacTavish para que abriera las ventanas y así entrara algo de brisa.

Dio un pequeño tirón, pero lo único que consiguió fue que él aumentara la presión de su mano en la de ella.

Él bajó la cabeza y contempló la alfombra, como si buscara en su dibujo las palabras que debía decir para continuar. Cuando levantó la cabeza, parecía casi inseguro de sí mismo.

No, eso no puede ser. Sólo es un ardid, nada más.

—Permítame que sea brutalmente sincero con usted, señorita Royle —dijo al fin.

—No lo desearía de otra manera, excelencia.

—Cuando la oí invitar a Quinn a besarla, tuve la idea de que los afilados dientes de una trampa matrimonial estaban a punto de cerrarse alrededor de mi hermano. —Acercó su bello rostro al de ella, obligándola a apretar la espalda contra el respaldo del sofá para evitar que se rozaran las narices—. Estaba seguro de que en el momento en que sus labios tocaran los suyos, saldría su patrocinadora del salón, aseguraría que él la había deshonrado y le exigiría matrimonio.

A Mary se le escapó una risita por entre los labios cerrados.

—Excelencia, debe de considerarme mucho más lista de lo que soy, si tiene la impresión de que soy capaz de llevar a cabo una estrategia tan intrincada y ladina.

—No creo que haya subestimado su inteligencia, señorita Royle, aunque me temo que interpreté totalmente mal su intención.

Mary ladeó la cabeza.

—Si creyó que yo iba a hacerle una encerrona a su hermano, ¿por qué no lo llamó para que se alejara de mí? ¿Por qué se interpuso entre él y yo y me besó usted?

Blackstone le soltó la mano y se incorporó. Se dio media vuelta y caminó hacia el hogar.

En el momento en que le dio la espalda, ella se llevó las manos al pecho e inspiró aire a bocanadas.

Él apoyó el codo en la repisa de la chimenea y giró la cabeza para mirarla.

—Porque tenía que saberlo. Tenía que saber si tenía razón, si era verdad que usted tenía un plan, porque es el tipo de mujer que busca casarse por dinero.

Mary se quedó absolutamente desconcertada.

¿De veras creía que ella encontraba atractivo a su hermano debido a su fortuna?

¡Qué ridículo!

—Excelencia, no tengo ninguna necesidad de dinero, se lo aseguro. Tengo mi buena parte de herencia y una dote bastante sustanciosa.

Blackstone paseó la mirada por el salón, prestando particular atención a la raída tela que tapizaba el sofá y a la desgastada alfombra.

—Si eso es cierto, le ruego que me perdone, señorita Royle.

—Es cierto. —Se miró el desgastado vestido de batista y deseó haberse puesto otro—. A pesar de las apariencias, tal vez. Ésta es la casa de nuestra tía abuela. Cuando vinimos a vivir con ella, su personal ya había hecho todo lo posible por despojar la casa de todo lo valioso. Por suerte llegamos cuando llegamos.

Blackstone asintió, pensativo.

¡Buen Dios! ¿Qué le importaba lo que él pensara de los muebles? ¿O de su vestido?

Era un bruto. ¿Qué podía importarle su opinión sobre ella?

Tragó saliva y volvió al meollo de la conversación.

—¿Así que me puso a prueba, excelencia? ¿Qué tal me fue?

—¿Cree que me habría dignado a venir a pedirle perdón si siguiera dudando de sus motivos respecto a mi hermano?

Mary pensó la respuesta. Estaría loca si creyera ciegamente esas palabras, pero en el momento no logró encontrar ningún motivo para no creerle.

—No, supongo que no.

—Entonces, ¿acepta mis disculpas?

—Excelencia, le agradezco que me haya explicado los motivos de sus actos. Acepto encantada su disculpa.

Se obligó a curvar los labios en una sonrisa; ese tipo de sonrisa de obligación, destinada a comunicar al visitante que la visita ha terminado, pero ha sido muy agradable verlo.

Con esa sonrisa fijada en la cara, se levantó y echó a andar hacia la puerta, pasando junto a él.

—Gracias por venir, excelencia. Permítame que le acompañe hasta la puerta.

De pronto lo sintió detrás de ella, y luego la suave presión de sus manos en los hombros, girándola hacia él. Levantó la cabeza y lo miró a los ojos. Al instante le pareció que le salía todo el aire de los pulmones.

—¿Hay... esto... alguna otra cosa, excelencia?

—Sólo una petición más. Permítame que enmiende mi indiscreción de anoche. —Sus ojos parecieron examinar los de ella en busca de una respuesta—. Por favor.

—¿Cuál es su petición?

Su voz sonó espesa a sus oídos, como en un resuello, pero no podría haber logrado que le saliera de otra manera, teniéndolo a él tan cerca.

—Sólo esto, señorita Royle. Consienta en dar un paseo conmigo en mi faetón. Mi hermano me ha dicho lo mucho que le gusta pasear por Hyde Park. Permítame esto, y si no desea volverme a ver nunca más, respetaré su deseo. —Dio la impresión de que retenía el aliento—. Por favor, diga que sí.

Mary estuvo un buen momento en silencio. En lugar de contestar, lo miró a los ojos, intentando discernir si era sincero, porque realmente parecía hablar en serio, ¿o eso sería también algún truco de él?

De todos modos, él le ofrecía la opción de no volver a estar nunca más en su presencia. Por eso sólo valía la pena arriesgarse a pasar una hora en el parque con ese bribón.

—Muy bien, excelencia —dijo, esbozando de nuevo su sonrisa de anfitriona—. ¿Le espero alrededor de las tres esta tarde?

—Sí, señorita Royle. —Le soltó los hombros, le levantó la mano derecha, se la llevó a los labios y se la besó muy suavemente—. Gracias.

Sin decir otra palabra, dio la vuelta por un lado de ella y salió al corredor en dirección a la puerta de la calle.

Mary se miró la mano en que él había posado los labios. Ah, caramba.

¿Qué acababa de aceptar, por el amor de Dios?

Mary tenía la impresión de que Blackstone no llegaría a Berkeley Square a la hora acordada.

Estaba equivocada.

Él no sólo golpeó con la aldaba de bronce en el momento exacto en que el alto reloj de pie de la biblioteca daba la hora, sino que también se presentó con un ramo de rosas damascenas atado con una cinta de seda color rosáceo.

Eso le produjo exasperación. Qué gesto más horriblemente considerado, porque seguro que entre los aterciopelados pétalos rojos y las brillantes hojas verdes se ocultaba algún mensaje insultante.

Pero jamás había sido buena para los rompecabezas. Por lo tanto, puesto que no era capaz de descifrar el mensaje críptico que transmitían las flores, sencillamente se las pasó a MacTavish, ordenándole que las pusiera en un florero.

Después le agradeció al duque su amabilidad.

¿Qué otra cosa podía hacer?

Eso era comportamiento de caballero, y aunque sospechaba que su cortesía era más fingimiento que un ingrediente de su carácter, no podía encontrarle un defecto a su conducta.

Él incluso invitó a Anne y a Elizabeth a acompañarlos en el paseo por el parque.

Sin duda porque no deseaban permanecer en presencia del Duque Negro más minutos de los necesarios para saludarlo, ellas declinaron la invitación, lógicamente.

Eso estuvo muy bien, dado que el vehículo detenido ante la puerta de la casa de ciudad era un faetón de elevado pescante con capacidad para transportar sólo a dos personas.

Aún no había pasado un cuarto de hora desde que Blackstone golpeara la puerta cuando Mary iba meciéndose en el faetón que traqueteaba por Oxford Street en dirección a Hyde Park, con su muslo derecho rozando el izquierdo de él.

Al principio le pareció algo muy disoluto que el muslo de él tocara el de ella, pero al mirar de reojo el enorme volumen de su cuerpo le concedió el beneficio de la duda.

Era extraordinariamente corpulento y, bueno, el faetón había sido fabricado para acomodar a una persona corriente, y él no era ni de cerca una persona corriente.

El duque hizo chasquear el látigo en el aire y los caballos pasaron de un trote rápido a medio galope. Ella se cogió con más fuerza del borde metálico del asiento acolchado, aunque la firmeza que le daban cuatro dedos no le impediría salir volando si el duque tomaba la siguiente esquina a esa velocidad.

—Excelencia, por favor. —Vio que él la miraba de reojo—. Creo que su invitación fue para un paseo por Hyde Park.

—Lo fue.

Apenas logró oírlo por encima del ruido de las ruedas sobre los adoquines de la calzada.

—Entonces, por favor refrene a los caballos —gritó desesperada—. Si no, no llegaremos al parque vivos.

Riendo, Blackstone tiró de las riendas y los caballos, con los costados ya brillantes y resollando por el esfuerzo, aminoraron la marcha a un trote más sensato.

Pero la respiración de ella continuaba a medio galope. Se colocó una mano en el pecho y se concentró en calmarse.

El duque tiró de la rienda izquierda y desvió a los caballos hacia un lado de la calzada.

—Si la asusté, señorita Royle, le pido disculpas. Acabo de comprar este vehículo y el par de caballos. Estaba pensando cómo respondería el faetón a una buena velocidad, y supongo que dejé que mis pensamientos saltaran de mi mente a Oxford Street.

—Es evidente que está más acostumbrado a cabalgar que a conducir un coche. —Arqueó una ceja—. Tal vez yo debería coger las riendas. Es posible que tenga mucha más experiencia que usted, excelencia. Vamos, conducía un calesín hasta la iglesia los domingos. Comencé hace diez años.

Remachó lo dicho con un confiado gesto de asentimiento.

Sí, para él eso fue un pinchazo en las costillas; pero un pinchazo necesario, si quería sobrevivir a esa excursión a Hyde Park.

—Espléndida idea, señorita Royle.

—¿Qué?

Blackstone le pasó las riendas, bajó de un salto y dio la vuelta por detrás del vehículo hasta detenerse a su lado.

—Deslícese por el asiento hasta el otro lado. Encuentro más natural conducir desde ese lado. Tal vez usted también. —Con un gesto de la mano la instó a moverse—. Usted se ofreció y yo acepté. Usted va a llevar las riendas y yo me relajaré para disfrutar de las vistas desde este lado.

—Pero...

Él golpeó el borde superior del faetón con un puño y le dirigió una alegre sonrisa.

—Venga, muévase, no se demore.

Mary comprendió que no tenía otra opción.

Sólo había un pequeño problema en la situación. En realidad, sólo había llevado las riendas del calesín dos veces. Una vez, un domingo, diez años atrás, y luego otra vez, cuando tuvo que llevar al reverendo para que le diera la extremaunción a su padre moribundo.

Maldita sea.

Con un ligero movimiento de las riendas de cuero, Mary instó a los caballos a avanzar muy, muy despacio, por Oxford Street en dirección a Hyde Park.

De tanto en tanto oía un grito de frustración o una sarta de acaloradas maldiciones, y a continuación pasaba veloz junto al faetón un coche de alquiler o uno particular o un carro, su cochero con la cara morada de furia o enfurruñada, agitando el puño o el látigo en el aire.

Al principio atribuyó esos groseros reproches a una lastimosa falta de paciencia; no a algo que hubiera hecho ella.

Pero después que el segundo o tercer cochero la miró burlón mientras su coche adelantaba al faetón, se le ocurrió que tal vez le convendría aflojar un poquitín las riendas.

De todos modos, esa ocurrencia no le duró mucho. En su opinión, lo importante no era su manera de conducir al equipo de caballos del duque, sino más bien llevarlos recto por la ruta, dada su limitada experiencia con un par de riendas en las manos.

Además, sabía que si hacía caminar más rápido a los caballos, la posibilidad de perder el control y volcar el faetón era mucho mayor que si el duque continuara conduciéndolo. Por lo tanto, encontraba lógico seguir llevándolos con moderación.

En un momento, con el rabillo del ojo vio que Blackstone se tocaba el sombrero saludando a dos damas que iban caminando por la acera a un lado del faetón. Varios minutos después vio al par de damas caminando a un lado del faetón otra vez. O, mejor dicho, todavía.

«No, eso no puede ser.»

—¿Ésas son las mismas mujeres que dejamos atrás hace unos minutos? Seguro que no.

—¿Las mujeres que dejamos atrás? —rió él—. No las hemos dejado atrás en ningún momento. Llevan un buen rato caminando junto al faetón. Sí que mantiene un paso muy relajado.

Mary sintió arder las mejillas.

—La calle está llena de gente hoy. Y bueno, una cosa es conducir un calesín y otra muy distinta conducir un faetón de pescante alto, excelencia.

—Excelencia —refunfuñó el duque—. Mi querida señorita Royle, sé que sólo esta mañana la molesté sobre la manera correcta de tratarme, pero cada vez que la oigo llamarme «excelencia» me sorprendo mirando por encima del hombro para mirar a mi padre. Hágame el honor, por favor, de llamarme por mi nombre de pila, Rogan.

Mary pestañeó.

—Creo que no puedo llamarlo así, excelencia. Al fin y al cabo apenas nos conocemos. ¿Blackstone, tal vez?

—Creo que no. Oigo Blackstone con demasiada frecuencia en boca de caballeros en la pista de carreras o en los clubes. —Alargó la mano, suavemente le quitó las riendas y azuzó a los caballos chasqueando la lengua—. Solamente Quinn me llama Rogan, y reconozco que hace mucho tiempo que no oigo mi nombre deslizarse dulcemente por los labios de una mujer. Echo bastante de menos eso.

Agitó las riendas y los caballos iniciaron un trote.

Mary se estremeció y luego notó que todo su cuerpo se tensaba.

Con su cuerpo tocando el de ella como estaba, él notó su reacción.

—Creo que ha entendido mal mi comentario, señorita Royle.

Giró la cara para mirarla.

Y siguió conduciendo sin mirar el camino.

Ella giró la cara hacia delante.

—¿Sí? Allí delante va un coche de alquiler. Tenga cuidado.

Pero él continuó mirándola, y conduciendo al mismo tiempo.

—Sólo quise decir, señorita Royle, que mi abuela fue la última mujer que decía mi nombre con amabilidad. Y de eso hace muchos años.

Mary continuó mirando hacia delante con los ojos muy abiertos. Volvió a cogerse del borde del asiento.

—Seguro que habrá habido otras... amigas, quizá. El coche... Ay, Dios, ¡cuidado con el coche!

—Ha oído hablar de mi mala reputación, señorita Royle. Parte de lo que ha oído no es otra cosa que exageración, pero me aventuraría a decir que otras partes son bastante ciertas. Y he de reconocer que ese rumor de que nunca honro con mi atención a una mujer el tiempo suficiente para que la barba me oscurezca la cara no está muchos pasos lejos de la verdad.

—Giró la cara para mirar hacia delante, justo a tiempo para hacer virar a la derecha a los caballos y evitar el choque con el coche de alquiler de aspecto muy sólido—. Sólo las personas más íntimas me llaman Rogan.

Su voz, tan ronca y exquisitamente sonora, pasó como un murmullo por toda ella, con la misma intensidad del estruendo de las ruedas sobre los adoquines.

—Discúlpeme, pero no se puede decir que yo me haya ganado esa distinción.

—Se la ganará —dijo él, y le sonrió—. Lo presiento.

—Me parece que debe explicar eso, si no, yo creeré que supone demasiado. —Un coche de ciudad iba atravesando la calle a sólo veinte pasos—. Se lo ruego, excelencia, sea bueno conmigo y hágame el favor de mirar hacia delante. La calle está llena de vehículos.

—Mi querida señorita Royle, mi hermano cree que podría haber encontrado un espíritu afín en usted. Todos mis instintos me dicen que forjará algún tipo de conexión con nuestra familia. Deberíamos ser amigos, por lo menos. ¿No está de acuerdo?

¿Podría ser cierto eso? ¿Que él deseara ser amigo de ella?

—Sí, excelencia, comprendo lo que quiere decir. Es lógico suponer que estaremos en compañía mutua con bastante frecuencia, así que estoy de acuerdo, deberíamos ser amigos.

—Entonces, por favor, llámeme Rogan, aunque sólo sea cuando no haya otras personas oyendo. Es un favor que le pido como amigo.

—Muy bien, si usted me hace el favor de mirar el camino.

Hizo una inspiración profunda, preparándose para el momento en que el faetón se incrustaría en el coche.

Una sonrisa traviesa se instaló en los labios de él mientras el instante del choque seguro se hacía más inminente.

—Muy bien... ¿quién?

—Muy bien, ¡Rogan! —Cerró los ojos—. Sí, le llamaré Rogan. Y usted puede llamarme Mary, pero por favor, por favor, ¡pare!

El faetón dio un salto. Ella abrió los ojos a tiempo de ver al duque afirmar la pierna derecha en el estribo del faetón y tirar de las riendas con fuerza.

Los caballos aminoraron la marcha al instante y se encabritaron un poco; sus cascos parecían bailar en el aire al detenerse del todo justo cuando el otro coche iba pasando.

—Gracias..., Rogan.

El corazón le latía tan fuerte que casi no oyó sus palabras.

—Querida Mary, no tenías nada que temer en ningún momento. Créeme, yo tenía por lo menos cinco segundos más para que aceptaras llamarme Rogan. Y los habría aprovechado todos. Valió la pena, porque ahora somos amigos.

Mary sacó un pañuelo de su ridículo, se lo pasó por la frente y luego lo miró.

—Sí, somos amigos. Pero habría aceptado mucho más rápido si no hubiera temido por mi vida.

—¿Sí? —Arqueando una ceja oscura, le sonrió de oreja a oreja—. Intentaré recordar eso en el futuro.

—Por favor.

Entonces, sin ningún motivo claro que pudiera identificar, comprendió, muy inesperadamente, que se sentía totalmente cómoda con el Duque Negro.

Con «Rogan».

Lo miró, y no se resistió cuando se le curvaron las comisuras de la boca.

* * *

Sin duda ése era un día para visitas inesperadas. Sólo que esta vez, cuando sonó la aldaba en la puerta, hacía mucho rato que se había puesto el sol.

Mary estaba terminando una cena tardía con sus hermanas cuando entró MacTavish en el comedor para informarla de que había venido a visitarla un caballero y la estaba esperando en el salón.

Ya hacía rato que había pasado la última hora para visitas que recomendaba el decoro, lo cual le dijo que el visitante no podía ser otro que su nuevo amigo, el que no siempre se atenía a las normas de la sociedad, Rogan, el duque de Blackstone.

Y, por algún motivo aún desconocido para ella, no le molestaba en absoluto que hubiera venido a esa hora tan avanzada. Tenía el pelo algo revuelto y llevaba el mismo vestido de desgastada batista que se había puesto por la mañana.

Sólo es Rogan, se dijo, así que no se molestó en mirarse en el espejo de marco dorado que colgaba en el vestíbulo. Simplemente entró en el salón sin la menor preocupación.

Pero no era Rogan el que vio paseándose por la alfombra, ayudándose con el bastón.

Era Quinn.

Notó una sacudida de temor por el espinazo.

Buen Dios, eso lo cambiaba todo. Su apariencia era importante. Lord Wetherly era su futuro marido después de todo. Eso lo había decidido hacía casi un mes.

Quinn levantó la cabeza y la miró con sus ojos azul celeste en el instante en que ella puso un pie en el umbral, dejándola sin la menor posibilidad de retroceder para poder ocuparse de su apariencia.

Rápidamente se metió un mechón suelto detrás de la oreja y se mordió los labios para darles un poco de color. Pero sabía que seguía pareciendo una chica harapienta. De todos modos, ya no había nada que hacer.

—Ah, señorita Royle —dijo él avanzando hacia ella—. Le ruego que me perdone por venir tan tarde, pero sencillamente no podía esperar hasta mañana para visitarla.

Mary se inclinó en una rápida reverencia.

—No se preocupe por la hora, lord Wetherly..., o sea Quinn. Siempre eres bienvenido en nuestra casa.

Él dejó el bastón apoyado en su muslo y le cogió las dos manos.

—Como he dicho, no podía esperar, aunque sé que ha sido una total falta de educación por mi parte llegar sin anunciarme.

Su expresión decía que estaba hecho un atado de nervios, y al parecer tenía dificultad para sostenerle la mirada. El bastón se deslizó por su pierna y cayó al suelo, y él miró anheloso hacia el sofá.

—Vamos. —Pasando por encima del bastón, lo llevó a toda prisa a sentarse en el mullido sofá, y se sentó a su lado—. Dime qué te tiene tan preocupado. Veo preocupación en los surcos de tu cara.

Quinn le soltó las manos y bajó la cabeza.

—Tengo que confesar una cosa, pero no sé cómo decirlo, porque, más que nada en el mundo, no deseo herirte.

—¿Y por qué crees que podrías herirme? —Al no obtener respuesta inmediata, puso la mano sobre la que él tenía apoyada en el asiento, entre ellos, en gesto tranquilizador—. Mi querido lord Wetherly, Quinn, dime, por favor, qué te aflige tanto. No soporto verte tan acongojado.

Nuevamente él levantó la cabeza y la miró.

—Eres muy buena, señorita Royle, Mary, muy, muy buena. —Levantó su mano libre y la puso sobre la de ella, dejándosela encerrada entre las dos de él—. Tenía pensado venir a visitarte a primera hora de esta tarde, pero recibí una nota de lady Tidwell.

¿Lady Tidwell? Lady Upperton le había advertido que la viuda podría darle motivo de preocupación.

Él la estaba mirando intensamente a los ojos, y ella comprendió que esperaba una respuesta o reacción.

Y aunque se sentía como si le hubieran dado un doloroso puñetazo en el vientre, de ninguna manera dejaría ver una reacción a esas palabras. Tenía que haber una explicación apropiada, estaba segura. Por lo tanto, esperó.

—Su hermano, el teniente Spinner, un hombre..., no, es mucho más, es un amigo, fuimos compañeros en el ejército en la Península, en Tolosa. Hoy fue a visitarla para despedirse porque mañana temprano se embarca para la India. Deseaba hablar conmigo de un asunto de cierta importancia. Por lo tanto, dado el poco tiempo de que disponía él, fui a verlos, a él y a lady Tidwell.

—Qué amable. —Maldición, le estaba resultando difícil dominarse. Esa larga introducción la hacía imaginarse todo tipo de noticias horrendas—. Pero continúa, por favor. No me has dicho qué te aflige tanto.

—Querida Mary, créeme, por favor, cuando te digo que te tengo en la más alta estima.

Otro preludio, y elogioso, además.

Lo que fuera que le iba a decir no sería bueno. Retuvo el aliento, esperando que añadiera el «pero».

Entonces llegó.

—Pero Spinner me ha pedido un inmenso favor, uno al que no puedo negarme. Compréndelo, por favor, prácticamente me salvó la vida en Tolosa. Le debo muchísimo.

Mary sintió que se le movía algo en la garganta, así que tragó saliva.

—Dime, pues, ¿qué le has prometido?

Al parecer a él se le humedecieron los ojos azules porque a la luz de las velas le brillaban como el sol de la mañana en el Serpentine.

—Lady Tidwell acaba de terminar su periodo de luto y desea recuperar su lugar en la sociedad.

—Sí, la vi hablando contigo en la fiesta de los Brower. Es... muy hermosa.

—Sí, ésa era ella. —Le apretó la mano entre las dos de él—. Pero no está tan bien como parece. Su hermano asegura que con demasiada frecuencia piensa en su marido, que murió en Salamanca, y que entonces a veces cae en un estado de melancolía.

A Mary se le formaron arruguitas en la frente.

—Estoy confundida, señor. ¿En qué te afecta a ti su estado?

—Spinner cree que si se mantiene ocupada, en reuniones sociales, podría salir de su depresión. Me pidió que la acompañara el resto de la temporada.

Mary se levantó de un salto.

—¿Qué?

«¿Y lo nuestro, qué?»

—Ay, Mary, debes saber que te tengo muchísimo afecto. Unas pocas semanas de consideración es lo único que te pido. Por favor. Le debo la vida a Spinner. Debo ayudarlo.

Mary se sintió algo mareada. Dio unos pasos y se sentó en un sillón de orejas cerca del hogar.

—No te preocupes. No estarás sola mientras yo cumplo con mi deber. Mi hermano te acompañará en mi lugar.

Esas palabras la golpearon como un chorro de agua fría como el hielo.

—¿El duque? ¿El hombre que te apartó de un empujón y me besó?

—Me dijo que hoy te había pedido disculpas, y que tú se las aceptaste. ¿No es cierto eso?

Quinn se levantó.

Mary guardó silencio un momento para serenarse, y se cubrió los ojos con una mano.

—Sí, se disculpó, y yo acepté sus disculpas.

—Entonces no debería haber ningún problema en el arreglo.

—Perdóname, Quinn, pero no tienes por qué preocuparte de mi soledad. No necesito la compañía de tu hermano. Tengo a mis hermanas.

—Por favor, Mary, él haría esto por mí también. Eres una mujer hermosa, muy hermosa. Ah, sé que está mal que me sienta así, pero no podría soportar verte bailando y conversando con otro caballero.

—Ah, querido señor, no tienes por qué inquietarte. No tengo interés en ningún otro.

—Por favor, Mary. —Fue hasta donde estaba sentada, se inclinó por la cintura y le quitó la mano de los ojos—. Por favor, soporta a mi hermano unas semanas, hazlo por mí.

Ella lo miró a los ojos.

Él no estaba en un juego de libertino. Era el hombre más honorable que había conocido en su vida, aparte de su padre. No podía pedirle que se negara a cumplir la petición del teniente.

Por lo tanto, ella tenía que hacer lo honorable también.

—Muy bien —dijo al fin—, soportaré la compañía de tu hermano, pero solamente hasta el final de la temporada.

Le sonrió traviesa, esforzándose en quitarle importancia a la situación.

—¡Fantástico! —exclamó Quinn, y recogió su bastón—. Ahora me marcho y te dejo con tu noche. Una vez más te pido perdón por haber venido tan tarde. Sabía que no podría vivir conmigo mismo si no hablaba de esto contigo inmediatamente.

Antes que ella pudiera levantarse, él echó a andar hacia la puerta, haciendo girar el bastón dos veces. Cuando llegó al vestíbulo, se giró y le hizo una venia. Un momento después, ella oyó el clic de la puerta de la calle al cerrarse.

Fantástico, fantástico.

Se levantó y se dirigió cansinamente a la biblioteca a buscar el libro de enfermedades que unos días antes encontrara Elizabeth en la caja de documentos de su padre.

Lo necesitaría, seguro. Sería ridículo pensar que podría fingir dolor de cabeza cada noche durante toda la temporada.

Sí, necesitaría recurrir a todo tipo de enfermedades y achaques para eximirse de los eventos sociales.

Porque de ninguna manera lograría sobrevivir a la temporada cogida del brazo de Rogan, el Duque Negro.

De ninguna manera en absoluto.

Capítulo 8

Bond Street
La mañana siguiente

Elizabeth apuntó hacia Mary, que estaba en el centro del elegante taller de costura de madame Devy, con los brazos doblados hacia arriba como si estuviera equilibrando una crátera romana en cada hombro.

—Mira, Anne. La estatua de jardín de Blackstone nos ha seguido hasta aquí.

Anne se cubrió la boca con una mano, pero Mary oyó su risita ahogada, que no le hizo la más mínima gracia.

Alargó el cuello para ver más allá de la bajita modista y el biombo de brocado y mirar la hora en el reloj de la mesa.

Dos horas. Llevaban ahí dos largas y entorpecedoras horas.

Primero pasaron una hora mirando incontables modelos en figurines de las revistas *La Belle Assemblée*. Después, ya elegido un modelo por fin, la modista comenzó a cubrirla con sedas, cintas y encajes para elegir las telas.

Habían transcurrido dos horrendas horas, y aún faltaba que sus hermanas se pusieran bajo la mirada evaluadora de la modista.

No pudo soportarlo más.

—¿Nos falta poco para terminar, lady Upperton? Siento los brazos pesados y comienza a dolerme la espalda. Y, dicha sea la verdad, me gusta bastante esta seda. ¿Por qué, entonces, no la elegimos y acabamos de una vez por todas...?

Lady Upperton chasqueó la lengua mientras la modista terminaba de arreglarle el largo de seda rosa sobre el hombro. La contempló un instante, reflexionando, y luego negó con la cabeza.

—No, madame Devy, ese rosa no le sienta bien. Es demasiado fuerte y apaga el color rosa natural de las mejillas y los labios de la señorita Royle. No, no, no irá bien. ¿Tiene una seda rosa en un tono más claro?

La redonda anciana, absorta en su deber de asesora de modas, daba la impresión de no haberla oído.

—¿Lady Upperton? —dijo arrugando la nariz.

—¿Un tono más recatado? —dijo la modista—. *Oui*, milady, lo tengo.

Ordenó a su ayudante, una joven callada de pelo amarronado y nariz puntiaguda, que fuera a sacar otro rollo de seda del estante.

En silencio la chica fue a sacar el rollo, lo puso en los brazos de la modista y la ayudó a desenrollar varios largos y a envolver a Mary en la tela con tres vueltas.

—¡Ése es! —exclamó Elizabeth con los ojos brillantes—. Ah, sí, ése es el tono. Ya verás, Mary. El vestido en esta seda será sin duda tu favorito.

—Mademoiselle tiene buen ojo —comentó la modista—. Creo que tiene razón. ¿Qué dice de este color, lady Upperton? *Parfait!*

—Ah, sí, madame. Creo que irá bien para la fiesta en honor a los héroes de la próxima semana. —Una expresión de preocupación se instaló en su regordeta cara—. ¿Puede apresurar la confección del vestido y entregarlo con la suficiente antelación? Me prometió que si veníamos al taller a elegirlo todo podría terminar los vestidos a tiempo.

La modista miró el figurín con el modelo coloreado a mano y luego miró los largos de tela que cubrían a Mary. Pareció algo preocupada.

—Un vestido, *oui*, pero ¿tres?

—Le pagaré lo que sea. Pero necesitamos tener los tres vestidos nuevos para la fiesta. —Lady Upperton cogió su ridículo de la mesa y lo agitó, haciendo tintinear las monedas—. ¿Puede terminarlos a tiempo?

La modista asintió.

—*Oui*. Contrataré a todas las costureras de la ciudad si es necesario para entregar los vestidos de las señoritas antes del baile. ¿Es cierto, milady, que va a asistir Wellington?

—No lo sé. Aunque su asistencia haría más emocionante el acontecimiento, ¿verdad? —Miró a la modista con una ceja enarcada—. Mayor razón aún para presentar a estas niñas con los vestidos más espectaculares posibles, ¿eh?

Mary se tensó.

—Lady Upperton, por favor, no haga esto. No gaste su dinero en mí. Yo puedo pagar a madame Devy o, mejor aún, ponerme el vestido de seda azul que me puse para la fiesta de los Brower.

Lady Upperton volvió a chasquear la lengua.

—Tonterías, querida. Él ya te ha visto con ese vestido. No debes hacerle creer que sólo tienes un vestido apropiado para la noche.

—¿Por qué no? Es cierto.

Lady Upperton la miró fijamente.

—Sí, querida, eso lo sé, y por eso estamos aquí hoy. Si quieres recibir una proposición de matrimonio antes que termine el verano, vas a necesitar todo un guardarropa apropiado ya. El vestido elegido hoy será el primero de muchos, de eso puedes estar segura.

—Pero...

—No te molestes en intentar disuadirla, Mary —dijo Anne, jugueteando con una cinta color lavanda claro—. Lady Upperton sabe lo que hace. Yo voy a obedecer. También deberías hacerlo tú.

—Además, Mary —añadió Elizabeth—, lady Upperton tiene toda la razón. Tienes que reconocer que ni siquiera nuestros mejores vestidos de domingo que usábamos en el campo son apropiados para los salones de Londres.

Lady Upperton ya estaba dando vueltas alrededor de Mary como un ave de presa. Con la cara arrugada de concentración, las manos juntas tocándose por las yemas de los dedos, golpeteaba el suelo de madera con los tacones ridículamente altos de sus zapatos turcos.

—Esa seda complementa a la perfección el color de tu piel, querida. Ese vestido va a hacer volver las cabezas a todos los caballeros y damas presentes en los Salones Argyle. —Apoyó las manos en sus anchas caderas, sonrió alegremente y le hizo un ladino guiño—. Vamos, me parece que el duque no podrá quitarte los ojos de encima.

No, no era posible que hubiera oído bien a la anciana.

—Me... me desconcierta, lady Upperton —dijo—. Ha dicho el duque, pero en realidad quería decir lord Wetherly, ¿verdad?

Anne y Elizabeth dejaron en el mostrador las muestras de encajes que tenían en las manos y se acercaron a escuchar.

Lady Upperton no contestó de inmediato. Simplemente le pasó una faja de satén color marfil a madame Devy, que ésta le ciñó a Mary alrededor de las costillas.

—No, no da el toque. Probemos con la de satén clarete.

—*Oui*, milady.

Entonces la bajita y gorda mujer volvió la mirada hacia Mary.

—No, querida, quise decir «el duque». —Le sonrió y le dio un suave codazo—. Ayer fue a visitarme. Quería pedirme permiso para acompañarte a los eventos sociales en lugar de su hermano. Muy caballeroso, ¿no te parece?

Mary la miró sorprendida.

—¿Fue a visitarla ayer? ¿Durante el día, no por la tarde? ¿A qué hora fue, si me permite preguntarlo?

Lady Upperton desvió la vista hacia un lado y se golpeteó el labio inferior con el índice, pensando.

—Yo diría que fue alrededor de la una de la tarde. —Volvió a mirarla—. ¿Por qué lo preguntas, querida?

—Porque por la mañana fue a Berkeley Square a pedirme disculpas por haberme besado, y después volvió a las tres para llevarme a dar un paseo por Hyde Park en su faetón. Pero lord Wetherly sólo fue a visitarme...

Los ojos de Elizabeth buscaron los de Anne.

—Ay, Dios, ¿sabes qué significa esto?

—Sí —dijo Anne, horrorizada.

—¡Bueno, yo no! —exclamó lady Upperton avanzando hacia Anne—. ¿Qué importancia tiene la hora en que me visitó el duque?

—Ayer ya era de noche cuando lord Wetherly visitó a Mary para informarla de su promesa de acompañar a lady Tidwell a los eventos sociales de la temporada —contestó Anne, desviando la mirada hacia su hermana cada dos o tres palabras— y de la promesa del duque de atender a Mary.

Ésta seguía pasmada, sin poder dar crédito a sus oídos.

—Significa, lady Upperton, que el duque no es un caballero. No ha cambiado nada en absoluto. Sabía que a lord Wetherly le pedirían que acompañara a lady Tidwell a las reuniones sociales, mucho antes que a éste le pidieran ese favor. —Cogió el adornado acerico que tenía la modista en la mano, y comenzó a sacar los alfileres que sujetaban la tela que la cubría y los fue enterrando en él—. Me engañó, haciéndome creer que realmente es un caballero, considerado y correcto. Pero me equivoqué. Ah, cómo me equivoqué. —Apretó los dientes para sacar un alfiler que tenía justo detrás del hombro—. Vamos, creo que todo ese plan con lady Tidwell fue idea de Blackstone, con el fin de mantener a lord Wetherly alejado de mí. —Logró sacar el alfiler y se quitó la envoltura de seda—. Hicieron bien los aristócratas en apodarlo el Duque Negro, porque no hay nadie que tenga el alma más malvada. Pero esta vez se ha pasado.

Acto seguido desapareció detrás del biombo y se vistió rápidamente. Después, sin dar ningún tipo de explicación a nadie, cogió su chal y se dirigió a la puerta de salida, mascullando furiosa en voz baja:

—Adelante, continúa con tus horrendos jueguecitos, Blackstone, bestia de azufre. Sobreviviré a ti. Soy capaz. Dos meses no son mucho tiempo.

La señora Polkshank asintió enérgicamente agitando la doble papada mientras le llenaba de té la taza a Mary.

—Sí, señorita Royle, estoy segura. El duque no le va a pellizcar el trasero a nadie en la velada musical de esta noche, uy, mi lenguaje. Perdone, señorita Royle, anoche oí ese detallito cuando usted estaba conversando con sus hermanas.

—¿Está segura de que no va a asistir? —preguntó Mary.

—Ah, muy segura. No está en la lista de invitados. —Estiró la boca en una ancha y orgullosa sonrisa—. Sólo me costó un besito lograr que uno de los lacayos de los Harrington subiera sigiloso a obtener esta información para usted.

—¿Un beso? ¿Y qué pasó con los dos chelines que le di?

Cohibida, la señora Polkshank sacó los dos chelines y los puso sobre la mesita para el té del salón.

—Pensé que, puesto que le conseguí la información que necesitaba, tal vez podría quedarme con las monedas...

Mary exhaló un suspiro. Dos chelines por ahí, dos peniques por allá.

Evitar al Duque Negro le iba a resultar caro hasta que terminara el verano.

De todos modos, encantada pagaría media corona si con eso conseguía no toparse con el muy inteligente duque.

—Muy bien, señora Polkshank, se puede quedar el dinero. Gracias por la información.

Bebió un poco de té. Lady Upperton estaría muy contenta al verla en la velada musical, sobre todo después de haber faltado a la cena de lady Holland la noche anterior debido a un terrible dolor de cabeza.

—¿Qué ha oído sobre la fiesta en honor de los héroes? ¿Se ha comentado algo?

—Por lo que he oído, estará ahí toda la sociedad de Londres, señorita. Y puesto que lord Wetherly es uno de los héroes que van a celebrar...

—Debo asistir —acabó diciendo Mary, casi para sí misma—, por lord Wetherly.

—Bueno, sí, pero lo que iba a decir es que sin duda su hermano asistirá también, ¿no le parece? Desde luego yo asistiría si todo el mundo fuera a hacer un magnífico homenaje a mi hermano, si lo tuviera, que no lo tengo.

Mary levantó la cabeza y la miró.

—¿Qué? Ah, creo que tiene razón, señora Polkshank. Por cierto, le dejé varias invitaciones más en la mesa de la cocina.

—Ah, gracias, señorita.

—No tiene por qué temer la tarea. Escondí unos cuantos chelines más en el balde con agua que está junto al asador. Úselos, o guárdeselos, siempre que me informe si el duque de Blackstone va a asistir o no a esos eventos.

La señora Polkshank sonrió de oreja a oreja, dejando ver el hueco donde antes tenía los dientes frontales.

—Mientras haya lacayos en las casas —frunció los labios en un descarado morro—, sé encontrar la manera de enterarme de si asiste o no el duque. —Le hizo un guiño, con lo que se le contorsionó todo el lado derecho de la cara—. Si entiende lo que quiero decir.

Cuando Mary levantó la vista otra vez, vio a Anne justo detrás de la cocinera.

«Ay, no.» Apoyó la cabeza en la mano. «Da un giro a la conversación, rápido.»

—Sí, señora Polkshank, un asado será perfecto para nuestra comida del domingo. Buen día.

—¿Qué? ¿Un asado? —exclamó la cocinera, cogiendo la tetera casi vacía—. Disculpe, señorita Royle, pero me lo dice con muy poca antelación. Tendré que ver qué tiene el carnicero. Y tal vez tendré que darle un poco de azúcar también.

Riendo a carcajadas se giró, y entonces vio a Anne mirándola indignada. Se puso seria al instante.

—Eso será todo, señora Polkshank —logró decir Mary—. Gracias.

—Sí, señorita.

Diciendo eso, la señora Polkshank salió al vestíbulo y se dirigió a la escalera para bajar.

—¿Bien? —preguntó Anne cruzándose de brazos.

—¿Cuánto tiempo llevas ahí?

—El suficiente para oír que tú, nuestra frugal hermana, que no nos permite coger un coche de alquiler cuando está lloviendo, le paga a nuestra cocinera y ama de llaves para que fisgonee en las listas de invitados de los aristócratas.

—¿De qué otra manera puedo sobrevivir a los dos próximos meses? ¿Conoces alguna? No soporto al duque.

—Deberías actuar como una mujer madura. Lady Upperton nos ha dado una entrada incomparable en la sociedad. Podrías estar algo agradecida.

—Estoy agradecida por lo que está haciendo por vosotras, pero yo ya conocí al caballero con el que pienso casarme. ¿Qué bien puede salir de que yo asista a los eventos sociales?

—Ayudarnos, Mary.

—¿Ayudaros a explorar el terreno en busca de maridos? ¿Cómo podría ayudaros en eso? No conozco a nadie aquí. Y los Viejos Libertinos, que están muy bien instalados en la alta sociedad, ya se han comprometido a ocuparse de que cada una de vosotras encuentre marido.

Anne se sentó a su lado.

—Uuy, llevas anteojeras. Eres inteligente, Mary. Eres curiosa. Necesitamos tu ayuda en la investigación sobre la historia que nos han contado. Lo único que tenemos es una caja llena de anotaciones y cartas, entre las que no vemos ninguna relación.

Mary apoyó la mano en el libro que tenía cerca, sobre la mesa.

—También tenemos el libro de consultas médicas de nuestro padre.

—Y dos botellas de láudano vacías —dijo la voz de la otra hermana.

Las dos levantaron la vista y vieron a Elizabeth en el umbral de la puerta con dos botellas pequeñas de color ámbar oscuro y con etiquetas en la mano.

Anne se levantó y fue hasta ella. Cogió las dos botellas y las levantó para mirarlas a la luz del sol que entraba por la ventana.

—¿Dónde las encontraste? No recuerdo haberlas visto en ninguna caja.

Le pasó una a Mary, que la examinó haciendola girar en la mano y luego miró a Elizabeth.

—Yo tampoco.

—Esta mañana, sin darme cuenta le di un golpe a la caja de documentos de nuestro padre y se cayó de la mesa —explicó Elizabeth—. Cuando tocó el suelo, oí un tintineo. Ni los documentos ni las cartas tintinean, así que vacié todo el contenido en la alfombra. Todo era lo mismo que hemos visto, un libro de cuentas y papeles; no encontré nada que hiciera el ruido que oí. Comprendí que en la caja había algo más, que simplemente yo no veía, así que la sacudí y volví a oír un tenue tintineo.

—No lo entiendo —dijo Anne—. ¿Dónde encontraste las botellas?

A Elizabeth le brillaron los ojos.

—Tenía que haber algo que yo no veía, por lo tanto pasé los dedos por todo el interior de la caja. Entonces palpé algo; había una pequeña hendidura metálica.

Tiró de la cinta que llevaba colgada al cuello y apareció la llave de la caja de documentos. Giró la anilla ovalada y la quitó, y quedó a la vista la punta de sección hexagonal.

—¿Recordáis que lord Lotharian nos contó que nuestro padre le había dicho que esta llave abría la trampilla?

Mary se levantó.

—Sí, de nuestra casa de Cornualles.

—Sí, eso fue lo que supusimos todos. Pero estábamos equivocados.

En ese momento puso ante ellas la pequeña punta. Mary y Anne alargaron los cuellos para verla más de cerca.

—Cuando inserté esto en la hendidura y lo giré, de repente saltó el fondo de la caja. Entonces fue cuando comprendí que la caja tiene un doble fondo; ésa es la trampilla. La abrí y encontré las botellas, envueltas en un trapo sucio.

—Para amortiguar el ruido —dijo Anne, y se cogió del respaldo del sillón de Mary para afirmarse—. No creerás que estas botellas contenían el láudano que usaron para...

Elizabeth asintió lentamente

—Drogar a nuestra madre, la señora Fitzherbert.

Mary bajó la mirada a la botella que tenía en la mano. Le quitó la tapa y olió.

—Nooo, esto no es posible.

Capítulo 9

Aunque la casa de los Harrington estaba situada en línea diagonal con la residencia de lady Upperton y la de los Viejos Libertinos de Marylebone, era pequeña en comparación con las otras magníficas mansiones que rodeaban Cavendish Square.

De todos modos, cuando Mary entró en la galería en que se iba a realizar la velada musical, acompañada por sus hermanas, se quedó boquiabierta por la impresión.

Las paredes estaban tapizadas con cuadros de paisajes, naturalezas muertas, retratos, temas alegóricos, religiosos o mitológicos. Se veía claramente que todas aquellas maravillosas obras estaban pintadas por un mismo pintor, de talento incomparable.

Lo que más le despertó la curiosidad fue que en casi todos los cuadros aparecían de modo prominente las mismas mujeres hermosas y de aspecto aristocrático a las que reconocía por haberlas visto en caricaturas en la librería Hatchard.

Cuando ya habían dejado atrás por lo menos diez filas de asientos, llegó a sus oídos un conjunto de notas al azar. Acababa de volver la mirada hacia los músicos cuando divisó a lord Lotharian en la distancia.

El anciano consiguió levantarse de su asiento, situado en la primera fila, y le hizo un gesto al lacayo, quien al instante llegó hasta ellas y las guió hacia varios asientos cerca de lady Upperton, él, sir Lilywhite y lord Gallantine.

Lady Upperton se levantó a abrazar a Anne y Elizabeth y luego les indicó que se sentaran hacia el final de la fila, al lado de los Viejos Libertinos.

Pero cuando saludó a Mary, le cogió la mano y se la sostuvo firme.

—Tú podrías sentarte a mi lado, querida mía —le dijo, haciéndole un guiño travieso e indicándole el asiento, que estaba cerca del pasillo central.

—Ah, gracias, lady Upperton —dijo ella.

Cuando se sentó, observó que el asiento contiguo al de ella estaba desocupado.

Normalmente eso no la habría inquietado, pero cuando en dos ocasiones, bastante seguidas, lady Upperton impidió que otros invitados ocuparan ese asiento, comprendió que había un plan en marcha. Observó con atención a la redonda anciana y al larguirucho lord Lotharian sentado más allá, a su lado. Los dos se limitaron a mirarla con expresiones inocentes.

Pero ella ya los conocía. Sólo podía esperar que el plan no incluyera al bribón del duque de Blackstone.

De pronto, en la parte de atrás se inició un entusiasta aplauso que como una ola fue avanzando hacia delante hasta el pequeño estrado en el que estaban los músicos reunidos para su actuación.

Se giró en el asiento justo a tiempo para ver que el público estaba aplaudiendo a Quinn, el famoso héroe de la guerra, que comenzaba a avanzar por el pasillo. Consternada, vio que de su brazo iba cogida la hermosa lady Tidwell.

Sintió una punzada en el vientre.

Maldición. Debería haberle preguntado también a la señora Polkshank si asistiría lord Wetherly. ¿Por qué no se le ocurrió? Podría no haber asistido a la velada, o por lo menos haber estado mejor preparada para verlo... con «ella».

Caminando junto a lady Tidwell, Quinn buscó los ojos de ella y, cuando se miraron, le sonrió alegremente.

El sonido del bastón se hizo más fuerte y de repente Mary pensó que tal vez él iba a acercarse para hablar con ella. Se mordió el labio inferior y luego se metió el superior en la boca, con el fin de darles un poco de color. Se miró el vestido.

Sí, esta vez estaba preparada para encontrarse con él.

Con toda la elegancia que pudo, se levantó, sonriéndole y levantó una mano como para darle una bienvenida. Él alargó una mano avanzando hacia ella, y justo en ese instante, los músicos tocaron el primer acorde.

Quinn se detuvo, y tanto él como lady Tidwell comenzaron a mirar las filas en busca de asientos desocupados.

¡Fatalidad! Giró la cabeza y miró indignada al director de orquesta; ese hombre lo había estropeado todo. Sólo necesitaba un breve momento para hablar con Quinn.

El tiempo justo para intercambiar unas pocas palabras, asegurarle que esperaría todo lo que fuera necesario para poder estar juntos por fin.

Cuando volvió a mirarlo, vio que él ya no iba avanzando hacia ella, sino que, con lady Tidwell, caminaba por el pasillo en dirección a dos asientos desocupados más o menos en la fila del medio.

Cuando estaban a punto de sentarse, Quinn hizo algo muy raro. Volvió a sonreírle a ella y luego arqueó las cejas, haciendo un gesto con la cabeza y mirando hacia el pasillo central.

Ella siguió su mirada.

Ay, no, ahí estaba... Rogan.

Llevaba en la cara esa engreída sonrisa sesgada tan suya y, peor aún, venía caminando derecho hacia el asiento desocupado al lado de ella.

No, no, no, eso no podía ser posible.

La señora Polkshank le había dicho que el duque no asistiría a esa velada. Ése fue el único motivo de que aceptara venir.

Pensando rápido, puso su retículo y su abanico de encaje en el asiento, con la esperanza de que él creyera que ya estaba ocupado.

Pero el duque no hizo el menor caso de eso.

Sin preocuparse en lo más mínimo por distraer a los músicos al pasar junto al director, rozándolo con el codo, caminó directo hacia el asiento.

—Gracias, señorita Royle. —Con la mayor despreocupación cogió el ridículo y el abanico y se los pasó—. Qué amabilidad la suya de reservarme un asiento.

Mary tuvo la idea de darle a entender que esos artículos no eran de ella y que él estaba ocupando el asiento de una dama, pero eso sería mentir. Miró el ridículo y el abanico que ya estaban en su falda; no, esa mentira no habría dado resultado; al fin y al cabo el abanico estaba hecho del mismo encaje que adornaba su vestido. Seguro que incluso un hombre se daría cuenta de eso.

Durante más de dos horas los músicos tocaron y tocaron.

Ella ya había decidido no mirar a Rogan ni una sola vez, aunque a cada momento los ojos se le iban hacia él.

No, no se permitiría mirarlo.

Él le sonreiría con ese aire de superioridad, creyendo que la había engañado totalmente, que de verdad ella creía que él le estaba haciendo un inmenso favor a Quinn ocupándose de ella, cuando estaba casi segura de que la separación fue idea suya.

El muy bestia.

Para mantenerse ocupada decidió observar el minutero del alto reloj de pie del rincón, que comenzaba su trayecto alrededor de la esfera.

No era nada divertido. Sólo pasado un minuto, sus ojos estaban nuevamente intentando desviarse hacia Rogan.

No podía permitir eso.

Por lo tanto ideó un juego; cerraría los ojos y contaría hasta sesenta, y entonces los abriría justo cuando se moviera el minutero.

Pasados sólo dos minutos ya estaba aburrida con esa actividad.

¿Cómo sobreviviría a esa velada con el duque sentado justo a su lado y Quinn sólo unas filas atrás con la hermosa viuda? Se volvería loca si tenía que soportar eso mucho más tiempo.

Fue pasando el rato y comenzó a pensar si acaso Quinn estaría disfrutando en compañía de lady Tidwell.

Una rápida mirada a la pareja no sería muy indecorosa, ¿verdad? No si era una muy rápida, y nada más.

Puso el abanico sobre la rodilla, en equilibrio inestable, y pasados unos segundos quitó la mano. El abanico cayó al suelo entre el asiento de ella y el de Rogan.

Se inclinó para recogerlo, pero al instante el duque bajó la mano por entre los asientos y cogió el abanico.

La suerte no estaba con ella. El maldito duque eligió justo ese momento para actuar de modo caballeroso.

Fantástico, sencillamente fantástico.

De todos modos se inclinó y bajó la mano por entre los asientos, simulando que no se había dado cuenta de que él ya había cogido el abanico. Moviendo la mano por el suelo miró lo más lejos que se atrevió hacia la izquierda, con la esperanza de ver a Quinn.

Y lo vio. Sólo que lo que vio fue tan horroroso que la hizo girarse del todo en el asiento para asegurarse de que había visto bien.

Quinn tenía la mano de lady Tidwell cogida entre las dos suyas. Ay, Dios, le tenía cogida la mano igual como se la cogió a ella en el salón no muchas noches atrás.

Las lágrimas le hicieron arder los ojos, al ver a Quinn mirando con tanta ternura a la viuda, con una mirada que expresaba adoración, y apretándole la mano.

Una lágrima pasó por entre sus pestañas inferiores y le cayó en la mejilla.

—Vuélvete, niña —susurró lady Upperton, cogiéndole el brazo y girándola—. La gente se va a fijar.

—Su abanico, señorita Royle —dijo Rogan.

La miró, y sin duda vio sus lágrimas, porque cerró el abanico y se lo colocó en la mano enguantada junto con un pañuelo.

Fatalidad. Pestañeó, intentando hacer retroceder las lágrimas que le llenaban los ojos, para no necesitar el pañuelo de Rogan.

Hizo una inspiración profunda y alzó el mentón, con el fin de impedir que las lágrimas le bajaran por las mejillas.

Entonces cayó en la cuenta de que estaba mirando un cuadro muy grande colgado en la pared detrás de los músicos.

Enfoca la atención en el cuadro, no en lo que podría estar haciendo Quinn.

Era un retrato de cuerpo entero, al óleo, de una bella mujer. Una mujer de alcurnia, estaba claro, se veía envuelta en un aura aristocrática.

Su expresión era recatada, pero a ella le pareció ver destellos de chispas en sus ojos. El cielo pintado detrás de la mujer era oscuro y tormentoso, lo que hacía resaltar su vestido blanco, dándole vida, frescor. Llevaba el pelo recogido en la coronilla, y por los lados del cuello le caían mechones en bucles. Alrededor de los hombros, en claro contraste con el blanco virginal del vestido, llevaba un chal de cachemira en carmesí y oro.

Contempló el chal, de colores tan osados y vivos, y nuevamente centró la atención en los ojos de la mujer. Le pareció ver destellos de pícara vitalidad.

De poder femenino.

Se le curvaron los labios en una sonrisa sagaz.

Tuvo la impresión de que casi conocía a esa mujer. Veía su alma en sus ojos.

Lady Upperton le tocó el hombro.

—¿Mary?

Se giró a mirar a la anciana, y con el movimiento le bajaron por las mejillas las lágrimas que tenía retenidas. Se las limpió con el pañuelo de Rogan, luego lo dobló en un cuadrado y lo apretó en la mano.

—¿Mary?

Tardíamente cayó en la cuenta de que los músicos habían dejado de tocar, por fin, y de que la anciana señora la estaba mirando fijamente.

—Ay, Dios, perdone, lady Upperton. De repente me encontré totalmente hechizada por la mujer de ese cuadro.

—No serías la primera —dijo la mujer en un tono más parecido a un bufido—. Sir Joseph posee muchos cuadros del pintor George Romney, pero ése se lleva el premio.

—¿Y eso por qué?

—Porque se rumoreaba que el propio príncipe regente encargó el retrato cuando la dama era su querida. —Le cogió el brazo y la acercó más—. Pero cuando pasó sus favores a otra, no pagó ni reclamó el retrato, así que se quedó en el estudio de George Romney hasta su muerte, cuando el heredero vendió la casa y todo lo que contenía.

Mary se echó hacia atrás y volvió a mirar el cuadro. Con el rabillo del ojo vio que Rogan también lo estaba mirando.

—Fue una belleza clásica —comentó él, subrayando sus palabras con un suspiro muy afectado.

Mary no lo miró, sino que dirigió la siguiente pregunta a lady Upperton.

—¿Quién era?

—¿Lo dice en serio? —preguntó Rogan, entrometiéndose groseramente en la conversación—. ¿De verdad no lo sabe? Caramba, sí que es una señorita del campo, ¿no?

—Lo soy —dijo Mary mirándolo furiosa—, pero no estaba hablando con usted, excelencia.

Rogan se rió.

—Caramba, señorita Royle. O bien me ha tomado una repentina aversión o quiere hacerse la inalcanzable. ¿Cuál de las dos cosas es?

La miró con una ceja arqueada, lo que la enfureció más aún.

—Creo que lo sabe, excelencia.

Continuó mirándolo furiosa, tratando de sostener la mirada el mayor tiempo posible.

De pronto las damas y los caballeros que estaban sentados cerca guardaron silencio para observarlos, como si estuvieran impacientes por ver una pelea entre la señorita de campo y el duque de alcurnia.

Lady Upperton notó la atención que atraían entre los invitados y se apresuró a poner fin al acaloramiento.

Soltó una risita exagerada.

—Vaya por Dios, ya terminó la guerra, no comencemos otra. —Le dio un golpecito a Mary en el brazo con su abanico, obligándola a desviar la mirada furiosa, y luego le dijo en voz más baja—: La mujer es Frances, condesa de Jersey.

Mary se sintió como si le bajara un dedo helado por la espalda.

—No querrá decir la lady Jersey, ¿verdad?

¿La mujer que envolvió a las trillizas frías y azuladas en su chal y se las pasó a su padre?

Sacudió la cabeza para quitarse esa idea.

¡Imposible! ¡Imposible!

—Pues sí —suspiró lady Upperton—. Como ves, era muy hermosa en su tiempo. Y aprovechó al máximo su belleza.

—¿O sea que murió?

—No, señorita Royle, está viva —contestó Rogan con indiferencia—. La vi el año pasado. Era... era una conocida de mi padre.

—¿Ha conocido a lady Jersey? —preguntó ella con mal fingida indiferencia; muy a su pesar, no podía dejar de sentirse interesada.

—Sí, aunque sólo de pasada. —Entonces su voz adquirió ese tono exquisito, tan suave y dulce como el oporto y el chocolate; el tipo de voz que usa un hombre para seducir, para galantear. Y bajó la voz también, tanto que ella se vio obligada a acercarse a él para poder oírlo—. Pero ya no se parece a la sirena de estos cuadros. Es bastante guapa, pero ya no es hermosa, a diferencia de ti, querida mía. —Guardó silencio y continuó mirándola a los ojos, haciéndole retumbar ridículamente el corazón. Levantó la mano y pasó muy brevemente dos dedos a lo largo de un rizo oscuro que le colgaba a un lado del cuello—. Su pelo no es tan sedoso ni de un color tan exquisito como el tuyo. Ya está canoso.

Mary tragó saliva.

Él bajó lentamente la mirada por su cuerpo, deslizándola por sus curvas como la caricia de un amante.

—Ya no posee el cuerpo esbelto y flexible que un hombre sueña con apretar contra el suyo.

Mary abrió su abanico. Hacía mucho calor en la galería y los invitados habían comenzado a moverse. Ay, cómo deseaba marcharse. Ir a hablar con el vizconde, y con su dama amiga.

Desvió la mirada y giró la cabeza, con la esperanza de que lady Upperton hubiera oído algo de ese lascivo discurso del duque y dejara de crear oportunidades de encuentro. Pero la anciana estaba sumida en una conversación con lord Lotharian, tan absorta que no se había enterado de nada.

Rogan también advirtió eso, sin duda porque acercó la boca a su oreja y le susurró:

—¿Le digo más cosas, señorita Royle? ¿O preferiría salir al patio a tomar aire fresco? Creo recordar que le gustan los paseos nocturnos por el jardín.

Entonces ella lo miró.

—Me cuesta creer su descaro. No, no lo he dicho bien. Lo creo. Sólo que debería haberlo esperado.

—Me hiere, señorita Royle. —Le cogió la mano libre y se la puso en el corazón—. Sólo quería hacerla sentirse mejor, después de su... disgusto.

Ella se puso el abanico abierto junto a la boca.

—¿Y espera que yo me crea eso? —le dijo en un susurro—. Es usted muy cruel, excelencia.

Había deseado que sus palabras rezumaran poder, pero la voz le salió débil y remilgada.

Y eso fue todo lo que logró decir, porque de repente se sintió ahogada, sin aliento.

Ah, maldita sea. Cerrando el abanico, giró la cara e interrumpió sin la menor educación la conversación que se desarrollaba a su otro lado.

—Lady Upperton, ¿lady Jersey todavía vive en Londres?

Era una pregunta válida, no sólo una manera de evitar a Rogan y sus ardientes susurros que tanto la irritaban. Tal vez sus hermanas podrían hablar con lady Jersey y así poner fin a sus ilusas ideas de tener sangre real.

Lady Upperton se encogió de hombros.

—Juraría que no la he visto en ninguna reunión social desde hace muchos meses. Hace poco oí decir que estaba en Cheltenham.

Rogan se levantó repentinamente, sobresaltándola con su imponente presencia. No pudo evitar mirarlo. De nuevo la impresionó lo enorme que era.

Su altura era extraordinaria, y su cuerpo, bueno, sólido, todo músculos, muy diferente del de su hermano, delgado y elegante.

Tratando de parecer calmada y serena, miró su fuerte mandíbula cuadrada, sus brillantes ojos castaños y... esos labios. Ah, recordaba muy bien esos labios. Abrió el abanico y lo agitó ante su cara.

El calor era para derretir en la galería. ¿Sería ella la única que lo notaba?

Entonces Rogan le sonrió, haciéndola ruborizarse.

No podía negar que algunas mujeres podrían encontrarlo increíblemente guapo, si tenían preferencia por el pelo oscuro y los rasgos duros, algo que ella, lógicamente, no apreciaba en absoluto.

De todos modos, había algo muy atractivo en él. Aunque eso era lógico; era el hermano de Quinn, al fin y al cabo, llevaban la misma sangre.

Aunque, eso sí, nada era similar en ellos. Mientras el ondulado pelo de Rogan era negro como el ébano, tan negro que arrojaba visos azules a la luz de las velas, el pelo de su hermano era rubio, y le recordaba el color del trigo justo antes de la cosecha.

Cuando dejó de mirarle los labios y levantó un poco la vista, se encontró con su mirada. Buen Dios, él sabía muy bien que lo había estado examinando, y su sonrisa indicaba que eso lo divertía también.

Él le tendió la mano inesperadamente.

—A pesar de lo que cree que vio ocurrir hace un momento, sé que a Quinn lo complacerá muchísimo verla, señorita Royle. Me dijo que esperaba que usted asistiera a esta velada.

—¿Sí, eso le dijo?

—Pues sí. —Su voz ya sonaba en un tono más educado, menos libertino—. Estaba a punto de ir a convencerlos, a él y a su acompañante, de que bebieran una copa de vino conmigo. ¿Le apetecería acompañarnos?

¿Era posible que ella hubiera interpretado mal el afecto de Quinn por lady Tidwell?

Podía suponer que lo que vio en los ojos de Quinn fuera compasión por la viuda sumida en su melancolía.

Sonrió.

—Sí, excelencia, me gustaría mucho... si lady Upperton lo permite.

Miró a la gorda anciana, la que intercambió una mirada con lord Lotharian.

—Muy bien, Mary —dijo—, pero nos marcharemos dentro de una hora. Procura estar de vuelta antes. —Curvó los labios pintados de rojo en una expresión divertida—. ¿Recuerdas dónde está el reloj, supongo?

—Sí —contestó ella ruborizándose.

Volvió a mirar a Rogan, levantó la mano y la colocó suavemente en la enguantada de él.

Él cerró la mano alrededor de la de ella y al instante sintió su calor, a través de sus guantes de seda.

Volvió a notar calientes las mejillas cuando él la levantó del asiento, lo que la hizo sentirse humillada. Él le ofreció el brazo y juntos pasaron cerca del director, que estaba ordenando sus partituras, y avanzaron por el atiborrado pasillo central en dirección a Quinn.

Y a lady Tidwell.

Se puso de puntillas para mirar por en medio de los apretujados invitados por si veía a Quinn, su vizconde. Su futuro marido.

Rogan, cuya altura era claramente una ventaja en esa situación, no compartía su impedimento visual.

—Que me cuelguen —siseó—. Se ha marchado.

—¿Qué?

Notó la desesperación con que le salió la voz, y eso la angustió.

No tenía el menor deseo de que Rogan detectara lo insegura que se sentía. Aunque ¿qué otra cosa podía sentir cuando su futuro marido estaba obligado a llevar cogida del brazo a una hermosa viuda solitaria todas las noches?

Así pues, añadió:

—La interpretación musical ha sido más larga que la mayoría, ¿no le parece? Es posible que su hermano haya ido a la mesa de refrigerios. —Lo miró y lo obsequió con una encantadora sonrisa—. ¿Hacemos lo mismo?

Rogan le tenía bien apretado el brazo a su costado mientras caminaban, como si temiera que pudiera huir. Entonces la miró con una expresión tan ardiente que ella se estremeció, comprendiendo repentinamente el peligro de ese fingido coqueteo.

Pero él deseaba que se sintiera así, ¿no? Hecha un atado de nervios e insegura de sí misma.

Y entonces, caminando junto a él por el pasillo, se le ocurrió que no tenía manera de evitar al duque, no tenía manera de escapar de él, por mucha diligencia que pusiera en sus planes para evitarlo.

Por mucho que detestara creerlo, veía muy claro que debía aceptar la realidad: Rogan había tomado el mando de su relación con Quinn.

Si se acercaba a Quinn, él simplemente se mofaría de ella, con su crueldad, y en un instante ella perdería pie.

«Sabe la manera de hacerme perder la confianza. Debería darle una bofetada, otra vez.» Lo miró feroz.

Sí, era un maestro en blandir su sensualidad como un arma en contra de ella. Al fin y al cabo tenía años de práctica jugando a ser libertino.

Por lo que había oído, también tenía años de experiencia en ignorar y defenderse de las mujeres más expertas y bellas de la sociedad.

Ella, en cambio, no era otra cosa que una señorita de campo sin experiencia. Ciertamente no estaba a su altura.

De repente algo que le pasó por la cabeza la hizo aminorar el paso. Lo miró a los ojos cuando él la miró.

¿O lo estoy?

«¿Qué pericia tiene él en protegerse de las insinuaciones de una inocente?» Una tenue sonrisa le levantó las comisuras de los labios.

Bueno, concluyó, tal vez era el momento de descubrirlo.

Rogan se detuvo al notar su lentitud.

—¿Se siente mal?

—Estoy perfectamente —contestó ella sonriéndole.

Porque ahora tengo el plan perfecto.

Un plan para el cual, dada su naturaleza, él no podía estar preparado.

Un plan que haría al Duque Negro salir corriendo hacia su casa de campo.

Sí, el seductor estaba a punto de convertirse en el seducido.

Capítulo 10

Valor. Eso era lo único que necesitaba para recuperar el mando de su futuro con Quinn.

Aunque cuando iba entrando con Rogan en el comedor, en dirección a la mesa de refrigerios, comprendió con tristeza que carecía absolutamente de esa cualidad.

—Qué extraño —dijo Rogan, muy serio, paseando la vista por la atiborrada sala—. No veo a Quinn aquí tampoco. Estaba seguro de que ofrecería una libación a lady Tidwell.

«Tomaré una copa de vino, sí.»

¿Qué más daba que su constitución tuviera poca tolerancia para licores de cualquier tipo? La mínima cantidad tenía el poder de enredarle la cabeza. Pero esa noche podría ser justo lo que necesitaba para estimular su valentía.

Mientras Rogan estaba distraído mirando la multitud para localizar a su hermano, aprovechó la oportunidad para liberar el brazo que él le tenía fuertemente apretado.

—La noche está templada y el ambiente en la casa es caluroso —le dijo—. ¿No cree que quizá hayan salido al patio a tomar aire fresco, como hace un rato usted me sugirió hacer a mí?

—Sí, es posible —murmuró él, distraído, mirando hacia uno y otro lado de la sala.

—¿Le parece que cojamos una copa de vino y salgamos al patio a reunirnos con ellos?

Arqueó las cejas para dar la impresión de que ésa era una sugerencia inocentemente concebida.

Rogan se giró hacia ella y la clavó con la mirada.

—¿Vino? Ah, muy bien.

Echó a andar hacia un lacayo que iba dando la vuelta al comedor equilibrando una bandeja llena de copas de clarete, pero de pronto se detuvo y se giró a mirarla.

Ella lo obsequió con una amable sonrisa.

—¿Excelencia? ¿Quiere que le ayude?

—Me esperará aquí, ¿verdad? —dijo él, con una expresión en la cara demasiado seria para esas palabras—. Volveré enseguida.

Ella ladeó la cabeza, analizando esa extraña reacción.

¿De veras creía que en el instante en que se diera la vuelta ella saldría corriendo al patio a cortejar a Quinn?

—No me moveré de este lugar, excelencia, se lo prometo. No me marcharé.

La expresión de él se alegró.

—Muy bien, señorita Royle.

Lo observó mientras él se abría paso a toda prisa por entre el gentío, en dirección al lacayo, que ya estaba en el otro extremo del comedor.

«Qué caballero más raro.»

Justo entonces aparecieron sus hermanas a su lado.

—Qué aburrido es esto, ¿verdad? —dijo Elizabeth. Se llevó a los labios la copa de vino y bebió un trago—. Cuando lady Upperton dijo que nos marcháramos, la animé a hacerlo lo más pronto posible.

—¿Estás lista, entonces? —preguntó Anne—. El coche de lady Upperton ya nos está esperando en la puerta.

—¿Marcharme ahora? —Mary miró hacia Rogan, justo en el momento en que él cogía dos copas de la bandeja del lacayo—. Ah, no, no estoy lista para marcharme. Aún tengo que hablar con lord Wetherly.

Anne la miró enfurruñada.

—Bueno, ve a darle las buenas noches ahora mismo, si debes.

—Ve, Mary —la instó Elizabeth, levantando la mano con la copa y haciendo un gesto abarcando la sala—. No hay ningún soltero aquí. Mira. Sólo hay aburridos caballeros y damas casados.

—Escuchad, puedo volver a pie a Berkeley Square. El aire es suave y cálido esta noche. —Movió un dedo ante cada una—. Así que marchaos sin mí. Abandonad la velada. Yo volveré a casa muy pronto.

—Pero no podemos marcharnos sin ti —alegó Elizabeth.

—Tonterías. —Le arrebató la copa, derramando casi la mitad del vino que quedaba—. Marchaos.

—No puedes hacer a pie todo el camino hasta la casa por la noche —dijo Anne—, y mucho menos con ese vestido. Te deshonrarás tú y estroperás el vestido.

Lo decía tan en serio que se cruzó de brazos, tal como hacía siempre que ella proponía algún acto indecoroso.

Levantó la vista y se le tensaron los músculos del estómago. Rogan se había detenido a hablar con el anfitrión, pero estaba a sólo unos pasos de distancia. Volvería en un instante.

—No te preocupes, Anne, les pediré a lord Wetherly, lady Tidwell y al duque que me acompañen a casa. Ahora marchaos. Yo llegaré muy pronto.

—Muy bien, entonces —enmendó Anne—. Supongo que tu plan es bastante sensato.

—Por fin —dijo Elizabeth—. Vámonos. —Cogió la mano de Anne y, sin mirar atrás, la llevó hacia el corredor—. Buenas noches, Mary.

—Buenas noches —contestó ella en voz baja.

«Mi plan es bastante sensato.»

Sonrió para sus adentros. Si ellas supieran.

Miró la copa que le había quitado a Elizabeth. «Valor», se dijo, y se bebió el clarete de un solo trago. Luego colocó la copa vacía en la bandeja de un lacayo que pasaba cerca en ese momento.

Sabía, o creía saber, exactamente cómo seducir al duque.

Lo único que debía hacer era simular que recibía bien sus pícaras insinuaciones. Actuar como si de repente quisiera conquistarlo a él.

Sí, sólo con un poquitín de valor, conseguiría que Rogan echara a correr huyendo como si en ello le fuera su vida de libertino.

Estaba distinta.

Rogan captó eso en el instante mismo en que volvió al lado de la señorita Royle, después de equilibrar dos copas de vino haciendo una verdadera carrera de obstáculos en medio de la horda de invitados de Harrington.

—Tenga, señorita Royle.

Cuando le puso la copa de vino en la mano, ella se apresuró a llevársela a los labios. Le temblaba la mano.

Entonces ella lo miró y le agradeció el vino. Aunque le sonrió agradablemente y su cara era la imagen de la serenidad, parecía incapaz de aquietar los temblorosos dedos.

Por el motivo que fuera, estaba sin duda muy nerviosa, tensa, mucho más que antes.

No le gustaba verla así. Maldición, él tenía la culpa de eso. Esos temblores casi lo hacían lamentar haber jugado con ella antes. Casi.

Y no era que tuviera opción en el asunto. Tenía el deber de proteger a su hermano. Sus seductoras palabras habían sido necesarias para distraerla, para inducirla firmemente a pensar en él y no en su maldito hermano empeñado en casarse.

Sin duda, ella se dio cuenta de que él la estaba examinando. Estaba seguro de que si hubiera habido un biombo lacado por ahí cerca habría corrido a refugiarse detrás.

Ella colocó su abanico de encaje entre ellos como un escudo templado, lo movió con fuerza y el abanico se abrió con un sonido metálico.

«Maldita sea, ¿tan amenazador soy? Para ella lo soy, está claro.»

Con sus ojos color ámbar agrandados y redondos, nerviosamente llevó la copa a sus labios una y otra vez, hasta que se bebió todo el clarete.

Él arqueó las cejas.

—Parece que ha disfrutado de su vino. ¿Le voy a buscar otra copa, señorita Royle?

—No, con ésta ya está bien.

Pero entonces levantó la mano temblorosa, la puso ante sus ojos y miró la copa vacía.

—Oh —exclamó.

Lo miró, con las mejillas rojas de azoramiento.

Hizo una inspiración profunda, y cuando expulsó el aire, descendió sobre ella una especie de calma.

—Pensándolo bien, sí, me gustaría beber otra. Pero esta vez permítame ir con usted, por favor.

Él observó que tenía los párpados entornados, como si le pesaran, y sus ojos brillaban a la luz de las velas.

—El lacayo que sirve el vino está ahí —continuó ella, haciendo un gesto con la cabeza hacia la puerta que llevaba a la parte de atrás del vestíbulo central—. Después podríamos salir al patio a respirar aire fresco. —Se le acercó más y añadió en voz baja—: ¿Qué te parece, Rogan?

Otra vez. Otro cambio en su conducta.

Un momento estaba temblando como una niña asustada y al siguiente empleando sus ardides femeninos como la más experta cortesana francesa.

Él no le encontraba ningún sentido a eso.

¿Cuál era el juego de esa muchacha?

Ah, bueno, aún no era muy tarde. Tenía todo el tiempo que hiciera falta para complacerla y determinar qué se proponía en realidad.

Entonces ella sonrió y, sin que él la invitara, se cogió firmemente de su brazo.

—¿Vamos?

Estaba temblando otra vez. Bueno, eso sí era desalentador.

Maldición. Era absolutamente transparente en su esfuerzo por parecer valiente y resistente a las pullas de él.

Pero el duque sabía que todo era puro teatro. Había jugado muchas veces a ese juego, y con contrincantes mucho más hábiles.

—Tal vez nos encontremos con su hermano —dijo ella, estirando los labios en la más falsa de las sonrisas.

—¿Le parece, señorita Royle?

Ah, por fin entendía.

Cierto, el interior de la casa era sofocante, pero sabía que no era la fresca brisa nocturna lo que ella buscaba en realidad.

Era a su maldito hermano.

Temía, y tal vez con razón, que Quinn le estuviera cobrando afecto a la otra dama. Y Mary no estaba dispuesta a quedarse atrás y cederle el premio dorado a lady Tidwell.

—Ess lo lo... lógico, excelencia —dijo ella, moviendo indolente la cabeza—. ¿No está de acuerdo?

Al parecer el vino la estaba afectando con mucha rapidez, entorpeciéndole la lengua y haciéndole pesados los párpados.

—No estoy tan convencido, pero si quiere estar segura, señorita Royle, vamos a ver. Al menos, disfrutaremos del aire. Por aquí, por favor.

Cuando la llevaba hacia una bandeja llena de copas, el movimiento del gentío los empujó, dejándolos muy juntos, y ella se apoyó en él para no caerse. El duque notó la blandura de su pecho en el costado.

Al instante sintió una tensión en su entrepierna.

Maldición. Éste no es el momento.

No podía sentir eso por ella. Por otra cualquiera sí, pero no por ella.

El aire fresco le iría bien. Tenía que irle bien.

Porque sabía que no encontrarían a Quinn con lady Tidwell en el patio.

Ni en el jardín.

Porque sólo un momento antes sir Joseph le había dicho que lady Tidwell no se sentía bien y su hermano la había acompañado a su casa. Hacía media hora.

Y con toda probabilidad, no habría nadie más en el patio y estarían solos.

La luna creciente se veía exageradamente brillante esa noche, y a Mary le recordó aquella otra noche cuando Rogan se introdujo entre ella y Quinn y la besó, convirtiéndole el cuerpo en gelatina.

Pero esa noche no temía que se repitiera ese acto disoluto. No estaría sola con el Duque Negro. Estaría presente otra mujer, aun cuando esa mujer fuera lady Tidwell, y él no se atrevería a repetir ese agravio delante de ella.

Tampoco tendría la perversa oportunidad de perforarle el corazón a su hermano otra vez, habiéndolo herido ya de forma tan intensa antes.

No, esa noche estaría totalmente protegida de más proezas perversas, porque incluso un pícaro tenía que considerar sagrados ciertos límites.

Paseó la mirada por el patio iluminado por la luna.

—No veo a lord Wetherly ni a lady Tidwell. ¿Los ve usted, excelencia? —Movió la cabeza para mirarlo y al instante tuvo la sensación de que le daba vueltas—. Es decir, ¿Rogan?

Vaya, comenzaba a sentirse muy... muy soñolienta.

Sentía temblores las piernas también, y en realidad, pensándolo bien, no notaba nada firmes los pies. Se apoyó en Rogan para no caerse y fijó su borrosa mirada en él.

Caramba, que gallardo se veía.

Su mirada pasó a sus labios, y volvió a recordar aquel beso. Fue un beso maravilloso sin duda, aun cuando tenía que reconocer que no tenía mucha experiencia en besos. ¿Le gustaría que él la besara otra vez en ese momento?

Rogan la miró con una expresión de lo más curiosa.

—¿Mi hermano y lady Tidwell? Ah, no están aquí. En realidad, no esperaba que estuvieran.

—Eso no me lo dijo antes.

¿O sí se lo dijo? Bah, no lograba recordarlo.

Se tambaleó, el cuerpo fláccido, como si fuera a caerse desmayada, quedando apoyada totalmente en él, y de repente sintió sus manos sobre ella.

—Tal vez no habría salido si hubiera sabido que ellos no estarían aquí tomando el fresco.

—Bueno, no están aquí, así que podemos entrar, si lo desea. —Nuevamente tenía ese destello engreído en los ojos—. Oí decir que mi hermano y lady Tidwell se marcharon temprano de la velada. Pero pensé que un poco de brisa fresca sería muy vigorizadora.

Nuevamente Mary sintió girar la cabeza cuando levantó la cara para mirarlo.

—O sea que estamos solos.

—Eso parece, señorita Royle.

—Mary. Le permito que me llame Mary. —Lo miró con los ojos entrecerrados. Señor, sentía terriblemente pesada la cabeza—. ¿Por qué no me llama Mary? ¿No le gusto?

«Tú me gustas, Rogan... No. Te odio. Eso es.»

Él intentó retroceder un paso, pero ella se aferró al duque firmemente, no fuera a perder el equilibrio y caerse. Cuando volvió a apoyarse en él, sintió un bulto duro entre ellos.

«¡Santo cielo!»

Al parecer, ella le gustaba. Y bastante, en realidad.

Una ancha sonrisa le levantó las comisuras de los labios. Se sentía muy valiente en ese momento. Tal vez un poco descentrada, pero infinitamente valiente.

Y, ah, muy dispuesta a cambiar el equilibrio de poder entre ellos. Primero le acariciaría la mejilla con la mano desnuda.

Dirigiéndole una mirada que esperaba fuera seductora, se bajó un guante hasta la muñeca. Pero entonces no logró sacar los dedos, así que lo dejó arrugado ahí.

¿Lo oyó reírse? Lo miró.

—Rogan. —Aunque no fue su intención, la voz le salió ronca—. ¿Lo has pensado?

Él la miró interrogante.

—¿Si he pensado qué, Mary?

Ella se puso de puntillas y acercó la boca a la de él.

—¿Besarme otra vez?

Ella deslizó las manos por su nuca y le bajó la cabeza hacia ella. Cerró los ojos y entreabrió ligeramente los labios.

—Mary —le susurró—. Juraría que no estás acostumbrada a los efectos del vino. Deberías parar ahora, antes que hagas algo que lamentarás por la mañana.

—¿No lo has pensado? Tienes que haberlo pensado. —Abrió los ojos y lo miró muy seria—. Rogan, he intentado olvidar la sensación de tu cuerpo apretado contra el mío. He tratado de borrar el recuerdo de tu boca, tan ardiente y húmeda, moviéndose sobre mis labios. Pero, Dios me ampare, no lo consigo.

—Mary, por favor, no digas una palabra más.

El duque cogió la muñeca y la obligó a retirar la mano de su nuca.

«No sabe lo que hace. Debo obligarla a parar ya.»

—No, por favor, no. No lo entiendes. Esta noche bebí vino para darme valor. Para no dar marcha atrás.

Le colocó suavemente la mano en la mejilla, la tuvo ahí un momento y luego deslizó las yemas de los dedos por su sien y por su pelo.

El Duque Negro cerró los ojos e hizo una honda inspiración por la nariz.

Hacía muchísimo tiempo que no lo acariciaban tan tiernamente. Y aunque deseaba más que nada que continuara, sabía que no debía permitírselo.

Le cogió la mano y se la retiró del pelo.

—Mary, para...

Ella le puso un dedo en la boca.

—Calla. Escúchame. Lo que sentí cuando me besaste fue como... nada que hubiera conocido.

Él le cogió la muñeca y retiró el dedo de su boca.

—Eres una inocente.

—No tan inocente como crees.

—No sé por qué lo dudo, querida mía.

—Entonces te equivocas, señor. —Bajó los ojos y estuvo un instante mirando los adoquines. Luego volvió a mirarlo a los ojos, con una pícara sonrisa en los labios—. Créeme, sé cómo se siente un beso. El tuyo no fue el primero.

—¿No?

Ella negó con la cabeza y las mejillas se le cubrieron de un rubor muy favorecedor.

—Pero no te miento al reconocer que cuando posaste tu boca en la mía me sentí... viva, muy viva; como nunca antes.

Rogan se permitió contemplarle las mejillas sonrosadas y luego la miró a los ojos.

—¿Qué deseas de mí, Mary?

—Deseo que me beses otra vez. Tengo que saberlo.

—¿Saber qué?

—Si fuiste tú el que me despertó, o fue mi creencia de que estaba en los brazos de Quinn.

¿En los brazos de Quinn? Maldición.

Le cogió la cintura con las dos manos y la puso a un brazo de distancia.

—¿Qué juego es éste, señorita Royle?

—No es ningún juego, Rogan. Deseo saberlo. Necesito saberlo. Por favor.

A él se le agitó la respiración. «Aléjate, date media vuelta y aléjate de ella. Ahora, inmediatamente.»

Vamos, a pesar de sus intentos de separar a esa mujer de Quinn, igual al final del verano podría convertirse en la vizcondesa Wetherly, la esposa de su hermano.

—Por favor, Rogan —musitó ella en un susurro—. Un beso.

Maldición. Al parecer le resultaría imposible refrenarse.

Aumentó la presión de sus manos en la cintura y la fue acercando, acercando, más y más, hasta que estaban apenas a la distancia de un dedo.

—Bésame —volvió a susurrar ella.

Y a la fría luz de la luna, Rogan la estrechó en sus brazos y se inclinó.

Apoyando la mano en su espalda, a la altura de la cintura, la arqueó, estrechándola contra él, y deslizó los labios por la tierna piel de su cuello.

Mary gimió y se le ablandó el cuerpo, apretándose contra él.

Rogan subió la boca por su cuello, deteniéndose un instante para decirle al oído:

—¿Sientes lo mismo?

—Aún no lo sé. —Le puso la mano en el pecho y hundió las yemas de los dedos en sus músculos—. Bésame, Rogan, por favor.

Él pasó suavemente las yemas de los dedos por su mandíbula y luego le cogió con firmeza el mentón y le levantó la cara hacia él. Entonces se apoderó de su boca con la suya.

La excitación recorrió todo su cuerpo como una ola y comprendió a la perfección lo que quiso decir ella con «ser despertada».

Ella movió los labios sobre los de él y los entreabrió para profundizar el beso, entregándose a él mientras por sus venas corría como un rayo un deseo no experimentado nunca antes.

El duque aspiró el aroma de rosas de su piel, saboreó el vino en su lengua, sintiendo el calor de su aliento mezclado con el de él.

Se estaba ahogando en ella y no deseaba salir jamás a la superficie.

El patio pareció disolverse, convertirse en nada. Se evaporaron los pensamientos.

Sólo tenía conciencia de Mary, y de su necesidad de ella.

La estrechó con más fuerza, sintió la presión de sus pechos contra él. Ella le rodeó el cuello con las manos fuertemente y se pegó a él.

Rogan apartó la cara un breve instante y la miró a los ojos:

—¿Sientes lo mismo, Mary?

Ella lo miró con los ojos soñolientos y se le curvaron los labios.

—Sssíii.

Una vez más le introdujo la lengua en la boca, deseando, necesitando urgentemente poseerla. Sin dejar de besarla, deslizó una mano por sus caderas y la apretó contra su miembro duro.

Ella interrumpió el beso y lo miró extrañada.

—Mary, no sé qué me impulsó a...

—¿Qué has dicho?

Se le pusieron los ojos en blanco y los cerró.

—¿Mary? Ay, Dios. —La sacudió y vio que ella intentaba abrir los ojos—. ¿Me oyes? ¿Te sientes mal?

Pero ella simplemente volvió a cerrar los ojos y se desmoronó, apoyada en él. La miró; estaba fláccida en sus brazos.

—¡Mary!

Capítulo 11

Tenía los párpados terriblemente pesados, y le pesaban tanto las piernas y los brazos que no sentía la menor prisa por salir de su adormilamiento, y de ese sueño tan escandaloso pero ooh, tan delicioso también.

Se mecía suavemente, con la espalda apoyada en el pecho de Rogan y la cintura rodeada por sus manos, que la sostenían con firmeza en el asiento, apretada a él.

A través de las capas de enaguas y falda, sentía la presión de ese bulto duro de su entrepierna. Se movió, deleitándose en esa prueba de su deseo de ella.

Sintió una especie de rugido alrededor, que le produjo una molesta irritación en la cabeza. Y eso la despertó.

Abrió los ojos muy despacio y giró la cabeza para mirarlo. Estaba casi totalmente oscuro dentro del coche que los llevaba por la noche.

Pestañeó. Ése era otro sueño.

Cuando se movió, él pasó las manos por debajo de sus brazos y la acercó más, sujetándola contra su cuerpo.

Ella no pudo dejar de sonreír. Desde la noche en que conoció a Rogan había tenido muchos sueños similares, lascivos, obstinados, pero nunca en un coche.

Nunca uno tan real como ése.

A la luz del delgado rayo de luna que entraba por la rendija que dejaba la cortina cerrada sobre la ventanilla, discernía apenas su cara. Sonriendo, se deslizó por el asiento hasta quedar lo suficientemente alta como para poder mordisquearle la piel entre el cuello almidonado de la camisa y el lóbulo de la oreja.

—Mary —susurró él, apartándola de mala gana—. Te llevo a casa.

—No, todavía no, por favor. —Trató de enderezar la espalda, pero sintió que le daba vueltas la cabeza. Decidió agarrarse a él, que estaba sentado con la espalda recta y rígida. Cogiéndose de las solapas de su chaqueta, se dio impulso para pasar la rodilla por encima de sus muslos, y consiguió quedar sentada a horcajadas—. Deseo que me beses otra vez.

Él le rodeó la cintura con las manos. Parecía sentirse bastante asombrado por su osadía. Intentó bajarla de sus muslos.

—Mary, no podemos hacer esto.

Ella le echó los brazos al cuello y se aferró a él.

—Sí que podemos. Nadie lo sabrá. Además, no será la primera vez.

Eso era cierto. En sus sueños habían estado juntos muchas veces; así, exactamente así.

Introduciendo los dedos por su abundante pelo, lo besó apasionadamente. Él gimió, con la boca en la de ella, un gemido ronco que le provocó un hormigueo por todo el cuerpo.

A él se le movieron las caderas como por voluntad propia y ella sintió la presión de su miembro duro en la entrepierna, a través de su arrugada falda.

Se le excitó todo el cuerpo por dentro y, por instinto, arqueó la espalda y empujó, apretándose más contra él.

El duque echó hacia atrás la cabeza, lo justo para mirarla a los ojos, sin interrumpir el beso. Aunque estaba casi oscuro, ella vio claramente la pregunta en su mirada.

—Rogan —susurró con la voz bastante ronca.

Le deshizo el nudo de la corbata y se la quitó.

Él se apartó un poco para deslizar la punta de la lengua por la curva de su labio superior y luego la introdujo en su boca.

Mary gimió y lo dejó profundizar el beso al tiempo que le abría el chaleco y le sacaba los faldones de la camisa fuera del pantalón.

Deslizó las manos por los ondulantes músculos de su vientre y luego las subió hasta palparle los duros músculos del pecho. Sí, era tal como se lo había imaginado.

Él apartó la boca y susurró su nombre de una manera muy rara, como si su nombre fuera una pregunta.

Por lo tanto, le contestó:

—Sí, Rogan, sí.

En un rápido movimiento, él la levantó, la giró y la tendió de espaldas en el asiento de piel acolchado.

Entonces se arrodilló junto a ella, mirándola con esos ojos oscuros ardientes.

Sin decir palabra, le recorrió la cara con las yemas de los dedos, las deslizó por el contorno de la mandíbula y continuó hacia abajo, por el centro del cuello hasta llegar al borde del escote de su vestido.

Ahí deslizó el pulgar hacia la izquierda, y ahuecó la mano sobre su pecho. Ella se arqueó, apretándose contra su mano, estremecida por el placer que le producía el calor de su caricia.

Bueno, ése era el pícaro con el que había soñado.

Él le cogió el vestido y la camisola de seda por los hombros y los bajó por los brazos, hasta desnudarle los pechos.

Mary ya estaba jadeante, pero él no hizo nada más; se limitó a mirarla. Se sintió lasciva, se sintió mala. Pero seguía deseando sentir más.

—Deseo que me acaricies —musitó—. Deseo... acariciarte.

Él bajó lentamente la mirada por todo su cuerpo y luego la miró de nuevo a los ojos.

—¿Estás segura?

Se inclinó y le cogió el pezón con la boca, sólo un instante, haciéndola ahogar una exclamación.

Intentó hablar, pero sólo consiguió asentir.

Cuando él levantó la cabeza, sintió el calor de su aliento en la piel.

—¿Esto es lo que deseas?

—Y más.

¿Por qué no? Eso era su sueño, su fantasía.

Le cogió la chaqueta por el lado que tenía más cerca y se la echó hacia atrás por el hombro.

Él se incorporó. Inclinado para no golpearse la cabeza en el techo, se quitó la chaqueta, la tiró al suelo y se sacó el chaleco también.

Con el corazón retumbante ella vio moverse resueltamente su silueta hacia el otro extremo del asiento. Entonces él se giró a mirarla, le pasó las manos por debajo de las rodillas y se las separó.

Le besó el muslo cerca de la rodilla y luego se arrodilló entre sus piernas abiertas y bajó el cuerpo sobre ella, afirmándose con las manos a cada lado de su cabeza.

La expresión de sus ojos era tan masculina, tan primitiva... sintió que el rubor le subía por los pechos desnudos hasta las mejillas.

«Sólo es un sueño, sólo un sueño... Por favor, esta vez no me despiertes.»

—No pares —susurró.

Él la miró al oírla y luego bajó los ojos para contemplar sus pechos. Movió la cabeza y ella supo lo que iba a hacer, o al menos lo que esperaba que hiciera. Al instante, presa de la excitación, se le endurecieron los pezones.

Él volvió a mirarla a los ojos y le sonrió travieso. Entonces bajó la cabeza y le pasó la lengua por el pezón, moviéndola lentamente en círculos, atormentándola, y luego lo cogió con la boca.

Apoyándose en el respaldo, ahuecó la mano en su otro pecho, apretándoselo suavemente, y succionó con más fuerza.

Ella sintió que la cabeza le daba vueltas y se arqueó, apretándose más contra él, mientras él le succionaba, mordisqueaba y acariciaba el pecho, excitándola de una manera que no había experimentado nunca en su vida.

Sintió vibrar contra ella su miembro, más duro aún.

Levantó una pierna, la pasó por su cadera y apretó el cuerpo a su pelvis.

Él elevó la cabeza, que se veía oscura en contraste con la blancura de sus pechos, y la miró a los ojos.

—¿Estás segura?

Se incorporó y, arrodillándose entre sus muslos, le subió las capas de falda y enaguas hasta las caderas.

—Sí, sí.

Iba a ocurrir. Él estaba a punto de poseer su cuerpo.

Pero siempre despertaba un instante antes que él la poseyera, y sabía que eso volvería a ocurrir si no continuaba a toda prisa con el sueño.

—Rogan, no te detengas —le suplicó—. Por favor.

Por encima de las faldas arrugadas sobre sus caderas, vio que él se estaba abriendo el pantalón.

—Date prisa.

Él se inclinó, arrodillado, y se acercó más a ella.

Sonriendo de la manera más pícara, colocó el pulgar en sus partes más secretas y comenzó a frotarle suavemente en un lento círculo, haciéndola gemir y moverse.

«No despiertes, por favor.»

Estaba tan cerca.

Entonces sintió algo duro tocándola, justo ahí. Sí, notó cómo su miembro se deslizaba por entre sus pliegues mojados, separándolos. Sí.

Volvió a sentir girar la cabeza, y le vibró todo el cuerpo.

No deseaba otra cosa que arquearse y apretarse contra él. Sentirlo dentro de ella antes que...

—Ahora, Rogan, ahora, por favor.

Él bajó el cuerpo sobre el de ella y nuevamente colocó las manos a cada lado de su cabeza.

Buen Dios, cuánto la deseaba.

En algún recoveco de su mente algo le decía que parara. Que parara ya.

Pero ¿no le dijo ella misma que no era una muchacha inocente? ¿Que había hecho eso antes?

Era joven, sí, pero no estaba en el primer rubor de su juventud.

Miró entonces sus ojos agrandados, ansiosos, y luego cerró los suyos y embistió.

Oyó un grito.

Abrió los ojos y la vio mirándolo horrorizada por el dolor.

De repente el coche se detuvo con una brusca sacudida, y luego se meció ligeramente sobre sus ballestas, haciendo temblar los pechos desnudos de Mary debajo de él.

—Berkeley Square, excelencia.

Rogan sintió temblar la mano al pasársela por el pelo. Comenzó a pasearse cerca de las ventanas con parteluz de su salón.

—Maldición. Es virgen, «era» virgen.

Qué tonto fue.

Había estado tan convencido de que el objetivo de la codiciosa muchacha era Quinn que no vio venir su ambicioso plan de atraparlo «a él».

Maldita sea, sí que era hábil.

Tan bonita e inocente, y sin embargo tan hábil en la seducción que él no había sido capaz de rechazarla.

No deseó rechazarla.

Recordó lo que le hizo sentir; pardiez, jamás había deseado tanto a una mujer.

Al pasar junto al sofá, se detuvo y se sentó.

¿Y dónde diablos estaba Quinn? Tenía que contarle lo ocurrido. Tenía que confesárselo.

Apoyó los codos en las rodillas y la cabeza en las manos. Pero no, no podía decírselo a su hermano, ¿verdad?

Por todo lo que sabía, igual Quinn la amaba, aun cuando la lista chica de campo no lo merecía ni de cerca.

Levantó la cabeza y golpeó con el puño la mesita de nogal que tenía delante.

¿Cómo pudo ser tan ciego, tan estúpido?

Se levantó, fue a abrir las ventanas y se asomó a mirar la plaza oscura, ya desierta a esa hora de la noche.

Eran casi las dos de la madrugada. Habían transcurrido muchas horas desde que Quinn se marchara de la velada musical con lady Tidwell. ¿Dónde diablos podía estar?

Apoyó la espalda en el estrecho trozo de pared del lado de la ventana izquierda y golpeó la cabeza en la pared.

Había estado esas dos horas meditando, analizando lo ocurrido y pensando en sus opciones.

Pero por mucho que lo pensara sólo veía un camino.

Uno que ojalá no le rompiera el corazón a su hermano.

Uno que podría aparecer en tinta negra en la columna de chismes semanal.

Una opción.

Deslizó el cuerpo por la pared, doblándose como un acordeón. Cerró los ojos, resignándose a la verdad de su apurada situación.

Tenía que casarse con la señorita Royle.

Maldita fuera esa condenada muchacha.

Abrió los ojos cuando el reloj del corredor dio las seis y oyó el clic de la puerta de calle al cerrarse.

—¿Quinn? ¿Eres tú?

Oyó pasos en el vestíbulo y entonces su hermano asomó la cabeza en la puerta.

—¿Rogan? ¿Qué diablos haces ahí despierto? Acabas de llegar, ¿verdad?

El duque se incorporó hasta quedar de pie.

—No. Estaba esperándote. Llevo unas cuantas horas aquí.

La blanca piel de las mejillas de Quinn se cubrió de un rojo subido.

—Me has pillado.

Rogan no estaba en ánimo para juegos tontos.

—¿Dónde estabas?

—Eres un caballero. No deberías hacer esa pregunta.

—¿Dónde estabas?

—Maldita sea, Rogan. Seguro que sabes la respuesta. —Adelantó el bastón y entró muy rígido en el salón—. Estaba con ella.

—¿Lady Tidwell?

Haciendo sonar el bastón, Quinn llegó hasta el sofá y se sentó.

—Sí. No me siento orgulloso de mi conducta.

—¿Por qué no?

El tono le salió más duro de lo que pretendía, pero en cierto modo le iba mejor que Quinn ya estuviera irritado cuando le confesara su deplorable comportamiento.

—Es frágil. Buen Dios, es viuda.

—Está claro que eso no te disuadió, Quinn.

Éste lo miró con los ojos entrecerrados.

—¿Por qué estás tan sombrío esta mañana? Dadas tus proclividades, yo diría que no tendrías que ser tan crítico. —Expulsó el aliento lentamente—. No me cabe duda de que sabes que me marché temprano de la fiesta con lady Tidwell.

—Sí, pero eso no explica que entres sigilosamente en mi casa antes del alba.

—Se sentía triste. La orquesta tocó un concierto que le gustaba especialmente a su marido.

Rogan guardó silencio. Se cruzó de brazos y esperó que Quinn continuara, para no tener que emprender la incómoda tarea de explicarle su ruin conducta de esa noche.

—La llevé a su casa e intenté consolarla. Al principio estaba inconsolable, pero después se ablandó, se animó y encontró agradable mi presencia.

—Uy, buen Dios.

—Qué demonios, Rogan, no tenía la intención de que progresara así mi relación con lady Tidwell. Le tengo bastante afecto a la señorita Royle, pero...

Desvió la vista hacia el frío hogar y la mantuvo ahí.

Rogan exhaló un suspiro, sintiendo un cierto alivio.

Ah, debería decírselo todo ya, mientras Quinn estaba sumergido en su sentimiento de culpa. Pero él era quien era, después de todo. ¿Y qué bien le haría a nadie herir a su hermano?

Al oír sólo silencio, Quinn levantó la vista y volvió a mirarlo.

—Creo... creo que siento algo por ella.

Rogan enderezó la espalda.

—¿Por la señorita Royle?

Quinn negó con la cabeza.

—No, no, a ella creía que la amaba hasta que «he conocido» a lady Tidwell esta noche.

—No puedes decirle eso a la señorita Royle.

—¿Qué? ¿Por qué no? Debo decírselo. Es lo honorable.

—Puede que sea lo correcto, pero también podría romperle el corazón. —Fue a situarse delante del sofá—. ¿No has pensado que podría estar enamorada de ti?

A Quinn se le hinchó el pecho heroicamente.

—Sí, lo he pensado. Y justo por eso debo confesarle...

—La confesión sólo aliviaría tu conciencia. No le servirá de nada a ella.

—Entonces, por el amor de Dios, ¿qué me sugieres, Rogan?

—Déjame hacer lo que prometí, ocupar tu lugar. Permíteme que corteje a la señorita Royle en tu lugar.

Quinn movió la cabeza, al parecer incrédulo.

—¿Qué bien podría hacerle eso a ella o a nadie?

—Bueno, yo podría conquistar su corazón.

—Conquistar su... ¿Qué? ¿Por qué harías eso?

Rogan consideró la posibilidad de decirle la verdad, pero sólo un instante, después lo pensó mejor. La confesión sólo aliviaría su propia conciencia.

—Porque tal vez ya es hora de que abandone mi vida de soltero y me busque una esposa.

Quinn lo miró boquiabierto.

—Por el amor de Dios. Creía que nunca te oiría decir esas palabras.

—Bueno, ya las has oído.

Y pronto Mary las oiría también.

Cuando entró la luz del sol por la ventana y le dio en la cara, Mary despertó sobresaltada.

—Me alegra verte despierta por fin —dijo Anne.

Estaba sentada en el estrecho sillón junto a la cama de dosel, y Elizabeth estaba ante la ventana, pasando un dedo por un círculo de vaho.

—¿Qué hora es? —preguntó Mary frotándose los ojos.

—Casi las siete —contestó Elizabeth, y enseguida echó el aliento en el cristal, formando más vaho.

—¿Tan temprano? —Se incorporó hasta quedar sentada y se quitó una horquilla que le colgaba del pelo sobre los ojos—. Sé que anoche las dos volvisteis temprano a casa, pero yo no, así que me vendría bien dormir un poco más.

—Ah, sabemos que volviste tarde —dijo Anne frunciendo los labios en un rictus.

—Te trajimos a tu habitación —añadió Elizabeth dibujando un corazón en el vaho de la ventana—. Bueno, el duque de Blackstone te subió hasta aquí, y Cherie te desvistió, te puso el camisón y te metió en la cama.

Anne le dirigió una mirada muy penetrante.

—No podíamos creer lo que ocurría, así que nos limitamos a observar. Vaya, por Dios, Mary. El Duque Negro te metió en la cama. Sencillamente tiene que haber una explicación lógica de lo que ocurrió.

—Lógica —repitió Mary, quedándose muy quieta.

Le dolía la cabeza y sentía la boca como si la tuviera llena de algodón.

El vino.

Ay, Dios.

No.

Por su cabeza desfilaron las imágenes, veloces.

No, eso no era real.

Anne se levantó del sillón y se sentó en el borde de la cama.

—Te trajo en brazos desde el coche. ¿Quieres decirnos lo que ocurrió?

El coche. Ay, no. ¿Qué había hecho?

Tragó saliva.

—¿Él no... lo explicó? —preguntó mirándolas esperanzada.

—No —contestó Elizabeth, riendo y con una mano sobre la boca—. Pero yo tengo mis sospechas. Creo que Anne piensa igual que yo en ese punto.

Mary de repente miró a sus dos hermanas con expresión furiosa.

—Creo que es muy evidente. Simplemente bebí del excelente vino de los Harrington. Sabéis que no tengo ninguna tolerancia para ningún tipo de licor.

—Eso sí es muy evidente —dijo Anne acercando la cara a la de Mary, demasiado en su opinión—. ¿Hiciste el ridículo?

¿O no lo sabes y tendremos que leerlo en las columnas de chismes de mañana?

Mary reflexionó sobre esa pregunta.

En realidad, no lo sabía.

—Qué tontas estáis las dos. Hay una explicación muy sencilla. Lady Tidwell no se sentía bien, así que lord Wetherly la acompañó a su casa. Yo no tenía ningún medio de transporte, y Blackstone se ofreció a traerme en su coche.

—¿Y cuándo nos vas a dar la explicación «sencilla»? —dijo Anne, sonriendo burlona.

—El movimiento del coche, el vino y el calor del aire me adormecieron. Eso es todo. —Iba a retirar las mantas para levantarse, pero lo pensó mejor—. Ahora, si me disculpáis, querría ocuparme de mi aseo.

—Muy bien. —Anne entrecerró los ojos, se levantó y llevó a Elizabeth hacia la puerta—. Hablaremos más de esto durante el desayuno, porque sé que en la historia hay más de lo que nos has dicho, Mary.

En el instante en que se cerró la puerta, Mary retiró las mantas y se levantó el camisón.

No... no. Estaba segura de que había sido un sueño.

Pero no podía negar la prueba que tenía ante sus ojos.

Ahí, entre los muslos, había dos manchitas de sangre, iguales.

Se cubrió las piernas con las mantas y se cubrió los ojos con las manos.

Dios la amparara.

Estaba deshonrada.

Capítulo 12

Cuando terminó de asearse y vestirse, Mary no bajó a reunirse con sus hermanas para desayunar. Le echó llave a la puerta de su dormitorio, para asegurarse por lo menos un rato de paz y soledad.

Necesitaba reflexionar sobre la nueva situación en que se encontraba, así como sobre las opciones que pudiera tener, por pocas que fueran.

Con una cucharilla de plata estropeada por una muesca removió el polvo de corteza de sauce en un poco de agua y se la bebió. Al menos suponía que era polvo de corteza de sauce lo que le dio la criada muda.

Ni siquiera había pedido el polvo. No sabía cómo, la nueva criada supo que lo necesitaba; siempre sabía lo que necesitaban ella y sus hermanas antes que ellas se lo dijeran, y lo traía inmediatamente.

Cómo algo así era posible, no lo sabían, así que llegaron a la conclusión de que eso era simplemente su manera de ser.

La había contratado como criada sólo hacía dos semanas, cuando se presentó en respuesta al anuncio que había publicado en el *Bell's Weekly Messenger*.

Durante la corta entrevista, que consistió en gestos de afirmación y de negación con la cabeza para responder a sus preguntas, quedó claro que la chica no sabía hablar o no podía, ni poseía la capacidad de escribir ni de hacer números. De todos modos, parecía entender todo lo que se le decía.

Y después de las constantes objeciones de Anne al franco mayordomo y a la descarada cocinera, el hecho de que la futura criada no hablara fue en realidad un detalle a su favor.

Igual que MacTavish y la señora Polkshank, apareció en la puerta de la casa de la tía Prudence sin ninguna recomendación, pero, sorprendentemente, se veía experimentada en todo tipo de trabajo de criada, desde ocuparse del fregadero a hacer complicados peinados.

Esas capacidades, sumadas a que aceptó el salario bajo que ella podía ofrecerle, la hizo inmediatamente bienvenida en la casa.

Pero su nombre seguía siendo un misterio. Ni siquiera la señora Polkshank logró averiguarlo, por lo tanto se convenció de que esa belleza de ojos castaños era en realidad una espía francesa.

Ni ella ni sus hermanas estaban convencidas de eso, pero complacían a la señora Polkshank llamándola por el nombre que ella le puso: Cherie.

Se frotó las sienes con las yemas de los dedos. ¿Cómo se le pudo ocurrir beber tanto vino?

Sonó un suave golpe en la puerta. Giró la cabeza y el movimiento amplificó el zumbido.

—¿Quién es?

Al no obtener respuesta, cogió la llave de encima del tocador, fue hasta la puerta y la giró en la cerradura, recelosa. Abrió la puerta un pelín y vio que era Cherie.

La criada bajó sus grandes ojos castaños hacia la maleta que tenía al lado. La levantó, lo que parecía bastante difícil, dada su constitución menuda, pero cuando ella abrió del todo la puerta, la entró en el dormitorio y fue a colocarla sobre la cama.

Mary se quedó mirando fijamente la inmensa caja de piel y se le llenaron de lágrimas los ojos.

La criada esperó un buen rato en silencio, hasta que, al ver que Mary no hacía nada ni por quitarla de la cama ni para abrirla, cogió el asa.

—¡No! No. Tienes razón, Cherie. —Se frotó el ojo para quitarse una gruesa lágrima que se le había quedado atrapada al borde de las pestañas—. Es mi única opción. Debo volver a Cornualles. Sólo es cuestión de días, tal vez sólo de horas, que todo Londres se entere de mi indiscreción.

La criada la miró con una triste sonrisa y al instante ella perdió el control y dejó salir las lágrimas que había estado conteniendo.

—Qué tonta fui, Cherie. Tonta de remate. No estaba a la altura de su pericia en el libertinaje, y de todos modos se me ocurrió intentar seducirlo simulando ser la inocente que lo deseaba.

La joven sirvienta sacó un pañuelo de la cómoda y se lo pasó por las mejillas.

—Pero el vino, el vino lo estropeó todo. Y ahora debo marcharme. No puedo quedarme aquí y poner en peligro el buen nombre de mis hermanas.

Cherie le tocó el brazo. Cuando tuvo toda su atención, se apuntó a sí misma y la miró con ojos suplicantes.

A Mary le llevó varios segundos entender lo que significaba ese gesto, pero al fin lo entendió.

—No, debo irme sola. —Consiguió esbozar una sonrisa—. Además, Anne no te dejaría partir; eres la única de nuestro personal que le cae bien. —Le cogió los delgados brazos—. Continuarás aquí, ¿verdad, Cherie? Por favor.

La chica asintió lentamente y luego se giró y abrió la maleta.

—Gracias, pero puedo preparar mi equipaje sola. Si estás ausente mucho rato, Anne podría venir aquí a buscarte, y no quiero que sepa que me marcho hasta que lo tenga todo listo.

La criada asintió y de pronto la rodeó con los brazos y le dio un fuerte abrazo. Después se dio media vuelta y salió de la habitación.

Mary la siguió hasta la puerta y cerró con llave.

Abrió el ropero, sacó unas cuantas prendas y las puso en la maleta.

Tenía la cabeza llena de todas las cosas que debía hacer. Tendría que dejar ordenadas las cuentas de la casa antes de marcharse; ni Anne ni Elizabeth tenían habilidad para las cifras, y la tía Prudence, bueno, la pobre estaba demasiado vieja para hacer algo.

Se giró a mirar Berkeley Square por la ventana. Tendría que decírselo a sus hermanas, lógicamente, pero no antes de haber ido a visitar a lady Upperton y a los Viejos Libertinos para explicarles lo ocurrido.

Apoyando la mano sobre la desteñida tapa, cerró la maleta y la metió debajo de la cama para que no la vieran sus curiosas hermanas.

Buen Dios, tendría que ir a Cavendish Square inmediatamente. No lo soportaría si su patrocinadora se enteraba de su deshonra por otra persona.

Y mucho menos si esa persona era el peor de los depravados, el duque de Blackstone.

* * *

Aún era temprano cuando Rogan llegó a Cavendish Square.

Había llegado a Doctor's Common a las primeras luces del alba y esperado que abrieran la oficina del arzobispo. Terminada su diligencia, ya tenía en el bolsillo de la chaqueta la licencia especial, en la que aparecían su nombre y su título y el nombre de la señorita Royle. Podían casarse ese mismo día si ella lo deseaba, y suponía que lo desearía, puesto que una boda era evidentemente la finalidad de su inteligente plan.

No le hacía ninguna ilusión casarse, pero su lujuria lo había puesto en esa situación, y no podía hacer nada para cambiar eso.

Pasó la pierna por encima de la silla, desmontó y amarró las riendas en la anilla del poste de la acera delante del número dos.

Era el momento de enfrentar a la protectora de Mary, lady Upperton.

A los pocos minutos de haber golpeado la puerta, lo llevaron por el corredor hasta la biblioteca, donde estaba sentada la anciana.

Al fijar la mirada en la diminuta mujer, sus oídos captaron un claro clic metálico, y con el rabillo del ojo creyó ver moverse una estantería.

—Adelante, adelante, excelencia —dijo lady Upperton con una sonrisa tan radiante como el sol en el cielo, y con un gesto lo invitó a sentarse para acompañarla a tomar el té—. Estábamos... Le estaba esperando.

—¿Sí?

—Pues sí.

Rogan bajó el mentón hasta el pecho. Eso iba a ser más difícil de soportar de lo que había imaginado. Levantó la cabeza.

—Entonces ya ha hablado con la señorita Royle.

—Estuve presente en la velada musical de anoche —dijo lady Upperton, riendo alegremente—. ¿No recuerda que habló conmigo?

—Sí... sí.

¿Qué diablos quería decir?

—Excelencia, ¿olvida que fui testigo de su conversación con la señorita Royle?

Rogan miró a la anciana sin entender.

—Vaya por Dios. Ninguno de los dos lograban decirse una palabra cortés. Cualquiera habría dicho que sólo hay aversión entre ustedes. —Se inclinó a darle una palmadita en la rodilla—. Y sin embargo los ojos de ambos contaban una historia totalmente diferente.

—Perdone, lady Upperton, pero no entiendo.

—Querido señor, todo el mundo, a excepción de ustedes dos, podía ver lo enamorados que están. Vamos, usted y la señorita Royle son la comidilla de la alta sociedad hoy.

A Rogan no le gustó nada lo que acababa de oír. ¿Cuánto sabrían los aristócratas de Londres de lo que ocurrió entre Mary y él?

—¿Sí?

—He oído rumores de que en el White tienen el libro lleno de apuestas por una boda antes de la fiesta de San Miguel.

Rogan se aclaró la garganta y, sin pensarlo, metió la mano en el bolsillo de la chaqueta y tocó la licencia especial.

—Mi buena señora, ha visto mi corazón. —O más bien mi conciencia—. Si la señorita Royle me acepta y usted me da su bendición, me casaría con ella hoy mismo.

El color abandonó la cara de lady Upperton, y le temblaron los labios.

—Santo cielo —tartamudeó—. He de decir que la intensidad de los sentimientos entre ustedes es mucho mayor de lo que yo suponía. Vamos, esto es maravilloso.

Rogan levantó la mano.

—Soy rico y tengo un título. Estoy bastante seguro de que aceptará mi proposición.

Lady Upperton entrecerró los ojos y lo miró recelosa.

—¿Entonces por qué no está más jubiloso? Si la señorita Royle desea casarse con usted, ciertamente le ofreceré mi bendición, como también Lotharian.

Rogan tamborileó los dedos sobre la rodilla.

—No hay duda de que debe casarse conmigo. Mi única preocupación es que todavía podría tenerle cierto afecto a mi hermano, lord Wetherly.

—Ay, Dios. —Se tocó los labios con los dedos—. ¿Está seguro?

—Noo, seguro no. No conozco su corazón. Pero sí conozco el de mi hermano, y sé que lo tiene lady Tidwell.

Justo en ese instante se oyó un fuerte ruido detrás de las librerías. Rogan se levantó de un salto, pero lady Upperton continuó sentada sin la más mínima preocupación.

Él la miró interrogante, esperando alguna explicación.

Ella se encogió de hombros.

—Ratas —dijo—. Hay unas pocas ratas entre las paredes.

—Deben de ser ratas... muy grandes.

—Mmm... sí. —Giró su redonda cara hacia la hilera de librerías y entrecerró los ojos—. ¿Conoce, tal vez, a un buen cazador de ratas?

Mary se puso la capa azul estilo Borbón y bajó a toda prisa la escalera.

Esperaba poder salir sin que la vieran sus hermanas para ir sola a ver a lady Upperton y a los Viejos Libertinos de Marylebone.

Acababa de poner la mano en el poste de la escalera cuando oyó a la señora Polkshank hablándole desde el otro extremo del pasillo.

—Oí decir que no ha comido nada esta mañana, señorita Royle.

Mary se detuvo, sin bajar el último peldaño. Aguzó los oídos, con la esperanza de que sus hermanas no hubieran oído a la cocinera, y entonces cayó en la cuenta de que ésta había salido de su dormitorio.

—Puedo prepararle algo, si quiere. Sólo tengo que poner a hervir el agua. Puedo prepararle un té en un santiamén. También he horneado galletas.

—No, gracias, señora Polkshank. Iba a...

Se interrumpió al ver un fajín de exquisito color rojo en la cintura de la cocinera. Bajó el último peldaño y se acercó a ella para mirar la tela más de cerca.

—¿Me permite ver su fajín, señora Polkshank?

La mujer se lo desató y se lo dio. Mary lo desdobló sacudiéndolo y pasó la mano por la tela.

Era suavísima, y aunque tenía unas feas manchas en el centro, se veía claramente el color carmesí entretejido con hilos de oro.

Era cachemira.

Un chal de cachemira.

Preocupada, llevó el chal al salón y lo levantó para mirarlo a la luz que entraba por las ventanas.

Miró a la señora Polkshank, clavándola con la mirada.

—¿De dónde sacó esto? ¿Sabe que éste es un chal de cachemira? Muy caro. Es posible que nuevo costara tanto como una casa. Aunque ahora está estropeado.

La señora Polkshank palideció.

—No lo robé ni nada de eso, señorita Royle. Lo encontré en el cubo de la basura, de verdad. Pensé que a nadie le importaría si lo cortaba para trapos de cocina.

Mary no daba crédito a sus oídos.

—¿Iba a cortar esto para trapos?

—Bueno, ahora no da esa impresión, ¿verdad? Estaba todo negro, sucio de hollín, como si lo hubieran tenido metido en la chimenea para evitar las corrientes de aire.

La joven volvió a examinar el chal.

—Ahora no da esa impresión.

—Cherie me lo lavó bien. Es una buena chica, aun cuando sea francesa. Pero, bueno, uno no puede elegir el lugar donde nace, ¿verdad?

—No. —Bajó el chal y lo apretó contra su pecho—. Señora Polkshank, creo que este chal es el trapo que encontró Elizabeth en la caja de documentos de mi padre. Querría quedármelo.

La cocinera miró fijamente el chal, y se le movieron los dedos como si quisiera arrebatárselo.

—Usted misma dijo que está estropeado. Ya no vale nada.

—Puede que ya no tenga ningún valor en dinero, pero podría tener muchísimo valor para Anne y Elizabeth.

La señora Polkshank emitió un gruñido.

La joven se mordió el labio, sin poder creer lo que estaba a punto de decir, ella, la frugal Mary:

—¿Aceptaría una guinea por él?

La ancha cara de la señora Polkshank comenzó a alegrarse, y una sonrisa astuta le curvó los labios.

—Bueno, es cachemira, como ha dicho. Los bordes podrían valer algo. ¿Se fijó en los hilos de oro?

—Señora Polkshank, este chal se encontró en esta casa. Legítimamente ya me pertenece.

—Muy bien, gracias, señorita Royle. Una guinea es una justa recompensa por haber salvado el chal.

—No hay de qué, señora Polkshank.

Pasando por un lado de la cocinera, echó a andar por el corredor y miró la hora en el alto reloj de pie.

—¿Dónde están mis hermanas? ¿Las ha visto?

—Ah, están en la biblioteca mirando unos papeles. ¿Voy a decirles que usted ha preguntado por ellas?

Mary echó a andar hacia la biblioteca.

—No, gracias. Iré yo.

Cuando llegó a la biblioteca, se detuvo ante la puerta, abrió el chal, lo dobló y se lo colocó en el brazo.

«Esto es una locura.» Una absoluta locura.

Pero incluso ella tenía que reconocer que con cada día que pasaba la historia de las trillizas de la señora Fitzherbert se hacía más y más creíble.

Dos horas después, Mary llegó a la casa de lady Upperton en Cavendish Square.

No iba sola, porque la acompañaban Anne y Elizabeth.

Tampoco llegaba con las manos vacías, porque, bien doblandito y oculto en la cesta que llevaba colgada del brazo, llevaba el chal de cachemira.

Muy posiblemente el chal que lady Jersey se quitó de los hombros para envolver en él a las tres niñas cuyo nacimiento había que mantener en secreto.

Pero necesitaban la ayuda de lady Upperton y de lord Lotharian para estar seguras.

Cuando hicieron pasar a las hermanas Royle a la biblioteca, lady Upperton estaba, como solían encontrarla, sentada en el sofá sirviendo té.

—No muevas tu taza, Lotharian. Déjala quieta en la mesa.

—Te oí la primera vez, querida señora.

Lord Lotharian levantó entonces la vista y al ver al lacayo esperando para anunciar a las hermanas que lo acompañaban, se llevó un dedo a los labios para silenciarlo.

—Lo único que tengo que hacer es tocar este cordón y...

Lady Upperton cogió el trozo de cordón de seda y le dio un suave tirón.

Juntó la manos y retuvo el aliento, mientras un artilugio con ruedas avanzaba por la mesa hasta tocar la bandeja del té.

Sin poder contener su curiosidad, Elizabeth se acercó y fue a situarse detrás del sofá en que estaba sentada lady Upperton.

La anciana no pudo contener unas risitas de entusiasmo.

—Observad —dijo—, el servidor de té no ha derramado ni una sola gota desde que le hice el ajuste a la tensión del tirador. Ni una sola gota, os lo digo.

Aunque Mary estaba a punto de reventar con el asunto del chal de cachemira, comprendió que en ese momento nada

era más importante para lady Upperton que el aparato mecánico para servir el té.

El invento tenía unos tres palmos de alto, bastante grande para una mesita para el té. Unas diez o más ruedas, como
mínimo, giraban y conectaban, de forma parecida, más que a
ninguna otra cosa, a los engranajes de un reloj de pared.

El servidor bajó un alambre del ancho de un dedo hasta
la taza. Comenzó a sonar una campanilla y entonces una tetera de plata se inclinó y vertió humeante té en la taza hasta
que el líquido llegó al nivel del alambre.

Entonces la tetera se enderezó y cuatro ruedas pequeñas
llevaron al servidor a su posición de partida, en el extremo de
la mesa.

—¡Brillante! —exclamó Lotharian—. Vamos, las señoras
de toda Inglaterra clamarán por un servidor de té mecánico.

—Bueno —dijo lady Upperton, ladeando la cabeza de una
manera que la hacía parecer muy orgullosa—, pueden clamar
todo lo que quieran. Nadie va a tener un servidor como éste
aparte de mí. —Volvió a emitir risitas—. He de decirte que he
comenzado a trabajar con la fuerza del vapor. Por el momento he acabado con los servidores de té.

—Milady, si me permite —dijo el lacayo y se aclaró la
garganta. Milady, lord Lotharian, han llegado las señoritas
Royle.

La anciana inventora arqueó las cejas.

—Sí, ya lo veo. Tomad asiento, niñas. —Las miró a las
tres y alargó la mano para saludar a cada una. Después volvió
la mirada al lacayo, arqueando las cejas—. Tal vez debería comenzar a diseñar un anunciador mecanizado.

El criado la miró imperturbable.

Mary se apresuró a sentarse en el sofá.

—Lady Upperton, debo hablar con usted de un asunto de suma importancia.

La anciana y lord Lotharian intercambiaron una maliciosa mirada secreta.

—No me cabe duda —dijo. Puso la mano sobre la de Mary y se la apretó—. Ya tuve un joven visitante hoy. ¿Te interesaría adivinar quién podría ser?

Las caras de Anne y Elizabeth expresaron confusión.

Mary aún no había decidido la manera de decirles a sus hermanas lo ocurrido entre ella y el duque de Blackstone, pero sí tenía la certeza de que decirlo en ese momento, en presencia de lord Lotharian, el libertino más famoso de todos, no era la mejor manera.

—Lady Upperton, me atrevo a suponer que fue el duque de Blackstone el que la visitó. Pero, por favor, no hablemos de él. Por favor... —repitió, con la esperanza de que su mirada suplicante transmitiera lo que quería decir.

Elizabeth se levantó y le arrebató la cesta.

—Hemos encontrado una pista... No, algo más... Podríamos tener la prueba de nuestra sangre noble.

Lotharian se inclinó, muy interesado.

—¿Prueba? ¿Qué tienen ahí dentro?

Elizabeth metió la mano en la cesta, pero Mary se la cogió antes que pudiera sacar el chal.

—Primero tenemos que saber si ustedes pueden conseguir que entremos en la galería de los Harrington sin despertar sospechas.

—Ah, por supuesto —dijo al instante lady Upperton. Estaba claro que no veía la hora de que le enseñaran el contenido de la cesta. Continuó a borbotones—: Puedo apelar al orgullo de sir Joseph por sus cuadros. Y lord Lotharian, aquí presente, es un maestro en el arte de la distracción. Pero ¿para qué necesitáis entrar en la galería, querida?

—Porque encontramos algo oculto en una de las cajas de los documentos de nuestro padre —terció Anne.

—Anoche, durante el concierto —explicó Mary—, cuando estuve admirando el retrato de lady Jersey, podría haber visto algo muy parecido a esto.

Le hizo un gesto a Elizabeth y ésta levantó lentamente el frágil chal de cachemira y lo puso en los brazos de Anne, que ya estaban extendidos esperándolo.

Lord Lotharian desvió sus asombrados ojos del chal carmesí con hilos de oro y miró a los ojos a lady Upperton, que los tenía muy abiertos.

—Buen Dios, ¿podría ser? —preguntó.

Mary tragó saliva.

—Yo no me atrevo a creerlo. Pero sí, podría ser el chal de lady Jersey.

—¿Sabe lo que significa eso, niña? —le preguntó Lotharian.

—Sí —repuso Mary solemnemente.

Capítulo 13

Mary no habría adivinado jamás que el inteligente plan de lady Upperton para conseguir entrar en la galería de los Harrington ese anochecer involucraba a Rogan, el duque de Blackstone.

Pero lo involucraba.

Tampoco habría creído que hubiera sido ella el cebo ofrecido para convencer al duque de participar sin saberlo en su plan.

Pero lo había sido.

No tenía ninguna posibilidad de oponerse tampoco, porque no le había contado a nadie lo ocurrido entre ellos. Bueno, aparte de a la criada, Cherie, pero dado que ésta era muda, sabía que podía confiar en que guardaría el secreto.

Así pues, simplemente hizo lo posible por evitar mirarlo mientras sir Joseph y lady Harrington llevaban al grupo a la galería.

—Blackstone —dijo sir Joseph—, lady Harrington y yo nos sentimos muy honrados de que hayas recordado nuestra hospitalidad y nos enviaras invitaciones para la fiesta de los héroes de esta noche.

—El placer es todo mío, sir Joseph.

Éste se inclinó sobre su redonda tripa.

—Lady Harrington no cabía en sí de entusiasmo cuando vino lady Upperton a visitarnos esta tarde. Los diarios dicen que el propio Wellington podría volver a Londres a tiempo para asistir.

Rogan se meció ligeramente sobre los pies y se cogió las manos a la espalda.

—Me alegra mucho que tú y tu señora podáis uniros a nosotros. —Miró hacia lady Upperton, molesto—. ¿Nos vamos? En la fiesta van a honrar a mi hermano y no quiero perderme ni un solo momento.

Mary vio, horrorizada, que Elizabeth y Anne se habían separado del grupo y estaban bajo el retrato de lady Jersey, mirándolo.

—Esto..., sí, deberíamos marcharnos pronto —dijo—, sólo me gustaría preguntarle, lady Harrington, si nos permitiría ver los cuadros del comedor. Debido al éxito del concierto, ni lady Upperton ni yo logramos entrar para verlos, aunque me han dicho que hay un paisaje particularmente pasmoso.

Lady Harrington sonrió de oreja a oreja.

—Vamos, por supuesto. Venid por aquí. Sé qué cuadro quiere decir.

Lotharian miró hacia las hermanas Royle que estaban contemplando el retrato de lady Jersey.

—Ah, señorita Royle —dijo a Mary—, ¿sería tan amable de ir a buscar a sus hermanas y reunirse con nosotros en el comedor dentro de un momento? Veo que están absortas contemplando los cuadros de aquí, pero no tarden mucho. La fiesta de los héroes nos espera.

Entonces pasó el brazo por los hombros de Rogan y lo llevó en fila detrás de lady Upperton, sir Joseph y lady Harrington.

—Me parece, Blackstone, que, por lo que he oído, no desearás perdértelo.

En el instante en que los demás salieron de la galería, Mary corrió hasta sus hermanas.

—Venga, Mary, comparemos.

Mary miró alrededor para asegurarse de que no hubiera entrado ningún criado en la galería. Entonces se quitó la capa Platoff de satén rosa claro y se la pasó a Anne, dejando a la vista el chal de cachemira en carmesí y oro que llevaba debajo.

Elizabeth se lo quitó suavemente de los hombros y lo levantó delante del cuadro.

—Ah, caramba. —Le temblaron los labios y se le llenaron los ojos de lágrimas contenidas—. ¿Lo veis? ¿Lo veis?

Mary lo veía. Anne también.

El dibujo tejido a mano, que tendría que haber llevado meses realizar, era idéntico. El fondo carmesí era idéntico también.

La pródiga cantidad de hilos dorados, finísimos..., vamos, no había duda.

El chal que tenía Elizabeth en las manos, si bien viejo y manchado, era realmente el mismo que llevaba lady Jersey en el retrato.

A Mary se le erizó el fino vello de la nuca, y aunque en la galería el aire era denso por el calor, sintió que un escalofrío le recorría todo el cuerpo, hasta alcanzar el cuero cabelludo, como si la hubiera tocado un espectro. Se estremeció, tratando de eliminar esa molesta sensación.

Anne se puso muy pálida y se le fue hacia delante el cuerpo. Elizabeth soltó el chal y se abalanzó a cogerla, justo antes que se golpeara la cabeza en el suelo.

Mary se acuclilló junto a Anne mientras Elizabeth le daba palmaditas en las mejillas, para devolverle el color.

—¿Anne? ¿Anne?

Ésta sonrió y negó con la cabeza.

—No hay ninguna necesidad de inquietarse, Mary. Estoy bien. Sólo fue la emoción.

—¿Emoción de qué? —preguntó la conocida voz ronca de Rogan, desde el otro extremo de la galería.

Elizabeth abrió los ojos, espantada, y miró la sobresaltada expresión de Mary.

Ésta no se giró a mirarlo, sino que continuó acuclillada, alargó la mano y moviendo los dedos por el suelo logró coger el borde del chal y lo arrastró hacia ella.

Oía los pasos de él acercándose.

Rápidamente se levantó la enagua de encaje Mechlin y deslizó el chal hacia arriba, lo más alto que pudo, afirmándolo entre la enagua y la camisola lo mejor que pudo.

Se incorporó lentamente, con una mano firme encima de la vaporosa falda de seda y las enaguas, sujetando el chal.

Se obligó a esbozar una agradable sonrisa y miró a Rogan a los ojos.

—¿Qué emoción, pregunta? Qué divertido es. Vamos, excelencia, la fiesta de esta noche es el evento social más grandioso de la temporada. —Una sonrisa irónica se apoderó de sus labios—. Y sólo somos chicas de campo, como tiene a bien recordarme con frecuencia.

—Los coches están en la puerta —dijo él—. Nos vamos. —Miró a Anne, que seguía en el suelo apoyada en Elizabeth—. ¿Todo está bien? ¿He de pedir ayuda?

Mary miró hacia el retrato de lady Jersey por encima del hombro y luego volvió a mirar al duque.

—Todo está perfectamente, excelencia. No podría estar mejor en realidad.

Rogan les echó una mano a sus hermanas, ayudándolas a ponerse de pie.

—Muy bien, entonces. ¿Nos vamos?

—Por supuesto —contestó Anne, cogiendo la capa de satén rosa y poniéndosela sobre los hombros a Mary.

Echaron a andar por el centro de la galería, Anne y Elizabeth mirándose entre ellas y girándose cada dos por tres a mirar nerviosas a Mary, que venía detrás con Rogan.

La joven caminaba muy despacio, sujetando el chal por encima de la falda y las enaguas, rogando que la prenda, tal vez la prueba de su linaje, no se cayera al suelo con el movimiento.

Rogan le ofreció el brazo, pero aun sabiendo que debía cogerlo, aunque sólo fuera para evitar un examen indeseado, simplemente no podía hacerlo sin soltar el chal.

Así pues, rechazó el ofrecimiento, ganándose un gruñido casi inaudible de decepción.

No había nada que hacer, de ninguna manera iba a soltar el chal.

Por lo tanto, con la vista fija al frente y el mentón levantado, salió al lado de él de la galería, recorrió el corredor y llegó a la puerta, donde los esperaban lady Upperton y lord Lotharian con los Harrington.

Tres relucientes coches salieron de la casa Harrington en Cavendish Square en dirección a los elegantes Salones Argyle, donde estaba a punto de comenzar la fiesta de los héroes.

Mary iba mirando por la ventanilla del coche del duque de Blackstone.

No podía creer que estuviera sentada en el mismo asiento donde la noche anterior el hombre que iba sentado frente a ella le había quitado la virginidad.

Sentía la mirada de Rogan sobre ella, sin duda pensando también en la ironía de la situación.

Esa noche iban sentados frente a frente, con las manos enguantadas cogidas en el regazo.

Qué irónico. No hacía ni veinte horas que estaban ahí besándose, jadeantes... pero, bueno, esa noche era totalmente diferente, eso era todo.

Caramba, sí que hacía calor dentro del coche.

Miró a Elizabeth, que no parecía en absoluto molesta por el calor.

Habían comenzado a brotarle gotitas de sudor en la frente, y los adornos de encaje de la enagua empezaban a pegársele en la piel.

La única parte de ella que no estaba mojada debido al calor del coche cerrado era la mano que sujetaba el chal que llevaba debajo de la falda. Tenía la mano fría como el hielo de apretarla tanto, y, maldita sea, ya comenzaba a adormecérsele.

De repente Elizabeth le preguntó al duque:

—¿Cómo le convenció lady Upperton de que le enviara invitación a la fiesta a los Harrington? ¿Rompió algo valioso en la velada musical y le pareció que les debía algo a cambio?

—Elizabeth —siseó Mary.

Sin querer su mirada se desvió hacia la cara de Rogan y vio que él la estaba observando.

—No, nada de eso —dijo él muy serio—. Simplemente me pidió que lo hiciera como un favor personal. Y a cambio me daría algo que yo necesitaba.

Elizabeth apoyó las manos en las rodillas y se inclinó.

—¿Y de qué se trata? ¿Nos lo dirá?

—Hermana, eso es muy grosero. Siéntate derecha, por favor, y deja de hacer preguntas al caballero.

Entonces en los labios de él apareció esa sonrisa traviesa.

—Se lo diré, puesto que lady Upperton ya me ha dado lo que necesitaba.

Mary no pudo continuar respirando. No sabía qué podría decir él, sólo que no podía ser algo bueno, a juzgar por su forma de mirarla.

—Le rogué que le pidiera su bendición a Lotharian, vuestro tutor.

—¿Su bendición? —repitió Elizabeth—. ¿Para qué?

—Como caballero, sin esa bendición no podría pedirle a su hermana que se case conmigo. —No sonrió ni se movió—. Pero la alegrará saber que me la dio sin vacilar.

Santo cielo, no lo decía en serio. No podía decirlo en serio.

Los libertinos no se casan. Buen Dios, si en Cavendish Square había todo un club de libertinos viejos que demostraban eso inequívocamente.

Y entonces la vio: una insinuación de sonrisa curvándole la boca. Ah, así que eso era otro de sus depravados juegos.

—¿Qué dice, entonces, señorita Royle? ¿Quiere casarse conmigo?

Ella enderezó la espalda y le sostuvo la acerada mirada.

Lo veía en sus ojos. No hablaba en serio. No, ese nuevo juego se llamaba «desquite», por impedirle que diera rienda suelta a su lujuria con ella esa noche.

Estaba segura de que su proposición no era sincera. No hincó una rodilla en el suelo ni le hizo profesión de un amor eterno.

Sólo era un juego. Una competición.

¿Quién se echaría atrás primero?

Bueno, podía seguirle el juego. Hacerlo encogerse con sus siguientes palabras.

Se inclinó un poco hacia él, sonriendo confiadamente, aunque este juego entre ellos ya la estaba agotando.

—Sí. ¿Cuándo?

Él también se inclinó, acercando la cara hasta que sus narices casi se tocaron.

—Esta noche, si quiere.

Mary negó con la cabeza.

—Necesitaríamos una licencia especial.

Rogan asintió, pensativo, y entonces, como si acabara de recordar algo, metió la mano en el bolsillo y sacó una licencia especial.

—Ah, imagínese. Ocurre que tengo una. ¿Esta noche, entonces?

Buen Dios, sí que era hábil.

—Esta noche van a honrar a su hermano. Sería horrendo que le robáramos su momento.

—Tiene razón.

Sin añadir nada más, se puso a mirar por la ventanilla.

Ja. Se estaba echando atrás.

Entonces él giró bruscamente la cabeza hacia ella.

—¿Qué le parece justo después de la fiesta? Tendremos muchísimos testigos, sin duda habrá varias autoridades eclesiásticas presentes.

Mary se atragantó.

—¿Varias, dice? Bueno, entonces tendremos para elegir.

Rogan le dirigió una desganada sonrisa.

—¿Estamos de acuerdo, entonces?

—Por supuesto.

Comenzó a acalambrársele la mano. Estaba tan distraída por la conversación que sin darse cuenta la flexionó y el chal se deslizó hasta el suelo.

Maldita sea. Desesperada, puso el pie en el borde del chal y lo arrastró hasta dejarlo oculto bajo las vaporosas faldas y luego lo empujó hasta que logró meterlo en el estrecho hueco bajo la base del asiento.

Cuando volvió a mirar, vio que Elizabeth los estaba mirando a ella y a Rogan, por turnos, abriendo y cerrando la boca como un pez recién pescado y arrojado al suelo.

—No, esto es una locura —dijo entonces, y se le escapó una risita nerviosa—. Ni tú ni el duque os vais a casar esta noche.

Rogan se cruzó de brazos.

—Le aseguro que me tomo esto muy en serio. Es mi intención casarme con su hermana antes que salga el sol.

A Mary le retumbó el corazón como un tambor. Hizo tres respiraciones cortas para calmarse.

Dijera lo que dijera él, se recordó, eso no era más que un divertido juego para él.

Un juego que ella tenía la intención de ganar.

—¿Qué dice, señorita Royle? —le preguntó él, esperando que ella diera marcha atrás.

Pero no iba a hacer eso.

No pudo mirar a Elizabeth a los ojos. Tenía que parecer confiada, segura, y si miraba a su hermana, le temblaría la voz.

—Ah, sí. Decididamente antes que salga el sol.

Elizabeth lanzó un gritito y batió palmas, entusiasmada.

—No me lo puedo creer. Anne se va a sentir terriblemente decepcionada por haber tenido que ir en el otro coche con lady Upperton y lord Lotharian. Se lo está perdiendo todo. ¡Qué maravillosa noticia, Mary!

—Sí, maravillosa —masculló ella.

Elizabeth se le acercó para abrazarla, después miró a Rogan y comenzó a parlotear, entusiasmada.

—Nuestra hermana Anne va a estar fuera de sí. Estaba segura de que ella sería la primera en casarse. Pero no, ¡es nuestra Mary!

Ésta tragó saliva. ¿Qué estaba haciendo? Le estaba mintiendo a su hermana para ganar a Rogan en ese horrendo juego.

Pero lo aclararía todo en la fiesta. Llevaría a sus dos hermanas a un lado y les explicaría todo. Ellas entenderían. Entenderían.

No era que se fuera a casar realmente con el duque de Blackstone.

Cuando el coche de Blackstone se detuvo ante la entrada de los Salones Argyle, Mary ya estaba aturdida.

Durante el breve trayecto desde la casa Harrington a la fiesta, no sólo había dejado debajo del asiento la única prueba que poseían de su nacimiento, sino que también había consentido en casarse con el hombre al que más despreciaba en todo el mundo.

No debería haberse levantado de la cama esa mañana, porque el día no podría haberse desarrollado peor.

Sin saber que el chal estaba metido debajo del asiento, Elizabeth bajó prácticamente de un salto del coche, tan impaciente estaba por ir a contar la noticia de las nupcias sorpresa de Mary.

—¿Vienes, Mary? ¡Date prisa!

Y sin esperar respuesta, echó a andar hacia la puerta.

Rogan se levantó y le ofreció una mano, pero ella simuló no darse cuenta y continuó sentada muy quieta. No veía ninguna manera de recoger el chal sin que él lo notara y le hiciera preguntas.

Entonces, dada su naturaleza, usaría el chal o bien para ensalzarla, o bien para hacerlo ondear sobre su cabeza y humillarla. No deseaba ni lo uno ni lo otro, así que decidió que lo mejor sería dejar la prenda donde estaba e ir a buscarlo después.

Se levantó para bajar y aprovechó el movimiento para meter subrepticiamente su abanico en la rendija entre la pared del coche y el asiento.

Entonces se cogió de la mano del lacayo y bajó los peldaños hasta los adoquines, y allí esperó un momento, con el corazón retumbante, hasta que salió Rogan de la cabina. Pero su preocupación había sido en vano, porque él no traía el chal en sus manos y en su ceñida chaqueta no se vislumbraba ningún bulto que pudiera ser el chal.

Sonrió para sus adentros. Lo más probable era que él hubiera necesitado un momento para serenarse, antes de enfrentar a toda la sociedad, y a Quinn, si de verdad tenía la osadía de anunciar su intención de casarse con una señorita de campo nada sofisticada.

Elizabeth estaba ante la puerta esperando, algo para lo que nunca había sido muy buena.

—Mary, por favor.

—Excelencia —dijo ella, y, a modo de mofa, levantó el brazo para que él se lo cogiera y la llevara al interior.

—Cariño mío —contestó él.

Entonces, cuando aún no se recuperaba de la sorpresa por esas palabras, él le cogió la mano y la levantó lentamente hasta sus labios. Y antes que pudiera retirarla, le depositó un ardiente beso que pareció quemarle los dorsos de los dedos a través del guante.

Un hormigueo subió por su brazo y se extendió como fuego por todo su cuerpo. Pestañeó lentamente y se mojó los labios.

Bastaba un casto beso en su mano para agitarla así.

Ay, Dios.

No era capaz de seguir con ese juego. Imposible.

Entonces Rogan se enderezó, la miró a los ojos y la obsequió con la más irónica de las sonrisas.

—Permíteme que sea el primero en decirte, querida mía, lo hermosa que estás el día de tu boda.

Y le hizo un guiño furtivo.

Mary se tensó y al instante renovó su resolución.

—¿Entramos, excelencia? —contestó con fingido entusiasmo—. Sé que Elizabeth está impaciente por contarles a todos nuestra dichosa noticia.

Rogan apretó las mandíbulas y se le tensaron los músculos del cuello.

Eso era todo lo que ella necesitaba ver.

Porque ya sabía con toda certeza que estaba preparada para su juego.

Preparada para ganarlo.

Capítulo 14

Aunque Mary hizo todo lo que pudo por apresurar el paso al lado de su «prometido» con el fin de dar alcance a Elizabeth y hablar con ella antes que llegaran a los salones, la impaciencia de su hermana por dar la feliz noticia parecía haberla dotado de una increíble ligereza de pies.

Finalmente, cuando iban pasando por unas puertas plegables color carmesí, se soltó del brazo de Rogan.

—Perdóneme, excelencia, pero quiero pedirle a mi hermana que se refrene de anunciar nuestras nupcias hasta después que hayan hecho los honores a su hermano y a los demás héroes.

Miró hacia arriba y vio a Elizabeth a la mitad de la escalera principal, muy delante de ellos.

Recogiéndose la falda, echó a caminar, hasta que, tardíamente, recordó mirarlo por encima del hombro, con una coquetona sonrisa.

—Discúlpame, por favor, «mi amor».

Al oír eso él arqueó las cejas hasta la línea del pelo, pero enseguida le correspondió con una sonrisa de diversión.

Subió a toda prisa los peldaños y dio alcance a Elizabeth en lo alto de la escalera. Le cogió la mano y la hizo entrar en un saloncito que estaba justo a un lado.

Al principio la distrajo totalmente el entorno. El saloncito parecía un templo griego de la antigüedad, con estatuas clásicas y todo, y columnas jónicas de soporte.

Elizabeth intentó soltarse. Mary se giró a mirarla.

—No debes decir ni una palabra a nadie de lo que has oído. Prométemelo. Prométemelo.

—Pero ¿por qué? Si yo me fuera a casar con un duque guapo y rico, me pondría en medio de los Salones Argyle y lo anunciaría a gritos a la alta sociedad. —Liberó su mano—. Y eso deberías hacer tú. Pero si no quieres, lo haré yo.

—No debes, Elizabeth.

—¿Por qué no?

—Porque él no tiene el menor deseo de casarse conmigo, ni yo con él.

Tres arruguitas verticales aparecieron entre las cejas de su hermana.

—No lo entiendo. Vi la licencia especial. Sé que tiene la intención de casarse contigo. —Se le colorearon las mejillas—. «Lo vi.»

—¿Qué quieres decir con «lo vi»? —La miró fijamente durante varios segundos—. Ah, no, no. Pensé que ya habíamos superado eso.

—Sigo teniendo esos sueños, Mary, sólo que ya no os hablo de ellos. Sé que ninguna de las dos me creéis, pero te digo que veo desplegarse el futuro, y te vi casándote con el duque de Blackstone. Te convertirás en su esposa esta noche.

Un agudo chillido se mezcló con la risa de Mary. Sí, era cierto que a veces Elizabeth predecía acontecimientos antes que ocurrieran. Pero, claro, con la misma frecuencia, se equivocaba rotundamente en lo que llamaba predicciones. Vamos, con igual facilidad se podía tirar una moneda al aire y obtener el mismo grado de exactitud.

Y esta vez estaba totalmente equivocada.

Elizabeth la apuntó con el índice.

—Vi ese vestido. Cuando te casabas con él, llevabas exactamente este mismo vestido.

—Pero si tú misma me animaste a elegirlo, ¿no te acuerdas?

—No niego que influí en tu elección de la seda, el encaje y el diseño. Lo hice porque ya había soñado con el vestido. Ya sabía lo especial que sería. Ya había soñado con tu boda.

Mary exhaló un largo suspiro.

—Elizabeth, reconozco que hay un lazo físico entre Rogan..., el duque de Blackstone, y yo. Pero fue un error.

—No lo fue. Era algo que tenía que ocurrir. Estaba en tu destino.

Mary le cogió las muñecas y le dio una sacudida.

—Sé que crees en esas cosas, pero yo no, y te pido, como a mi hermana, que por favor no hables de lo que oíste en el coche. Es un juego de poder entre el duque y yo. Nada más. —La acercó de un tirón y le dio un fuerte abrazo—. Por favor. Te lo ruego.

Cuando se apartaron, Elizabeth asintió.

—No se lo diré a nadie. Hasta que salga el sol. Pero ya lo verás, Mary, cuando salga el sol ya serás la duquesa de Blackstone.

La seguridad de Elizabeth de que pronto se casaría con Rogan la preocupaba, pero no quería reconocerlo.

Su hermana tenía muy desarrollada su habilidad para influir y persuadir. Debido a su entusiasmo infantil y a su sinceridad, rara vez alguien se daba cuenta de su manipulación, pues no era en absoluto intencionada.

—Ah, has llegado, querida mía —exclamó lady Upperton—. ¿Qué tal fue el trayecto?

La bajita y gorda anciana formaba un claro contraste con el alto y delgado lord Lotharian.

Éste se inclinó como para hacer una venia, pero al hacerlo giró la cabeza y le susurró al oído:

—¿Cómo fue con el chal? ¿Era igual?

—Lo era —susurró ella, y luego continuó con la voz normal, para no llamar la atención de las personas de alrededor—. Sí, lady Upperton, el trayecto fue muy tranquilo. Qué agradable está la noche para la fiesta, ¿verdad? —Se acercó más a la anciana y volvió a bajar la voz a un susurro—. Parece que me voy a casar con el duque de Blackstone esta noche, y que es a usted a quien debo agradecerle —miró indignada a su tutor— el haber conseguido la bendición de lord Lotharian.

Lady Upperton y lord Lotharian intercambiaron una mirada preocupada.

—Sí, es una noche ideal para un evento tan auspicioso como éste. —La anciana se puso de puntillas y acercó la boca a su oreja—. ¿Casarte esta noche? Ah, caramba.

—Sólo es una tomadura de pelo —explicó Mary—. Un malvado juego de Blackstone para destrozarme los nervios. Buen Dios, es un hombre despreciable.

Lotharian levantó la mano e hizo un gesto de saludo a alguien que vio en la distancia.

—Perdonadme. Veo ahí a alguien que tiene una deuda de juego conmigo bastante grande, y esta vez no lo dejaré escapar. —Como un halcón observó al caballero avanzar por la sala—. Disculpadme, por favor. Me ha visto. Debo darme prisa.

Mary expulsó lentamente el aire por la nariz. ¿Lotharian se marchaba en medio de una conversación? Increíble.

Lady Upperton le cogió el brazo y la giró, poniéndola de espaldas a Lotharian.

—¿Despreciable has dicho? Bah, Mary, eres demasiado dura, exageras. Blackstone es mucho más conveniente para ti que su hermano lord Wetherly.

La joven arrugó la nariz.

—¿Cómo puede decir eso? Wetherly es justo el tipo de hombre con que toda mujer sueña casarse.

—Sí. Es un hombre bueno, un hombre compasivo, pero un hombre blando también. Eres demasiado impulsiva para él, y él es demasiado maleable para ti. ¿No prefieres a un hombre que te haga hervir la sangre? Yo creo que sí. No, lo sé. Yo también lo prefería.

La anciana bajó los tacones de sus zapatos turcos y la miró.

Mary entrecerró los ojos.

Nuevamente veía esa curiosa expresión en los ojos azul desteñido de lady Upperton. Era casi como si lo supiera, como si viera los apasionados deseos que hacían arder su cuerpo por Rogan.

Y su corazón.

—Lady Upperton, ¿de dónde ha sacado esa idea?

Justo entonces sintió una mano en la cintura y otra en su codo.

—Señorita Royle, el maestro de ceremonias ha anunciado el primer baile —dijo Rogan—. ¿Me concede el placer?

—Bueno, esto...

Él se inclinó a susurrarle al oído:

—Voy a ser tu marido dentro de unas horas después de todo.

El calor pasó por ella como una ola. Cómo sabía hacerla ruborizarse ese hombre.

Alrededor de ellos se había reunido un buen grupo de señoras de la sociedad, a escuchar y mirar.

—Será un honor, excelencia.

Con la cabeza bien erguida y mirando por entre las pestañas al guapo duque, se dejó llevar por él por en medio de la multitud hacia la pista de baile.

El Teatro Salón, donde se estaba celebrando la fiesta, era la sala más grande que había visto en toda su vida.

Impresionantes columnas se elevaban altas, altas, aparentemente hasta el cielo.

Del cielo raso colgaban seis brillantes lámparas arañas, cada una con un montón de velas de cera, que arrojaban una luz casi mágica sobre toda la pista de baile.

La parpadeante luz dorada parecía acentuar los visos azules del pelo de Rogan. Lady Upperton tenía razón; era un hombre extraordinariamente guapo.

Cuando comenzó a sonar la animada melodía de la orquesta y se acomodó entre los brazos de Rogan para bailar, notó un agradable calorcillo. Era una sensación que no había experimentado nunca antes. Sorprendida, cayó en la cuenta de que no deseaba que acabara ese momento nunca.

Miró a Rogan a los ojos y vio que la estaba observando con expresión asombrada. Él aumentó la presión de las manos en su cuerpo y de pronto a ella la inquietó su dicha.

Eso no era posible. No podía sentir nada por él, por el infame Duque Negro.

Aquello no era más que una ilusión, una ilusión que se derrumbaría a su alrededor en el instante en que se permitiera amarlo.

¿Amarlo?

Santo cielo, ¿de dónde salió ese pensamiento?

Estaba mal, todo estaba mal.

Así, en lugar de esperar a que Rogan pusiera en marcha alguna bestial estratagema, algo que estaba segura que haría finalmente, no le cabía duda, se dispuso a causar el derribo de ese momento de felicidad.

Giró en círculo alrededor del caballero que estaba a la izquierda de Rogan y luego volvió a los brazos del duque, porque así lo requerían los pasos de la danza. Arqueó las cejas, lo más alto que pudo.

—Excelencia, ¿ha elegido a algún dignatario eclesiástico entre los aquí presentes?

Se cogieron las manos y notó que él se estremecía. No pudo dejar de sonreír triunfante cuando comenzaron a pasar bajo el arco formado por los brazos de los otros bailarines.

Él la miró y ella sintió pasar una oleada de calor por el vientre.

«Todo esto es una farsa —se dijo—. No es real.»

Se arregló una fría sonrisa en la cara, pero, horrizada, notó que su cuerpo seguía a punto de estallar de calor por la cercanía de él.

El contacto de él pasó de ser agradable y consolador a duro y mecánico.

—No se inquiete, señorita Royle. Le pedí que se casara conmigo y es mi intención hacerlo.

—Excelencia, ¿no le parece que esta farsa ya dura demasiado tiempo? Mire alrededor. La flor y nata de la sociedad dan vueltas en círculo como buitres a la espera de que me arroje a un lado. La señorita Royle, la boba que no se da cuenta de cuando le están tomando el pelo.

Rogan le levantó la mano cogida a la de él y la guió en un giro. No dijo ni una sola palabra.

Así pues, Mary volvió a aguijonearlo.

—Todos lo esperan. Eso tiene que saberlo. Hágalo y nadie pensará mal de usted.

—Me casaré con usted.

—¿Por qué juega a esto? Para mí es un juego absurdo.

Entonces apareció un destello sombrío en los ojos de él.

—¿Olvida lo que ocurrió entre nosotros anoche?

—No estoy totalmente segura de que ocurriera algo. No tengo cabeza para el vino y, como sabe, estaba borracha como una cuba.

Comenzó a sentir dolor en el corazón, muy adentro. No sabía por qué, pero lo sentía. Le dolía.

—Aceptó casarse conmigo esta misma noche.

—Sssí.

—Aunque todo Londres pueda creerme un libertino impenitente de la peor clase, soy partidario de que se honren las promesas.

—Yo también.

Se le empezó a revolver el estómago. No veía adónde llevaba esa desagradable conversación.

Seguía en marcha el juego.

—Y sin embargo no tiene la intención de honrar la promesa que me hizo esta misma noche.

Mary lo miró fijamente.

—Se equivoca, excelencia. La honraré. En el instante mismo en que acabe esta contradanza, si quiere.

—En realidad, prefiero que nos casemos ahora mismo. —La guió en un giro—. ¿De qué otra manera podría estar seguro de que no va a encontrar una excusa?

Ella frunció los labios.

—¿De que otra manera puedo estar segura yo de que «usted» no se va a marchar?

Al instante Rogan dejó de bailar. Entrelazó los dedos con los de ella y la sacó de la pista de baile. Cuando llegaron al perímetro del salón, la plantó entre lady Upperton y sus hermanas.

—Hace un momento lord Lotharian me presentó a alguien con quien debo hablar —dijo alargando el cuello y paseando la mirada por el salón—. Ah, ahí está Lotharian y ahí está mi hombre. —Se giró a mirar a Mary—. No se inquiete, señorita Royle, que no la abandono. Volveré enseguida y entonces se convertirá en duquesa.

Mary se cruzó de brazos.

—No me moveré de este lugar, excelencia.

Anne la miró muy desconcertada.

—¿Duquesa? Mary, ¿qué quiso decir?

Ésta miró a Elizabeth. La alivió enormemente que no soltara la noticia de su repentino compromiso. Elizabeth se limitó a chuparse teatralmente los labios dejándolos bien cerrados entre los dientes.

—Anne, no tengo tiempo para explicártelo. —Acercó a sus dos hermanas—. Antes que vuelva Blackstone necesito que salgáis a la calle, busquéis su coche y pidáis que os lo abran. Si el cochero pregunta para qué, decidle que me parece que se me quedó el abanico en el asiento. Lo encontraréis metido entre la pared y el asiento.

Anne soltó el aire en un soplido.

—No voy a perderme los honores a los héroes simplemente por ir a buscarte el abanico. —Le tendió su abanico—. Ten, coge el mío si tienes tanto calor.

Mary hizo rechinar los dientes.

—No hables, limítate a escuchar. No iréis a buscar el abanico. Se me cayó el chal dentro del coche y con el pie lo metí debajo del asiento.

Anne abrió su abanico pintado y lo agitó ante la cara.

—¿El chal de cachemira? Es nuestra única prueba de quiénes somos. De cuál es nuestra procedencia.

En ese momento llegó lord Lotharian al grupo.

—Ah, querido Lotharian —dijo lady Upperton, que daba la impresión de que iba a desmayarse de un momento a otro—. Mary dejó el chal de cachemira en el coche de Blackstone.

Lotharian miró a Mary moviendo la cabeza, como si hubiera hecho eso adrede.

—No es prudente. No es nada prudente, niña.

—Por favor, acompañe a Anne y Elizabeth a buscar el chal. Ya les he explicado dónde está, sólo es necesario sacarlo antes que lo encuentre el cochero de Blackstone.

—Muy bien, cuente conmigo.

Haciendo el gesto de firmes juntando los talones, se llevó a Anne y Elizabeth rápidamente por el salón hasta perderse de vista los tres en la escalera principal.

Mary se puso la mano en el pecho para calmar la respiracion.

—Gracias, lady Upperton.

Se giró a mirar a la anciana y vio que ésta había levantado su monóculo y estaba mirando por él hacia la pista de baile.

Lady Upperton la miró y le ofreció el monóculo.

—Mira, niña. ¿Qué está haciendo Blackstone?

Mary rechazó el monóculo con un gesto de la mano y enfocó la mirada. Entrecerró los ojos. Rogan acababa de darle una palmada en la espalda a un caballero. Entonces miró hacia ambos lados y subrepticiamente le puso una pequeña bolsa de piel en la mano.

—Creo que acaba de darle una bolsa con monedas a ese hombre.

Lady Upperton volvió a enfocar su monóculo en el duque.

—Sabía que tramaba algo. Lo vi en sus ojos, ¿sabes? No paraba de mirar alrededor. Muy sospechoso, si quieres mi opinión.

Habiendo visto esa muy interesante entrega de dinero, Mary no pudo refrenarse de observarlo cuando se acercó a Quinn y lo llevó a un lado, alejándolo de lady Tidwell y una señora mayor.

Mientras observaba junto a lady Upperton, cayó en la cuenta de que su atención estaba centrada exclusivamente en Rogan.

Quinn podría haber sido cualquier otro caballero, por lo poco que atraía su atención. El que se la atraía era el duque, alto, guapo, de pelo negro ébano. La hacía recordar cosas que no debía recordar. La hacía pensar cómo sería ese pecho musculoso que había palpado con las yemas de los dedos, sin chaqueta ni camisa, desnudo a la luz de las velas.

—¡Oh! —exclamó lady Upperton de repente, girándose—. Está a punto de volver. Gírate, Mary, deja de mirarlo.

Pasado un momento, Rogan dio la espalda al estrado de la orquesta y echó a caminar hacia ellas.

Mary giró la cabeza y vio que el hombre al que Rogan le había pagado sólo hacía un cuarto de hora estaba en ese momento cerca del director de orquesta con un paquete bajo el brazo.

Rogan llegó hasta ella y se irguió en toda su estatura.

—Lady Upperton, señorita Royle —dijo, sin desviar los ojos de Mary ni un solo instante—. ¿Tienen la bondad de hacerme el honor de acompañarme al salón turco para reunirnos unos minutos? —Hizo un gesto hacia una ancha puerta cercana a la escalera principal—. Por favor.

Lady Upperton pareció confundida.

—Ah, pues, sí, excelencia.

Miró a Mary, la que no le dio ninguna explicación.

Rogan le ofreció el brazo.

—¿Señorita Royle? ¿Vamos?

La joven asintió, muda. Tal vez lady Upperton no sabía lo que iba a ocurrir, pero ella sí.

Había llegado el momento de jugar su último triunfo.

Capítulo 15

El salón turco estaba todo decorado en azul, desde las lujosas alfombras a las colgaduras que recubrían las paredes.

Rogan hizo un gesto hacia el más cercano de los sofás que estaban distribuidos por el perímetro del salón. Tanto Mary, como lady Upperton, las dos visiblemente nerviosas, fueron a sentarse obedientes.

Él se quedó en la puerta, paseándose por el umbral.

—Los demás llegarán dentro de un momento. No deberían tardar.

—¿Qué va a ocurrir, querida? —preguntó lady Upperton, agitando nerviosa sus blancas cejas.

Francamente, Mary no lo sabía, no de cierto en todo caso. Pero tenía una idea, y esa idea la tenía con los nervios de punta.

Para pasar el aterrador rato, miró la enorme araña de brillante cristal que colgaba en el centro del techo. Había algo pintado en el cielo raso. Se hizo visera con una mano y contempló la pintura: era un águila en vuelo con un rayo cogido en las garras.

Unas voces masculinas atrajeron su atención hacia la puerta, que estaba abierta. Se inclinó un poco y vio a Rogan tendiendo la mano y las manos de dos hombres estrechándosela.

Entonces él se giró hacia el salón y les hizo un gesto invitándolos a entrar.

Mary enderezó la espalda y miró al frente.

—Lady Upperton, señorita Royle, permítanme que les presente al señor Archer. Lord Lotharian nos ha presentado justo esta noche. Y ha sido buena suerte, también, nuestro encuentro. El señor Archer es cura párroco y ha aceptado presidir nuestra ceremonia de bodas.

Mary se levantó para hacer una leve reverencia, pero justo antes lady Upperton le tocó el brazo haciendo un gesto hacia el caballero.

Se trataba del hombre en cuya mano Rogan puso a escondidas la bolsa con monedas.

Ah, así que ése era su plan. Pagar a un caballero para que se hiciera pasar por cura y luego verla sufrir la vergüenza y la humillación.

Bueno, gracias a la atenta observación de lady Upperton y a su bien enfocado monóculo, no iba a caer en su engañosa estratagema.

¡Ja! Habiéndole visto las cartas, podría disfrutar siguiéndole el juego al duque.

—Señor Archer, qué amabilidad la suya al prestarse para oficiar la boda, sobre todo habiendo recibido el aviso con tan poca antelación.

Sonriendo alegremente, miró a Rogan y vio que de sus labios desaparecía la sonrisa engreída.

—Y las dos ya conocen a mi hermano —dijo el duque entonces.

Movió hacia un lado su corpulento cuerpo, y Quinn avanzó un paso.

—Lady Upperton —dijo éste, inclinándose en una venia, y luego miró a Mary, cohibido—. Señorita Royle, cuánto me alegra darle la bienvenida a nuestra familia.

Avanzó otro paso, le cogió la mano derecha entre las dos de él y se la apretó con suavidad. Ella tuvo la impresión de que eso era una disculpa.

Preparándose mentalmente, lo miró a los ojos. Estaba preparada para el golpe que le infligiría verlo, sabiendo que él la cedía de buena gana al bribón de su hermano.

Pero, sorprendentemente, no sintió ningún dolor.

Ni la más mínima desilusión.

¿Cómo podía ser eso? Se había propuesto conquistarlo. Había creído que él era su futuro. Y, sin embargo, en ese momento no sentía absolutamente nada.

Rogan se les acercó y rompió el contacto. Le cogió posesivo la mano y la pasó bajo su brazo. Luego la miró.

—Quinn será un testigo.

Bueno, sí que era cruel el Duque Negro. Si ella hubiera estado enamorada de Quinn, como sinceramente creyó estarlo durante un tiempo, ponerlo de testigo habría sido más que vil. Y si Quinn le hubiera correspondido esos sentimientos, lo habría herido profundamente también.

Pero era evidente que el vizconde no tenía ningún sentimiento hacia ella, porque en ese caso no habría aceptado ese papel en esa complicada farsa de boda. Y aceptó.

—Lady Upperton, ¿nos hará el favor de actuar como testigo también? —dijo Rogan en tono tranquilo y muy serio.

Ah, era un maestro.

—¿Querida? —dijo lady Upperton, mirándola con sus ojos azul desteñido, y la llevó hacia un lado, apartándola de Rogan unos cuantos pasos—. Sabes que creo que él es la pareja para ti; el que conviene a tu corazón. Pero antes debo oírte decir que ya no tienes sentimiento alguno por lord Wetherly.

A Mary la asombró la pregunta.

—No lo tengo. Por lo que he oído esta noche, me he preguntado si de verdad estuve enamorada de él alguna vez o si simplemente estaba enamorada de la idea que tenía de él.

—¿Qué te dice tu corazón?

Mary bajó la cabeza.

—Lo último. Que nunca he estado realmente enamorada de él. Sólo creía que lo estaba.

Lady Upperton le sonrió de oreja a oreja.

—¡Entonces seré tu testigo, querida niña! —exclamó, para que la oyeran todos.

Y, en un abrir y cerrar de ojos, la anciana le dio un tirón acercándola a los caballeros.

—Lady Upperton, espere, por favor...

Antes que pudiera terminar la frase, Rogan le cogió el brazo y la puso a su lado.

—Cariño —le dijo en voz baja, casi burlona—, ¿no te lo estarás pensando mejor?

Él estaba muy seguro de sí mismo. Muy seguro de que ella se daría media vuelta y echaría a correr como una liebre asustada.

Mary enderezó la espalda.

—No, nada de eso. —Miró al frente y fijó la mirada en el supuesto párroco—. Estoy lista.

Rogan le cogió las manos y comenzó la ceremonia.

La boda no era otra cosa que una cortina de humo, una combinación de palabras sagradas y absoluta locura. Esto no es real, se dijo, mientras Rogan le deslizaba un anillo de oro por el dedo hasta dejárselo bien puesto pasado el nudillo.

Justo entonces el señor Archer pronunció la admonición final:

—Lo que Dios ha unido no lo separe el hombre.

Mary levantó la vista y vio a lord Lotharian y a sus hermanas en la puerta, los tres mirando boquiabiertos.

No podía seguir con eso. No podía. Se daba por vencida. Rogan había ganado.

Miró al señor Archer para pedirle que parara esa farsa, pero ya era demasiado tarde.

—Os declaro marido y mujer.

Miró a Rogan y vio que él la estaba mirando como si estuviera aturdido.

Se le oprimió el estómago. Algo estaba mal. Muy mal.

Con el rabillo del ojo vio entrar a sus hermanas y a lord Lotharian en el salón, pero sus ojos estaban fijos en los de Rogan.

Él le soltó las manos y ella sintió deslizarse una por su cintura. Ahuecó la otra en el mentón y le levantó la cara.

—Has ganado, querida mía. Eres duquesa y el resto de tu vida lo vivirás con lujo y comodidad.

Entonces bajó la boca sobre la de ella y la besó con gran frialdad. Luego apartó la cara.

Ese beso no fue como los de antes. Ni a su mente ni a su cuerpo le produjo deseo de otras cosas; de más.

Ese beso era un castigo.

Cuando él se apartó, ella se quedó donde estaba, pestañeando, confundida, y sintiéndose herida.

Después de eso, todo fue como un borrón; hubo apretones de manos y besos de felicitación.

De repente le pusieron una pluma en la mano y la llevaron hasta un libro de páginas de papel vitela, rayadas y con números.

—Tranquila. Firma con tu nombre completo, querida —la instó lady Upperton—. Bien, bien. Ahora aquí también.

Cuando apartaron el último papel que firmó, la anciana y lord Wetherly se inclinaron, por turnos, a firmar también.

—Felicitaciones —dijo el señor Archer, inclinándose ante ella—. ¿Me permite que sea el primero en llamarla excelencia? Ha sido un honor para mí ser de utilidad.

Él también firmó el papel, se lo pasó a Rogan y, con el registro de papel vitela bajo el brazo, se apresuró a salir del salón turco.

Anne se acercó y le puso una mano en la mejilla.

—Mary, ¿qué te pasa? Estás aturdida.

Ella la miró a los ojos.

—Algo va muy mal. Esto no es lo que debía ocurrir.

—¿Qué quieres decir? —le preguntó Anne dulcemente, como si quisiera calmarla.

—En el salón grande vi a Rogan pasarle una bolsa con dinero al señor Archer. Todo esto ha sido un engaño. —Miró a Elizabeth, que estaba negando con la cabeza. Se le escapó un suave gemido—. El cura no era de verdad —susurró.

Entonces se les acercó lord Lotharian.

—Mi querida niña, conozco al señor Archer desde hace muchos años. Le conocí cuando éramos jóvenes y él ayudaba a su tío en nuestra iglesia parroquial.

—Entonces... ¿realmente es un cura? —Anonadada, se miró el anillo—. Pero si esto sólo era un juego del duque. No fue una verdadera boda. No podría haber sido.

Rogan fue a ponerse detrás de ella.

—Sé que para ti era un juego, pero no para mí. Me deslumbraron tu belleza y tus tiernas caricias. No vi que yo era tu objetivo en tu búsqueda de título y dinero.

Lord Lotharian lo apartó de un empujón.

—¡Cómo te atreves! Cómo te atreves a hacer esa acusación. Te aseguro que esta mujer posee una importante dote, más que suficiente para casarla bien, y su sangre es de la más noble, de la nobleza más absoluta. Francamente, Blackstone, no tiene ninguna necesidad de tu miserable título.

Mary negó con la cabeza.

—No, milord. Todo esto debe parar.

Pero Lotharian seguía moviendo los ojos como loco.

Al parecer Rogan ni la oyó.

—Es hija de un médico rural, Lotharian.

—No, fue «criada» por un médico en Cornualles. Pero, en realidad, ella y sus hermanas son las verdaderas hijas del propio príncipe regente.

Rogan alargó la mano por un lado de Lotharian y le cogió el brazo a Mary. La atrajo hacia él.

—¿Qué tontería es ésa?

—Es la verdad —dijo Lotharian. Metió la mano bajo su chaqueta y sacó el chal de cachemira—. Y tengo la prueba.

Rogan miró a la joven, esperando su respuesta.

—¿Es cierto eso, Mary? —le preguntó, remeciéndola suavemente.

—No lo sé. Te digo que no lo sé —contestó ella.

¿Sería posible?, pensó Rogan.

¿O todos se habían escapado del manicomio?

Miró al anciano, que agitaba un viejo chal rojo manchado.

Miró a la hermana de pelo cobrizo de Mary, que modulaba la palabra «princesas» una y otra vez.

Miró a la anciana, que estaba pasando sus diminutos dedos por el borde del chal, reverente.

Ah, sí, todos estaban locos.

Entonces miró a Mary, cuyos ojos dorados estaban buscando los suyos.

—¿Es cierto? Tienes que saberlo.

—Hasta esta noche no lo creía posible —reconoció ella, de mala gana—. Sólo era una historia absurda, la historia de unas trillizas dadas por muertas y entregadas a mi padre envueltas en el chal de lady Jersey.

—Has dicho hasta esta noche.

—Sí. Sólo era una historia absolutamente increíble, hasta que encontramos el chal, ese chal, oculto entre las cosas de mi padre, y que resulta que es igual, sin la menor duda, al que lleva puesto lady Jersey en el cuadro colgado en la galería de los Harrington.

Rogan agrandó los ojos.

—De todos modos, aun cuando haya pertenecido a lady Jersey, eso no demuestra...

—Tienes razón, no prueba nada. —Le tocó suavemente el hombro—. Seamos o no esas trillizas, si es que existieron, no tiene importancia. Lo que sí importa es que tú y yo hemos cometido un grave error esta noche. Por favor, Rogan, busquemos al señor Archer antes que sea demasiado tarde. Reconozcamos nuestro error y esperemos que él encuentre en su corazón la voluntad para olvidar que ocurrió esta unión. Hemos cometido un error.

—Un error —repitió él, distraído.

Tenía que pensar, para encontrarle algún sentido a todo eso, pero el bullicio que había en el salón le hacía imposible pensar.

Sólo veía una solución. Le cogió la mano a Mary, y antes que alguien pudiera impedírselo, salió corriendo con ella del salón turco y bajaron la escalera principal.

Cuando llegaron al rellano, la giró hacia él.

—Fue un error, Rogan —repitió ella—. Un grave error. Creí que todo lo ocurrido esta noche, desde tu proposición de matrimonio hasta nuestra boda, no era otra cosa que una farsa. Creí que querías jugar conmigo y, por lo tanto, te seguí el juego con la esperanza de derrotarte.

—Y yo creí que me habías derrotado. Que sacrificaste tu cuerpo, tu virginidad por mi apellido y mi dinero.

—Tenemos que anular este matrimonio. ¡Debemos! Tú no deseabas casarte conmigo. Ni yo contigo. Los dos desconfiábamos tanto el uno del otro que cometimos el error de llegar demasiado lejos y casarnos cuando ninguno de los dos lo deseaba.

—Mary, en este momento eres duquesa. ¿Sabes lo que dices?

—Sí. —Le pasó tiernamente la mano por el brazo—. Vamos a buscar al cura. Tal vez no sea demasiado tarde para deshacer lo que hemos hecho.

Buen Dios, la había juzgado mal.

Había juzgado terriblemente mal a esa jovencita buena y hermosa.

Jamás había deseado su dinero. No era una oportunista como la codiciosa madre de Quinn.

Sólo era una inocente.

¿Cómo pudo no ver la verdad, cuando debería haberla visto muy claro todo ese tiempo?

La atrajo a sus brazos, preso de una pasión repentina, y la besó en la boca.

Cuando se apartó, vio que la había sobresaltado.

—Pe... perdona. Lo que pasa es que me siento muy aliviado por saber por fin la verdad respecto a nosotros.

—Como yo —dijo ella sonriéndole—. Bien, ¿vamos a buscar al cura? Si continuamos casados mucho tiempo más y se corre el rumor de que hiciste lo honorable conmigo, tu reputación como el Duque Negro se va a blanquear sin remedio.

Él echó hacia atrás la cabeza y soltó una carcajada.

—Bueno, no podemos permitir eso, ¿verdad?

—Desde luego que no.

Rogan le cogió la mano y juntos subieron corriendo la escalera y entraron en el Teatro Salón.

Capítulo 16

El coche se detuvo con una sacudida ante la casa de las hermanas Royle en Berkeley Square y, sin esperar al cochero, Rogan bajó de un salto y ayudó a bajar a Mary.

—Deprisa. Una o dos mudas de ropa y lo que sea que pudieras necesitar para el viaje —dijo, llevándola casi corriendo hasta la puerta—. Si nos marchamos inmediatamente y hacemos correr a los caballos, podríamos darle alcance al cura mucho antes que llegue a Gretna Green con su hermana.

—¿De verdad crees que podemos darle alcance?

—Sí, si nos damos prisa. Podríamos ahorrarnos unos cuantos días de viaje.

—Sólo tardaré unos minutos.

Subió corriendo la escalera y entró en su dormitorio, llamando a Cherie, desesperada.

Jamás podría haberse imaginado la apurada situación en que se encontraba.

Cuando volvieron al Teatro Salón, creía que tenían una buena posibilidad de convencer al cura del error cometido por los dos y persuadirlo de que rompiera la licencia y simulara que la boda no había ocurrido jamás.

Eso podría haber costado una generosa donación a la iglesia, pero al menos era una oportunidad, puesto que sólo habían transcurrido unos minutos.

Pero había cambiado la situación.

Cuando llegaron al salón y preguntaron por el paradero del cura, lord Lotharian no tardó en informarlos de que el señor Archer se había marchado.

Por lo que logró entender, no hacía mucho rato la hermana del cura entró a toda prisa en el salón, agitada y preocupada, con los ojos llenos de lágrimas, porque su cabezota hija se había fugado a Gretna Green con el joven y guapo lacayo de la casa.

Lógicamente, el cura abandonó la fiesta de inmediato y ya iba con su hermana en desesperada persecución de la pareja fugada.

Y dentro de unos minutos, Rogan y ella saldrían en su persecución también.

Extendió un pañuelo sobre el tocador, cogió un cepillo para el pelo de cerda de jabalí, un paquetito de horquillas y unos cuantos frascos y los puso encima. Ató el pañuelo, formando un pequeño bulto y se giró a llamar a Cherie otra vez.

Pero la criada ya estaba detrás de ella, sacando la maleta de debajo de la cama, donde la dejaron preparada cuando ella pensaba volver al campo.

Cherie abrió la maleta y luego salió en dirección al cuarto para planchar y volvió con dos camisolas, otras prendas interiores y medias. Le cogió de la mano el hatillo con los artículos de tocador, lo metió en la maleta, le pasó la correa y la cerró.

Entonces la miró con sus ojos oscuros interrogantes.

Mary exhaló un suspiro.

Levantó la mano y le enseñó el anillo de oro que llevaba en el dedo.

—Me casé con el duque esta noche.

Cherie sonrió alegremente y agitó la cabeza, encantada.

—No, no estoy feliz. Fue un error. Ninguno de los dos deseaba esto, así que vamos a ir en persecución del cura, a ver si lo convencemos de poner fin a esta farsa de matrimonio antes que sea demasiado tarde.

Cherie alargó la mano y deslizó el pequeño índice por el anillo de oro. Luego le levantó esa mano y se la puso sobre el corazón.

Mary se miró la mano apoyada en su corazón, en la que brillaba el anillo en el dedo, y luego miró los serios ojos color chocolate de la muchacha.

De pronto sentía irritada la garganta. Trató de bajar la mano al costado, pero la pequeña criada se la sujetó firme y volvió a apoyársela en el corazón.

—No. Fue un error.

Cherie no desvió la mirada de sus ojos.

—No estoy enamorada de él.

Trató de pasar por un lado de la criada para coger el asa de la maleta, pero esta le cogió los brazos y la mantuvo inmóvil.

Volvió a cogerle la mano y por tercera vez se la levantó y se la puso sobre el corazón.

Mary sintió arder los ojos.

—No tiene importancia lo que yo sienta, Cherie. Aun en el caso de que lo amara —le salió temblorosa la voz—, nuestra unión no está destinada a ser. Para él sólo soy una señorita de campo muy indigna de su atención.

Cherie le puso una pequeña mano en la mejilla. Eso bastó para que una lágrima le bajara por la cara.

Cogió la maleta y se giró hacia la puerta. Se quedó inmóvil antes de dar un paso.

El corpulento cuerpo de Rogan ocupaba todo el vano de la puerta.

Sin ser invitado entró en el dormitorio, lo que escandalizó a Mary, pero, claro, era su marido.

Señor, su «marido».

Al menos unas cuantas horas más. O días. No semanas, lógicamente.

Él le apartó la mano de la maleta y la cogió.

—¿Hay alguna otra cosa que necesites para el viaje?

Ella paseó la mirada por el dormitorio, hasta que la posó en el libro de enfermedades de su padre. Fue a cogerlo, por si un dolor de cabeza la noche de bodas no bastaba.

—Sólo esto.

Entonces, sintiéndose como si no fuera a volver a casa nunca más, se acercó a la pequeña Cherie y se despidió de ella con un fuerte abrazo.

Ya había transcurrido más de una hora, los dos en silencio, sentados frente a frente, cuando Mary cayó en la cuenta de que no habían pasado por la casa de él en Portman Square a coger algo de ropa.

El silencio le molestaba como un insecto zumbando alrededor de la cabeza. Cuando ya no pudo soportarlo más, decidió mencionarle ese descuido.

—No llevas ninguna muda de ropa.

Como si su voz hubiera sido una afrenta al silencio de la cabina, él dejó de mirar por la ventanilla y se giró hacia ella, perforándola con la mirada.

—No te considero indigna de mi atención —dijo.

Lo dijo pronunciando muy despacio cada palabra, como si hubiera ensayado la frase incontables veces.

Ella bajó los ojos, cohibida por su penetrante mirada.

—Quizá necesites ropa de dormir —añadió con la esperanza de desviar esa incómoda conversación.

—No uso ropa para dormir.

Ella notó un filo tan duro en su voz que se encogió.

—Ah. —Levantó la vista y miró hacia la ventanilla, repentinamente deseosa de escapar de su abrumadora presencia—. Yo tampoco —masculló, esperando aliviar la tensión.

Pero no oyó ni risas ni tan siquiera una risita ahogada. Nada.

—Mary, mírame —dijo él al fin. Se inclinó y le cogió la mano—. Mírame, por favor.

El contacto de su mano la obligó a obedecer.

Lo miró. Sus ojos castaño oscuro brillaban como bronce a la luz de la lámpara del coche.

Pero la expresión que vio en ellos no era la que había supuesto. No había ni sombra de ira en ellos, sino sólo pesar, crudo, desnudo.

Él le pasó tiernamente el pulgar por la mano sin guante.

—Me equivoqué, Mary. Me equivoqué por completo sobre ti, en todas mis suposiciones, en todos mis prejuicios. Debería haber hecho caso de lo que me decía el corazón. Pero no lo escuché. —Echó hacia atrás la cabeza, apoyándola en el respaldo y miró hacia el techo—. Durante años me he protegido, y estos últimos tiempos he tratado de proteger a mi hermano también, del dolor que supone dar tu afecto, tu corazón, a alguien que te quiere sólo por tu título y tu posición. —Retiró la cabeza de su apoyo y la miró—. Dudaba de los motivos de todas las mujeres, fuera cual fuera la situación; desconfiaba de todas.

Mary sintió oprimido el corazón al oír la emoción en su voz, al verla en sus ojos. Se levantó y se sentó a su lado. Tímidamente, alargó la mano y se la puso en el hombro, en gesto consolador.

—¿Quién te hirió? ¿Quién te hizo esto?

Él se tensó y le apartó la mano.

—Nadie me ha herido a mí. Simplemente aprendí una valiosa lección. Eso es todo.

Apoyó los codos en las rodillas y se cogió la cabeza entre las dos manos.

Mary se quedó muy quieta y callada. Deseaba consolarlo. Pasado un momento, volvió a levantar el brazo y le tocó el hombro.

—¿Quién te hizo esto? —repitió.

Él giró la cabeza para mirarla.

—No me hirió a mí, no me hizo daño a mí. Le hizo daño a mi padre. Simuló que lo amaba, simuló que me quería a mí. Pero poco después que se casaron, se mostró tal como era. Su afecto, su amabilidad, su amor, todo había sido una farsa. Sólo deseaba su dinero. Eso era lo único que deseaba.

—¿Tu madrastra?

Rogan asintió y giró la cabeza hacia la ventanilla para mirar el ondulante campo.

—Le hizo muchísimo daño.

—Te hizo daño a ti también.

Él giró bruscamente la cabeza y la miró a los ojos.

—¿No oíste lo que dije? Le hizo daño a mi padre.

—Te hizo daño a ti también. Te hizo desconfiado. Te hizo receloso, temeroso de abrirle el corazón a una mujer.

Él no contestó. Se quedó callado, sin manifestar su acuerdo ni negar lo que ella le había dicho.

Mary levantó más el brazo, deslizó suavemente la mano por su sien e introdujo los dedos por su abundante pelo negro, para luego continuar por la parte de atrás de la cabeza, la nuca y la espalda. Él cerró los ojos y ella oyó salir un tenue suspiro por sus labios.

Acercándose más, hasta quedar presionándole el cuerpo con el de ella, subió la mano por su nuca y volvió a introducir los dedos en su pelo; al mismo tiempo deslizó la boca por su pómulo, besándoselo suavemente.

Él abrió los ojos, como si lo hubiera sorprendido. Se giró y la rodeó con los brazos.

Ella respondió rodeándole la cintura, levantando la cara y presionándole la cálida boca con los labios.

Cuando apartó la boca, muy poco a poco, él expulsó suavemente el aliento.

—Mary.

Ella se puso de rodillas sobre el asiento, afirmándose en él para no perder el equilibrio. Su cara quedó más arriba de la de él y Rogan levantó el rostro hacia la de ella.

Mary deslizó los labios por su frente. Sintió su aliento en el cuello y lo oyó musitar algo ininteligible.

Él cerró los ojos mientras ella le dejaba una estela de besos húmedos por los párpados y luego continuó descendiendo por la mejilla y el mentón áspero por la barba, hasta que finalmente volvió a besarlo en la boca.

—Mary. —El nombre salió flotando en medio de su cálido aliento—. No... —Frotó el mentón en la sensible piel del de ella, y fue aumentando la pasión en sus besos—. No... —Apartó la cara lo suficiente para mirarla a los ojos, atizando con su mirada el fuego que ardía dentro de ella—. No debo —logró decir al fin. La cogió por la cintura y la apartó de él—. No debemos, a no ser que pongamos fin a nuestra persecución del señor Archer.

Mary pestañeó, sintiéndose algo mareada.

—¿Qué has dicho?

Él la miró a los ojos.

—Podemos... podemos continuar siendo marido y mujer.

¿Qué?

—¿Continuar casados? ¿Estás loco? —Enderezó la espalda y su mirada saltó de un lugar a otro del interior del coche; no daba crédito a sus oídos—. Debes de estarlo. Eso es lo único que explicaría que hagas esa sugerencia.

—¿Olvidas que te deshonré? ¿En este mismo coche, además? Y en este momento te habría hecho el amor otra vez si no nos hubiéramos apartado.

—Sí, debo acordarme de evitar viajar contigo en coches en el futuro.

Lo miró arqueando una ceja.

—Lo digo en serio, Mary.

—No me siento mancillada de ningún modo, así que, a menos que tú des a conocer nuestro encuentro a la alta sociedad, nadie lo sabrá y yo no sufriré en lo más mínimo —replicó a toda prisa, ahogando los fuertes latidos de su corazón.

—Te he agraviado, por lo tanto creo que es justo para ti que continuemos casados.

Mary agrandó los ojos y agitó las manos.

—¿Y tú olvidas que no deseas estar casado conmigo?

Suspiró exasperada; sentía un desagradable escozor en los ojos.

—¿Tan segura estás de eso? —preguntó él.

Le escrutó la cara, como si quisiera ver dentro de ella y encontrar una respuesta.

La ternura de su expresión y sus palabras la sorprendieron e, inexplicablemente, la impulsaron a ponerse de pie casi de un salto.

Frunciendo los labios, hizo una inspiración, absolutamente asombrada, y apoyó una mano en el techo, para afirmarse y no caerse. Qué boba era estando de pie en el interior de un coche que corría a toda velocidad por un camino de grava lleno de baches.

No tenía dónde ir; no había ningún lugar al cual retirarse para ordenar sus pensamientos; ningún lugar donde pensar para formular una respuesta concisa.

Por lo tanto, volvió a sentarse, juntó las manos en la falda y, sin decir palabra, se puso a mirar por la ventanilla.

«Continuar siendo la esposa de Rogan», pensó. Expulsó el aliento en una espiración entrecortada.

«Que idea más ridícula.»

Capítulo 17

El cochero había detenido el coche para cambiar los caballos varias veces a lo largo de la noche, lo que hizo que a Mary le resultara imposible dormir más de unos pocos minutos seguidos.

Había intentado acomodar la cabeza en los cojines de cuero, pero los constantes saltos del coche cuando las ruedas pasaban por baches en el duro camino, además de que cada vez que abría los ojos se encontraba con los de Rogan mirándola, le habían impedido dormir.

Cuando eran casi las cuatro de la madrugada, ya estaba harta. Le rogó a Rogan que interrumpieran de momento la persecución en Baldock para descansar un poco y tomar el desayuno.

Ante su sorpresa, él no se resistió a la idea, sino que la proclamó como una sugerencia maravillosa.

El único problema de la idea fue que la posada The White Horse estaba llena. Bueno, eso hubiera sido un problema si Rogan no hubiera tenido suficiente dinero para sobornar a un huésped que se había levantado antes del alba para coger la diligencia correo para que les dejara su habitación.

Y así fue como Rogan la informó de que tendrían que compartir una cama.

Mary estaba tan cansada que no tuvo fuerzas para discutir, así que se puso el libro de enfermedades y remedios bajo el brazo, por si repentinamente tuviera necesidad de él, y siguiendo el brillo de la vela que el posadero le dio a Rogan, subió detrás de él la oscura escalera y entraron en una habitación pequeña.

Él colocó la vela sobre una mesilla de noche, junto a la cama, y al instante comenzó a quitarse la ropa.

—Mmm, Rogan... —le salió apenas una vocecita ahogada—. Sé que no ves la necesidad, pero ¿podrías ponerte algo para dormir? Claro que somos marido y mujer, pero si tenemos suerte, mañana ya no lo seremos.

—Muy bien, cariño —rió él—. No tienes nada que temer. Me quedaré vestido. —Miró el libro de enfermedades que ella tenía bajo el brazo—. Y aunque ésta es nuestra noche de bodas, estás a salvo de cualquier insinuación sexual en la cama.

—Ah, eso lo sé —contestó ella con fingida inocencia. Dejó el libro en la mesilla y se metió bajo las mantas—. Al fin y al cabo esto es una cama, no un coche.

Rogan se echó a reír y se metió en la cama a su lado.

Mary no sabía cómo ni desde cuándo, ni por qué, pero ahora todo era fácil entre ellos. Disfrutaban de una comodidad o naturalidad que no había notado antes, pero en ese momento la sentía, y no podía negarla.

A los pocos minutos, así acostada en una cama estrecha junto al único hombre que le hacía latir el corazón con la fuerza de una manada de briosos caballos a todo galope, tuvo conciencia de que se estaba quedando dormida.

Tres horas después el sol entraba por los agujeros de la raída cortina que cubría la ventana.

Mary se levantó y, situándose de cara a la luz, se puso un espejo de mano ante la cara. Le hizo una mueca a la imagen que vio.

—Rojo. Está completamente rojo.

Rogan despertó, se frotó los ojos y la miró pestañeando.

—¿Qué está rojo?

—Esto. —Se giró a mirarlo y le señaló su mentón—. Excelencia, retiro lo dicho. Estoy mancillada. Mira lo que me has hecho.

Él se incorporó un poco apoyándose en el codo y la miró con los ojos entrecerrados.

—¿Cómo te ocurrió eso? —Entonces agrandó los ojos y se frotó la áspera barba que le oscurecía el mentón—. Aaah.

—Tu barba. Es evidente que me raspaste el mentón cuando me estabas besando anoche en el coche.

—Perdona, cariño, creo que lo que hice fue intentar impedirte que tú me besaras.

—No cuando ocurrió esto. —Volvió a mirarse en el espejo, suspirando—. Lo recuerdo muy bien.

—Yo también.

Sonriendo pícaro, se levantó de la cama, dio la vuelta y se inclinó a depositarle un casto beso en el mentón enrojecido.

Ella sonrió y, traviesa, movió un dedo ante él.

—Atrás, Blackstone. Ya tengo bastante rojo el mentón.

Rogan se metió los faldones de la camisa dentro de los pantalones y luego le cogió la mano con el espejo y se la levantó hasta su cara para poder hacerse bien el nudo de la corbata.

O por lo menos todo lo bien que puede hacerlo un caballero que no está acostumbrado a vestirse solo.

Acababa de terminar cuando a Mary le llegó el olor de beicon friéndose. Le gruñó el estómago.

—¿Vamos a tomar el desayuno antes de subir al coche?

—Por supuesto —contestó él con una leve insinuación de humor en la voz—. Si tengo que pasar otro día en el coche contigo, necesitaré todas las fuerzas que pueda acumular.

Con una sonrisa jugueteando en los labios, ella cogió su libro, su capa y su ridículo y observó a Rogan mientras se arreglaba la chaqueta sobre sus anchos hombros y cogía la maleta de ella.

Suspiró en silencio, expulsando los escandalosos pensamientos que pasaban veloces por su cabeza. Qué hombre más gloriosamente formado.

Rogan abrió la puerta y la invitó a salir a ella primero. Una vez que atravesó el umbral, Mary se giró a mirarlo, y al hacerlo chocó con un caballero que había elegido justo ese momento para pasar junto a la puerta.

—Uy, le ruego que me perdone, señora —dijo el hombre, retrocediendo para dejarle paso.

—La culpa fue mía, señor —dijo ella—. Por favor, perdone... me —Sintió que la sangre le abandonaba la cara—. ¡Señor Archer!

—Buenos días, reverendo —dijo Rogan con enorme aplomo—. Justo el caballero que esperábamos ver hoy.

Rogan se puso delante de Mary, que al parecer no lograba pronunciar una palabra más.

—¡Alabados sean los santos, excelencia —dijo el cura, apresurándose a inclinarse en una reverencia—. ¡Qué espléndida coincidencia encontrarle a usted y a su excelencia en el camino!

Miró a Mary y, tardíamente, se inclinó ante ella.

—No es ninguna coincidencia. Le hemos seguido toda la noche, preguntando cada vez que parábamos a cambiar los caballos si había pasado usted por ahí.

El cura miró nervioso por encima del hombro hacia el otro lado del corredor.

—Está arrugando su sombrero, señor —observó Mary.

Y era cierto. El señor Archer estaba retorciendo el sombrero como si lo hubiera tenido toda la noche remojándolo en una bañera llena de agua. Tenía la cara encendida como un faro, y gotitas de sudor le surcaban la frente.

Apareció una mujer gorda, que pesaría casi el doble que el cura, caminando hacia ellos arrastrando los pies.

—Ya voy, cariño, ya voy.

Rogan la miró de arriba abajo, curioso.

La mujer llegó al lado del cura y le dio un codazo.

—Gracias por esperarme. —Entonces miró a Rogan, apreciativa, pero a Mary ni siquiera la miró—. ¿No me vas a presentar a tu amigo, Archie?

El cura no logró ocultar del todo su aprensión, se notaba en sus ojos.

—Excelencia, excelencia —dijo inclinándose ante cada uno—, permítanme que les presente a mi hermana, Heloise.

—Ah, mira por dónde —rió la mujer—. Sí, soy su hermana.

El escote del vestido de la mujer era osadamente bajo y apenas le cubría los pechos. Nada apropiado para la hermana de un párroco.

Rogan sintió la mano de Mary en el hombro. Giró la cara y vio sus ojos nublados por la desconfianza.

—¿Hermana? —moduló ella.

No, él tampoco creía que fuera su hermana. Pero el verdadero motivo del señor Archer para viajar a Escocia no era asunto suyo.

—Estimado señor, ¿podríamos reunirnos en el comedor? Necesitamos hablar con usted lo antes posible.

Aumentó visiblemente la agitación del cura.

—Ah, sí, bueno, llevamos una prisa terrible.

—Señor, ha ocurrido un grave error.

Sólo entonces Rogan se fijó en el inapropiado atuendo del cura. La chaqueta era de fina lanilla color azul vivo y el chaleco que llevaba debajo... Bueno, que lo colgaran si no estaba confeccionado en fina seda color amarillo narciso, con una hilera de corazones y diamantes bordados.

Ésa no era la vestimenta sobria de un hombre de la Iglesia de Inglaterra.

Frunciendo ligeramente el ceño, el duque lo examinó con más atención.

El cura se las arregló para esbozar una trémula sonrisa. Miró a Mary como si quisiera tomarse un respiro de la atenta observación de Rogan.

—Buen Dios, excelencia, ¿se ha hecho daño en el viaje?

—¿Daño? —repitió Mary.

—Se refiere a su barbilla, tesoro —dijo la hermana tocándose la de ella con la yema del índice. Miró al señor Archer sonriendo—. No se ha hecho ningún daño, querido hermano. —Volvió la atención a Mary—. ¿Verdad, excelencia?

La joven se sintió fatal.

Rogan se interpuso entre ella y la ofensiva mujer.

—Señor Archer —dijo en un tono más severo de lo que había pretendido—. Quiero hablar con usted.

El cura exhaló un sonoro suspiro. Dejando caer al suelo de madera su sombrero, se presionó los ojos con las bases de las palmas y emitió un gemido.

—Señor Archer.

—Muy bien, sabía que ocurriría esto. Lo sabía. —Bajó las manos y se agachó a recoger el sombrero—. Venga conmigo. Lo tengo todo en mi maleta.

Acto seguido, se dio media vuelta y echó a andar por el corredor.

Rogan miró a la mujer, que se fue en dirección contraria, hacia la escalera.

—Ése no es asunto mío —les gritó—. Estoy muerta de hambre y desde aquí huelo el beicon frito y las tostadas con mantequilla.

—Por aquí, excelencia —dijo el cura en tono resignado, haciendo un gesto hacia la puerta del final del corredor—. Sé lo que ha venido a buscar.

Rogan pasó el brazo por la cintura de Mary en un gesto protector y la llevó hacia la habitación del cura.

La puerta estaba abierta, y cuando entraron el señor Archer estaba hurgando en una maleta de piel. Sacó un papel y se lo dio a Rogan.

—Ésta es la licencia. Yo en su lugar la quemaría.

Mascullando algo en voz baja, volvió a la maleta y sacó un libro encuadernado en piel. Sin dejar de murmurar, pasó las páginas con líneas numeradas hasta encontrar la que contenía el registro del matrimonio. Cogió un cuchillo pequeño y con él desprendió la página del libro.

—No puede hacer eso —exclamó Mary—. Arrancar una hoja del registro se castiga con la muerte.

—Ah, mujer docta —dijo el señor Archer, dándole la página a Rogan—. Tiene razón. Si éste fuera un verdadero libro de registro de matrimonios, podrían colgarme. —Cerró el libro—. Pero se da el caso de que sólo es mi libro de cuentas domésticas.

—No lo entiendo —dijo Mary, y miró a Rogan a los ojos, como si en ellos fuera a encontrar una respuesta.

Tratando de mantener la serenidad y aplastar el deseo de descuartizar al señor Archer miembro por miembro, él le explicó la demencial verdad.

—Parece que nuestro señor Archer no es realmente un cura párroco.

—Entonces... —se le cortó la voz—, no nos hemos casado.

Al instante él la miró a los ojos, al detectar el pesar y la pena que ella no pudo impedir que impregnaran su voz.

Debería sentirse feliz, jubilosa, dichosa, porque no estaban casados de verdad.

Pero no sentía nada de eso. Se sentía vacía, hueca. Sintió temblar las lágrimas en las pestañas.

—Creo que... necesito sentarme.

Rogan la llevó a sentarse en una silla de madera cercana a la puerta. Después se volvió hacia el señor Archer.

—¿Cómo ocurrió esto? ¿Quién lo organizó? —Cogió al falso cura por el cuello y lo aplastó bruscamente contra la pared—. Dígamelo ahora mismo.

Al señor Archer casi se le salieron los ojos de las órbitas y un gemido ahogado se escapó de su boca abierta.

—¡Rogan, no! —exclamó Mary—. Déjalo hablar, por favor.

El duque retiró las manos como si se las hubiera quemado y retrocedió.

Llevándose las manos al cuello, el señor Archer se deslizó por la pared y quedó sentado en el suelo con las piernas abiertas.

—Le... le dije a Lotharian que era una locura. Pero él estaba seguro de que resultaría bien. —Entonces miró hacia Mary—. Y, a juzgar por el mentón enrojecido de la dama, puede que tuviera razón.

Rogan avanzó un paso.

—¿Qué quiere decir? Será mejor que se explique, Archer.

El duque era un hombre formidable siempre, pero hirviendo de rabia apenas contenida, como estaba en ese momento, resultaba aterrador para el hombre que estaba temblando en el suelo.

—Le debía a Lotharian una buena suma de dinero. No podía pagársela. Así que cuando se me acercó en la fiesta con una propuesta que borraría mi deuda... Bueno, no podía negarme.

Rogan lo miró con la cara contorsionada por la ira.

—¿Qué propuesta fue ésa?

—Necesitaba que alguien se hiciera pasar por cura para celebrar una boda falsa, si todo iba como lo había planeado. Sabía que yo sabría hacerlo. En mi juventud estudié con mi tío, que era párroco, hasta que..., bueno, hasta que se reveló mi verdadera naturaleza. Perdí el dinero de unos diezmos de la parroquia en el juego, mi debilidad. Bueno, eso fue el fin de mi aprendizaje.

Mary se levantó y fue a ponerse al lado de Rogan. Le acarició la mano que tenía cerrada en un puño, aliviándole la tensión que tenía contenida en ella, hasta que aflojó los dedos y los entrelazó con los de ella.

—¿Qué inspiró a Lotharian la idea de organizar esta boda falsa? ¿Qué motivo podía tener?

Archer exhaló un suspiro.

—No conoce bien a Lotharian. Es un jugador de primera clase. No soporta perder. Sabe entender tan bien a una persona que es capaz de predecir sus actos en cualquier situación. Y predijo los suyos, señorita Royle, y también los suyos, excelencia.

Rogan apretó la mano de Mary.

—¿Cuál fue su predicción?

—Sabía que ustedes llevaban anteojeras. Estaban tan furiosos el uno con el otro que no podían imaginarse la posibilidad de que estuvieran equivocados en sus percepciones. Que su apasionada aversión mutua enmascaraba una verdadera pasión. Que estaban hechos el uno para el otro.

Mary sintió subir el rubor a las mejillas. No fue capaz de mirar a Rogan, aun cuando ansiaba saber si él se sentía igual que ella.

Lotharian tenía razón. Era un hombre enrevesado, sin duda, pero había adivinado, había acertado en sus suposiciones.

—Pero ¿para qué la boda? Según su interpretación de nuestras naturalezas, la señorita Royle y yo habríamos comprendido finalmente esa llamada pasión.

—No lo sé. Eso tendrá que preguntárselo a él. Lo único que sé es que la boda falsa no tenía tanta importancia como la persecución que emprenderían por la Gran Carretera del Norte para encontrarme a mí.

—No lo entiendo —dijo Mary—. La utilidad de nuestra persecución era que nos enteraríamos de que no estamos casados.

—No, la utilidad que vio Lotharian era el tiempo que estarían juntos, solos, unidos por una finalidad. El tiempo que tendrían para verse el uno al otro con claridad. El tiempo que tendrían para comprender que el amor no sólo es posible, sino también... inevitable.

Mary oyó el sonido que hizo Rogan al quedársele el aire atrapado en la garganta. Ella no supo qué decir ni qué hacer.

Los dos estuvieron un buen rato en silencio, hasta que Rogan echó a andar hacia la puerta, llevándola con él.

—Nos volvemos a Londres. Inmediatamente.

El coche corría veloz por la carretera dejando tras él nubes de polvo subiendo en espirales.

Mary iba sentada inmóvil, con la espalda rígida, en el rincón.

—Tú tampoco lo sabías —dijo.

Lo dijo simplemente como una observación, pero al parecer él lo interpretó como una pregunta.

—Yo diría que eso es bastante evidente. Si no me lo hubieras impedido, habría golpeado a Archer hasta dejarlo inconsciente.

—No fue culpa suya.

—No, la culpa fue de Lotharian, y eso lo tendré presente. —Exhaló un largo suspiro y se inclinó a mirarla a los ojos—. Siento mucho todo esto, Mary.

Ella lo miró interrogante.

—¿Que lo sientes? Tú no eres el culpable de nada.

—Nada de esto habría ocurrido si yo me hubiera dominado. —Un cierto brillo en sus ojos le dijo a ella que deseaba decir más—: Si no te hubiera deseado tanto esa noche, si no hubiera permitido que mi pasión obnubilara mi lógica, tal vez no habría estado tan dispuesto a hacer lo que fuera por hacerte mía.

Mary se limitó a mirarlo, muda.

—Lotharian tenía razón, al menos acerca de mis sentimientos por ti. Nunca te he odiado. Te deseaba. Te deseé desde el momento en que te vi por primera vez en el jardín. Sólo que no podía reconocer eso ni ante mí mismo.

Al oír esas palabras a ella le revoloteó el corazón en el pecho.

—Yo tampoco te he odiado nunca. Mmm...

No continuó. No podía decir nada más.

Sabía que, en realidad, ella tenía la culpa de lo ocurrido aquella noche en el coche. Sus deseos, sus pasiones, sus inmorales sueños cobraron vida.

Pero confesar eso sería demasiado.

Por lo tanto, intentó cambiar el tema, buscando uno menos serio, que relajara la tensión.

—Sin embargo, sí creía que eras un pícaro libertino.

A él se le alegraron los ojos.

—Y no estabas equivocada. —Volvió la seriedad a sus ojos—. Pero ya no soy ese hombre.

Mary lo miró pensativa. Pasado un momento dijo:

—No, creo que no lo eres.

Rogan alargó la mano y se la puso en el brazo.

—Entonces no hay ningún motivo para que no nos casemos.

—Salvo uno.

—¿Cuál?

—El amor.

Cuando llegó a Berkeley Square esa noche, sus hermanas no estaban en casa, pero como estaba agotadísima, cansada muy cansada, la soledad le venía muy bien.

La señora Polkshank le llevó una cena fría al dormitorio. Aunque apenas había comido en todo el día, no tenía apetito, así que comió muy poco.

Cuando terminó de comer y se metió en la humeante bañera de asiento que le había llenado Cherie.

Levantando la mano izquierda observó bajar el agua jabonosa por los dedos y pasar por encima del anillo de oro que le había puesto Rogan.

Intentó quitárselo. Tenía que devolvérselo por la mañana. Lo giró, tratando de pasarlo por el nudillo, pero con el agua caliente se le habían hinchado los dedos y el anillo se negó a salir.

La invadió una intensa tristeza, cruda, primitiva.

Habría aceptado casarse con Rogan cuando él se lo propuso en el coche. No habría necesitado ni pensarlo.

Lo único que tenía que decir él era que la amaba.

Pero no lo dijo.

Le aumentó el dolor que sentía en el corazón hasta hacerse corrosivo, punzante.

La estremeció un sollozo y se permitió llorar, llorar de verdad, meciéndose en la bañera.

Cherie entró a toda prisa en el dormitorio, la ayudó a salir del baño, la envolvió en una toalla y la llevó a la cama.

Cuando la joven criada apagó las velas y salió, Mary se acurrucó de costado y hundió la cara en la almohada.

Entonces recordó algo y se sentó.

Rogan no le había confesado su amor.

—Pero yo tampoco.

Capítulo 18

A la mañana siguiente, cuando Mary bajó la escalera, muy temprano, no tenía la menor intención de sentarse a desayunar con sus hermanas.

Tenía una misión. Bien podía decir que era la más importante de su vida.

De todos modos, sí tenía pensado hacer una rápida incursión en el comedor. Necesitaba un poco de mantequilla. El tozudo anillo de bodas seguía negándose a deslizarse por su dedo hinchado.

Sólo hacía una hora que había salido el sol, tiempo suficiente para asearse y vestirse. Pero incluso con la ayuda de Cherie y sus ágiles dedos, había tardado mucho más que lo habitual en arreglarse.

Tenía que llevar el peinado perfecto, la ropa bien planchada. Se había puesto un collar de perlas de tres vueltas, regalo de su padre hacía muchos años.

Era importante para ella estar lo más guapa posible cuando le pusiera el anillo en la mano a Rogan. Porque su verdadera finalidad no era devolverle lo que le pertenecía, sino confesarle sus sentimientos por él.

Decirle que lo amaba.

Se estremeció con sólo pensar en ese momento. ¿Qué haría y qué diría si él no contestaba de la manera que esperaba?

Buen Dios, ¿y si él sólo le decía «Gracias» y nada más?

Fuera como fuera, tenía que devolverle el anillo. Si tenía suerte, pronto volvería a ver el anillo en su dedo, cuando él reconociera su amor por ella.

Si no, bueno, en todo caso el anillo nunca había sido realmente suyo.

Debido a que era tan temprano y sus hermanas habían estado hasta tarde fuera, no se asomó a la puerta del comedor antes de entrar a coger un poco de mantequilla. Eso resultó ser un error.

—¡Te has levantado! —exclamó Elizabeth; se puso en pie de un salto y corrió hacia ella—. La señora Polkshank nos dijo que habías llegado a casa.

Anne también se levantó a abrazarla.

—Y que anoche prácticamente caíste desplomada —dijo mirándola preocupada.

Mary hizo una respiración larga y profunda.

Su deseo había sido esperar hasta después de su visita a Rogan para decirles a sus hermanas que la boda sólo había sido un engaño.

Tenía que realizar su misión primero. Sabía muy bien que hablarles de lo que pensaba hacer no les parecería bien, sobre todo a una de ellas. Que una damita visitara a un hombre soltero, bueno, simplemente estaba en contra de las reglas del decoro, como le recordaría Anne sin duda.

—Debo deciros una cosa. Algo horrendo.

—¿Que la boda fue una farsa organizada por Lotharian? —preguntó Elizabeth antes que pudiera decir una palabra más.

La miró muda de asombro.

—Pues sí. ¿Cómo lo sabes?

—Lady Upperton nos lo contó todo. Está muy furiosa con Lotharian.

—Le pareció reconocer al cura durante la ceremonia —añadió Anne—. Sólo después recordó que lo conoció en una de las reuniones de lady Carsington para jugar al faro. Cuando se lo dijo a Lotharian, él le confesó su ardid, aunque seguía creyendo que había hecho lo correcto.

—Dijo que si no hubiera actuado rápido... —empezó Elizabeth y se interrumpió para seguir con la mirada el lento avance del mayordomo en dirección a Mary, con una enorme bandeja para el té llena de tarjetas y el *Morning Post*—. Como iba diciendo, dijo que pensó que si no actuaba rápido ni tú ni el duque comprenderíais jamás que estáis hechos el uno para el otro.

—Excelencia —dijo MacTavish—, le han llegado algunas tarjetas.

—Déjalas en la mesa, por favor —dijo Mary. Entonces cayó en la cuenta del tratamiento que le había dado el mayordomo—. MacTavish, ¿por qué me has llamado «excelencia»?

Anne lo miró con los ojos entrecerrados.

—¿Estabas tal vez escuchando nuestra conversación?

El mayordomo negó con la cabeza.

—No, señorita. Ocurre que esta mañana me fijé en la columna «Se dice» del diario. —Extendió el diario y puso el dedo en una columna de la primera página—. Aquí está.

Elizabeth cogió el diario y leyó en voz alta el titular en negritas de la columna:

—«La señorita Royle se casa con el duque en una ceremonia sorpresa.» —Miró a Mary—. ¿Acaso hubo... tal vez hubo otra ceremonia sorpresa?

Mary negó lentamente con la cabeza, y fue a sentarse en la silla que tenía más cerca al lado de la mesa.

Anne se dio palmadas en las dos mejillas.

—Uy, no. Mary, tu reputación va a quedar por los suelos cuando se sepa que la boda fue falsa. Nuestras reputaciones también. Nadie va a desear relacionarse con la familia Royle.

Justo entonces sonó un fuerte golpe en la puerta de la calle.

Las tres se miraron preocupadas y luego gritaron a la vez al mayordomo, que ya había desaparecido en el corredor en dirección al vestíbulo:

—¡No abras!

—Demasiado tarde —dijo la sonora voz de Rogan desde la puerta del comedor.

Mary lo miró incrédula.

—Rogan.

—¿Podríamos hablar en privado? —preguntó él.

En la mano tenía un ejemplar de la *Gazette*.

Ella apoyó las palmas en la mesa y se levantó.

—Podemos hablar en el salón. —Al pasar por su lado levantó la vista a sus cálidos ojos castaños y le hizo un gesto indicándole que la siguiera—. Por aquí, por favor.

Sentado frente a ella, Rogan tamborileó los dedos sobre el diario doblado que tenía equilibrado sobre el muslo.

—Mary, no sé cómo se enteró alguien de la ceremonia en los Salones Argyle. Pero ya no podemos hacer nada respecto a la columna. Ya todas las personas de importancia han leído lo de nuestra «boda».

Frustrado, echó hacia atrás la cabeza, pero el sofá había sido diseñado para señoritas bajitas, por lo que el respaldo era demasiado bajo para él. Esa frustración se sumó a la otra.

—Podríamos pedir una retractación.

—Eso sólo aumentaría el interés por nuestra situación y la curiosidad por conocer más detalles. —Se inclinó a cogerle la mano—. No, creo que sólo tenemos un camino para evitar la deshonra de nuestras familias: debemos casarnos.

—¿Qué?

—Lo siento, pero debemos hacerlo, y hemos de actuar de forma rápida y discreta.

Mary lo miró con los ojos redondos y dorados como el sol. Asintió sumisamente.

—Si no hay..., si no podemos hacer ninguna otra cosa...

De pronto él sintió el corazón muy pesado, oprimido. Había esperado que ella se mostrara algo más feliz por la perspectiva de compartir su vida con él.

—Es nuestra única opción —dijo al fin.

A ella le brillaron los ojos por las lágrimas retenidas.

—Muy bien.

¿Tan terrible era la idea de casarse con él que la hacía llorar?, pensó él. Tragó saliva y se apresuró a levantarse.

—Le ordenaré a mi abogado que vaya a Doctor's Common y consiga otra licencia especial en cuanto abran la oficina del arzobispo el lunes. Mientras tanto, buscaré un clérigo. ¿Tienes alguna preferencia?

Ella sonrió mansamente.

—Cualquiera que no sea el señor Archer irá bien. —Entonces, como si acabara de pasarle algo por la cabeza, se cogió el anillo de bodas e intentó quitárselo—. No quiere salir, Rogan. Lo he intentado, pero tengo hinchado el dedo. Es como si quisiera quedarse ahí eternamente.

—Y se quedará ahí —repuso él dulcemente—. Enviaré el coche a las tres de esta tarde. ¿Es tiempo suficiente para ti?

Mary se levantó y lo siguió hacia el vestíbulo.

—¿Tiempo suficiente para qué?

—Bueno, para que hagas tu equipaje.

—¿Para qué voy a hacer mi equipaje? —preguntó ella agrandando los ojos.

—No estemas verdaderamente casados, pero si queremos proteger los nombres de nuestras familias, debemos dar la apariencia de que ya somos marido y mujer. —Para que no hubiera ningún malentendido, se lo dijo más claro—: Mary, debes mudarte a mi casa. A mi dormitorio.

—¡A tu dormitorio! —exclamó ella dándose una palmada en la frente—. No lo dices en serio.

—Los criados hablan, y puesto que no sabemos quién envió la información al diario para esa columna, no podemos permitirnos correr riesgos innecesarios.

Mary se limitó a mirarlo.

—¿A las tres entonces?

Ella se presionó las sienes con las yemas de los dedos.

—S... sí. Estaré lista.

El sol abrasador que caía sobre Londres había llevado a una numerosa muchedumbre a Hyde Park, a sentarse bajo los árboles cerca del Serpentine para saborear la brisa, si soplaba alguna.

Y ahí habría estado Mary a las tres de la tarde como solía hacer la mayoría de los días.

Pero ese día no.

Ese día estaba sentada junto al par de ventanas abiertas del salón, abanicándose mientras esperaba que llegara el coche de Rogan, que la llevaría con sus pocas pertenencias a su casa en Portman Square.

Cherie ahuecó un cojín y lo acomodó tras la espalda de la tía Prudence. Después le sacó de la mano el vaso vacío de cordial. Se dirigió a la puerta, pero a medio camino pareció cambiar de opinión, porque corrió hasta Mary y le apretó la mano. En los ojos de la joven criada se veían venillas rojas, como si hubiera estado llorando.

Mary dejó el abanico en su falda y le dio una palmadita en la mano.

—No te entristezcas, Cherie. Nos veremos con frecuencia, te lo prometo.

La muchacha negó enérgicamente con la cabeza. Se tocó el pecho con el índice.

—¿Qué intentas decirme? No lo entiendo.

Cherie retiró la mano y salió corriendo de la sala. Pasados unos dos minutos volvió y le dio un trozo de papel vitela con algo escrito. Mary lo puso a la luz de la ventana y leyó: «Lord Lotharian me envió aquí para vigilarla.»

¿Qué significaba eso? Miró a Cherie.

—¿Lotharian te envió aquí para que nos espiaras a mí y a mis hermanas?

—Le dije que era una espía —dijo la señora Polkshank, entrando a dejar una bandeja con té en la mesita del lado del sillón de la tía Prudence—. Pregúntele si es francesa. Apuesto a que lo es.

—Señora Polkshank, vaya a llamar a mis hermanas, por favor. Quiero hablar en privado con Cherie, si no le importa.

—Sí, señorita Royle —dijo la señora Polkshank, y salió al vestíbulo mirándolas por encima del hombro al tiempo que caminaba.

Justo entonces Mary cayó en la cuenta de que había visto a Cherie antes.

—¡Zeus! Tú nos serviste el té cuando fui con mis hermanas a visitar el Club de los Viejos Libertinos.

La joven criada asintió y bajó los ojos, fijándolos en el suelo.

—¿Y llevas todo este tiempo informando a Lotharian?

Cherie negó enérgicamente con la cabeza y levantó un dedo.

—Una vez. Le llevaste un informe una vez —dijo Mary pensativa—. Una vez. ¿Qué informe fue ése?

La muchacha movió lentamente el dedo y le tocó el anillo de bodas; después le levantó la mano y se la colocó sobre el corazón.

—¿Le dijiste que yo amaba al duque?

Cherie no contestó, pero ella vio la respuesta afirmativa en sus ojos.

Así fue como Lotharian se enteró de sus sentimientos. Y seguro que así se enteraba de la verdadera naturaleza de las personas. Espiaba.

Era un jugador, un jugador bueno, consumado, al parecer. Sabía que para ganar se debe dejar lo menos posible a la casualidad.

De repente la pequeña criada mágica se quedó muy quieta, como si hubiera oído algo.

Entonces ella oyó algo también. Desvió la atención al corredor. Una de sus hermanas bajaba la escalera. Volvió la atención a Cherie.

—¿Eso es lo único que le dijiste?

«Sí», dijo Cherie, moviendo los labios en silencio.

—¿Deseas continuar aquí, con mis hermanas?

«Sí.»

—Entonces esto debe quedar entre nosotras. Y debes prometer que nunca más vas a contarle a nadie lo que ocurre en esta casa. ¿Entiendes?

Cherie asintió, sonrió y salió a toda prisa.

En ese instante Mary vio que la tía Prudence la estaba mirando con los ojos medio abiertos.

—Tía Prudence, ¿estabas escuchando?

—Te sorprendería lo mucho que oigo cuando piensan que estoy dormida —dijo la anciana. Entonces sonrió traviesa—. Pero no te preocupes, Mary. Tengo propensión a olvidar cualquier secreto antes de volver a cerrar los ojos. Así que sigue hablando.

En el instante en que Elizabeth entró en el salón, la tía Prudence cerró los ojos, pero continuó sonriendo.

Elizabeth traía una maleta llena con los artículos de tocador de Mary. La dejó junto al único baúl que su hermana iba a llevar a la casa de su futuro marido.

—Me cuesta creer que nos vas a dejar —dijo atravesando la sala y cogiéndole la mano—. ¿Cómo nos las vamos a apañar sin ti?

Mary se obligó a emitir una risita.

—Cariño, no tenéis por qué apañaros sin mí. Nos podemos visitar todos los días si quieres.

—Promete que vendrás. Me parece que Anne va a gastar todo el dinero reservado para los gastos de la casa en menos de un mes. O dos como máximo.

La risa de Mary fue auténtica esta vez.

—La señora Polkshank es muy ahorrativa, así que dudo mucho que tengáis que inquietaros por algo.

—¿Cuándo es la boda? ¿Has sabido algo más?

—No, y dudo que sepa algo mientras no tengamos la licencia especial. —Le apretó la mano y cerró el abanico que tenía en la falda—. Pero te prometo, hermana, que serás la primera en saberlo.

Le soltó la mano a Elizabeth al sentir entrar una suave brisa húmeda por la ventana. Se apoyó en el respaldo y cerró los ojos, disfrutando del frescor del aire en las mejillas.

—Si esta noche fuera a estar en casa, te juro que dormiría en el patio para sentir el fresco aire nocturno.

—Y en lugar de eso, vas a dormir con un duque —dijo Anne desde la puerta.

Mary abrió los ojos y enderezó la espalda.

—No puedo hacer nada respecto a eso, Anne. ¿Preferirías que continuara aquí, arriesgándome a que se corra la voz de que no estoy legalmente casada con Blackstone?

—Noo. Sé que sólo pensabas en mí y en Elizabeth cuando aceptaste la solución del duque. —Bajó los ojos a la alfombra turca—. Espero que me perdones. No puede dejar de angustiarme que ya no vayas a estar aquí.

—Uy, Anne, esto tenía que ocurrir algún día. Simplemente dio la casualidad de que las circunstancias exigieran que fuera hoy.

El *clop clop* de cascos de caballos resonó en la hilera de casas cuando el coche de Rogan entró en Berkeley Square y fue a detenerse ante la casa.

Mary miró por la ventana y, exhalando un suspiro, se levantó. Se le formó un nudo en el estómago cuando vio a Rogan y a un lacayo subiendo la corta escalinata de entrada. Sonó la aldaba, produciéndole un ataque de nervios que la hizo pasar corriendo por entre sus hermanas en dirección a la puerta de la calle.

Abrió y entraron Rogan y el lacayo. Entonces ella se giró hacia sus hermanas para abrazarlas.

—Todos los días. No lo olvidéis, podemos vernos todos los días.

—Y debemos, porque aún tenemos que localizar a lady Jersey —dijo Elizabeth, como si eso fuera el incentivo para que Mary fuera a la casa—. Debemos preguntarle acerca del chal de cachemira.

—¿Lady Jersey? —preguntó Rogan.

Mary sintió arder las mejillas al encontrarse con su mirada.

—Te dije que eso no tiene ninguna importancia.

—¡La tiene! —rebatió Elizabeth—. El chal de cachemira que lord Lotharian enseñó en el salón turco pertenecía a lady Jersey. Estamos seguras, porque es el mismo chal que lleva en el retrato que está en la galería de los Harrington.

Rogan pestañeó sorprendido.

—Recuerdo ese retrato. He de reconocer que este misterio vuestro, Mary, es bastante interesante. —Lo dijo en tono firme, no burlón—. ¿Estás segura de que ese chal que tenéis es el mismo?

Mary hizo varias inspiraciones cortas y bruscas. Estaban ocurriendo muchas cosas; no quería hablar de eso en ese momento, ni con Rogan ni con nadie.

—Eso creo.

—Lo es —afirmó Anne convencida. Ojalá ella pudiera compartir esa fe tan inalterable, pensó Mary—. Ya no es necesario ocultarle nada a Blackstone. Va a ser tu marido.

Rogan le dirigió una sonrisa complacida.

—Gracias, señorita Anne. Pero recuerde —añadió en voz más baja, en tono confidencial, mirando hacia el lacayo que estaba sacando el baúl de Mary del salón— que, por nuestro bien, ya estamos casados.

Entonces captó la mirada de Mary e hizo un gesto hacia la puerta.

Ella le dio un beso en la mejilla a la tía Prudence y a cada una de sus hermanas. Después, sintiendo la mano de Rogan en el codo, se giró lentamente y salió por la puerta en dirección al coche.

Cuando unos minutos después el coche llegó a Portman Square, Mary iba mirando por la ventanilla y vio a Quinn bajando la escalinata ayudado por su bastón, en dirección a un coche que esperaba.

Un lacayo de librea le pasó una pesada maleta al musculoso cochero que estaba en el pescante listo para recibirlo.

Mary se giró hacia Rogan.

—¿Adónde va?

Él se inclinó para mirar por la ventanilla en el instante en que el coche aminoraba la marcha y se detenía ante la puerta. Sin contestar, abrió la puerta y bajó de un salto.

—¿Qué diablos es esto, Quinn? —exclamó, en el momento en que ella se cogía de la mano del lacayo y bajaba los peldaños.

El vizconde se apoyó en el bastón y le puso la otra mano en el hombro a Rogan.

—Me voy al campo. Me pareció conveniente estar unos días fuera para daros tiempo a ti y a la duquesa a instalaros.

—No es necesario que te marches —dijo Rogan, aunque no en un tono muy convencido, le pareció a Mary.

—Ah, pues, sí que es necesario. Creo que ya es hora de que explore mi nueva propiedad. Hacer un reconocimiento del terreno, tal vez ver qué preparativos serían necesarios para hacer la casa apropiada para una familia.

—¿Quieres decir que tú y lady Tidwell...? —Arqueó una ceja sonriéndole con complicidad.

—Todavía no, pero creo que el momento no tardará en llegar. Así que mejor que esté todo preparado, ¿eh?

Quitando la mano del hombro de Rogan, Quinn echó a andar hacia Mary.

—Hermana.

Le hizo una perfecta venia y luego se acercó a besarla en la mejilla.

Mary también lo besó en una mejilla.

—Sabes que todavía no estamos verdaderamente casados —le susurró al oído.

—Rogan me lo explicó todo esta mañana —dijo él en voz baja—. Lamento lo del anuncio en la *Gazette*.

—No tiene importancia —dijo ella, y volvió a poner la boca junto a su oído—: No me opongo a casarme porque amo a tu hermano, y tal vez algún día él me ame también.

Le subió un ardiente rubor a las mejillas. No sabía qué se había apoderado de ella ni por qué sintió esa necesidad de revelar sus sentimientos hacia Rogan a alguien, pero sencillamente fue incapaz de evitarlo.

A Quinn le chispearon los ojos y se giró hacia su hermano enseñando sus blancos y brillantes dientes en una sonrisa.

—¿De qué estáis hablando? —preguntó Rogan pestañeando perplejo.

A Mary se le tensó el estómago, y no se relajó hasta que Quinn sonrió de oreja a oreja, movió el bastón hacia Rogan y comenzó a subir al coche.

—Hasta el miércoles por la mañana —le gritó a su hermano.

Entonces el lacayo cerró la puerta, el coche se puso en marcha y Mary se quedó mirando rodar las ruedas hasta que el vehículo se perdió de vista.

Rogan la miró con las cejas arqueadas.

—¿Entramos, cariño?

En los labios de ella jugueteó una sonrisa cuando le cogió el brazo para subir los tres peldaños hasta la entrada.

El lacayo los adelantó y les abrió la puerta.

Rogan se detuvo a mirarla con expresión muy traviesa y de pronto la levantó en los brazos y entró en la casa.

—Bienvenida a tu nuevo hogar, mi duquesa.

Capítulo 19

El resto del día pasó más rápido de lo que Mary podría haberse imaginado.

Sentada ante una mesa Pembroke cerca de una de las ventanas de su dormitorio, estaba contemplando los colores anaranjados que daba la luz del crepúsculo a las casas de Portman Square.

Todas las habitaciones de la casa estaban elegantemente amuebladas y decoradas con exquisitas telas de vibrantes colores y excepcionales obras de arte. Había varios muebles de enorme tamaño, que, según le explicó Rogan, se habían diseñado especialmente para él, teniendo en cuenta su extraordinaria altura.

Le costaría un poco acostumbrarse a la magnitud de esos muebles especialmente diseñados. Se dio cuenta de eso por primera vez cuando, después de ser presentada al personal de la casa, se sentó en el enorme sofá del salón.

Sorprendida, comprobó que los pies le quedaban colgando a unas cuantas pulgadas del suelo, y se sintió casi tan pequeña como la bajita lady Upperton.

Paseó la mirada por el dormitorio y la posó en la enorme cama situada entre las ventanas. Era inmensa y de construcción sólida, muy parecida al propio Rogan.

De pronto, horrorizada, se sorprendió imaginándose que él la levantaba en los brazos, desnudo (él le había dicho que no le gustaba usar ropa de dormir), sus músculos tensos y duros, y la llevaba a la cama mirándola con una expresión pícara en los ojos.

¿Cuánto faltaría para su noche de bodas?

Sonriendo con ese pensamiento, abrió la maleta que le había preparado Elizabeth y comenzó a poner botellas, horquillas y frascos sobre su tocador provisional. Desdobló un pañuelo ribeteado con encaje y se secó las gotas de sudor de las sienes.

—Hace bastante calor dentro de la casa, ¿verdad?

Se giró y vio a Rogan en la puerta, mirándola.

—Si has terminado, ¿qué te parece si te reúnes conmigo en el patio para tomar algún refrigerio? Corre una brisa que agita las plantas del jardín.

Ella le sonrió.

—Me parece una gran idea. Iré dentro de un momento.

Cuando oyó los pasos de Rogan bajando la escalera, cogió el espejo de mano de la mesa y se miró.

¡Maldición! Tal como temía, tenía las mejillas tan rojas como el sol poniente.

Miró por la ventana y vio que gran parte del color ya había desaparecido del cielo.

Las fachadas de las casas del otro lado de la plaza parecían cubiertas por un delgado velo gris, pero los callejones entre ellas se veían negros como un tintero.

Exhaló un suspiro de alivio.

En la creciente oscuridad no se verían tan claramente sus ardientes mejillas.

Se pasó una mano por la cara. Eso esperaba al menos.

* * *

Cuando llegó a la planta baja, la casa, que toda la tarde había estado llena de apresuradas criadas y ajetreados lacayos, parecía estar absolutamente desierta.

Caminando por el oscurecido corredor, se asomó a todas las salas y cuartos, pero no vio a nadie.

La casa estaba a oscuras. No vio ni una sola vela encendida en su camino hacia las puertas cristaleras que llevaban al patio.

—¿Rogan? —llamó nerviosa.

Bajó la manilla, abrió y salió al patio.

Se oía el canto de los grillos en la noche y el aire estaba ligeramente impregnado con aromas de lilas y rosas. Pero él tampoco estaba ahí.

—Rogan, contéstame, por favor. ¿Estás aquí?

—Aquí, cariño.

Se giró hacia el sonido de su voz ronca, profunda, y entrecerró los ojos para distinguir algo en el exuberante jardín que se extendía a lo lejos.

Ahí. La luz de una linterna parpadeaba en la distancia; un faro en la oscuridad.

Echó a andar por un sendero de conchas trituradas, adentrándose en el jardín, acercándose a la luz.

Él ya tenía que estar cerca, justo al otro lado de un enorme nogal.

Salió del sendero y sintió el roce de ramitas de hiedra que intentaron enroscársele en los tobillos.

—¿Rogan?

Apoyando la mano en el áspero tronco, asomó la cabeza por los dos lados. La luz había desaparecido repentinamente.

La luna estaba comenzando a elevarse en el cielo, y por entre las ramas del nogal pasaba su tenue luz azulada.

Frente a ella vio moverse algo en un pequeño claro.

—¿Rogan? ¿Eres tú el que está ahí?

Caminó a toda prisa hacia esa parte con hierba que había visto, y cuando llegó al lugar, se quedó inmóvil y retuvo el aliento, para escuchar.

¿Dónde estaba?

De repente, unas manos grandes y callosas se deslizaron por sus hombros, desde atrás, y suspiró de placer.

—Ah, aquí está mi diosa —le surrurró él—. Mi estatua de jardín.

Sintió húmeda su boca en la oreja y su aliento caliente en la piel del cuello.

—¿La luz de la luna hará cobrar vida a mi estatua como hizo en otra ocasión?

Mary cerró los ojos y se apoyó en él, disfrutando de esa cercanía de su cuerpo con el de él.

—Rogan —musitó.

—Tal vez un beso podría incitarla. Lo intentaré.

La giró hacia él. Bajó lentamente las manos hasta cogerla por la cintura y la atrajo hacia él.

—No, no podemos, los criados. —Le puso las manos en el pecho y lo empujó—. No deberíamos...

—No están —sonrió él—. Los envié a todos a ver la función especial por la victoria en el Anfiteatro Astley, lo que significa que volverán cuando sea muy, muy tarde.

Ella emitió un suave gemido de protesta porque eso era lo que debía hacer una damita soltera, pero su falsa protesta fue ahogada por los labios de Rogan.

Cuánto lo deseaba. Arqueó el cuerpo, apretándolo contra el de él, y se entregó a su dulce beso.

Él apartó la boca, apenas un dedo, para susurrarle:

—Te necesito, Mary. Te necesito en mi vida. Sólo lamento no haberlo comprendido antes.

Ella echó hacia atrás la cabeza y le sonrió.

—¿Antes de nuestra ceremoniosa no boda?

Entonces posó los labios en los de él deslizando sensualmente las manos por los músculos de su abdomen.

Santo cielo, no debería hacer eso. Besarlo, acariciarlo, como estaba haciendo, la llevaría por un sendero de no retorno.

Pero esa noche no le importaba.

Rogan iba a ser su marido.

Esta vez no había ninguna duda.

Por lo tanto, dio rienda suelta al deseo que llevaba tanto tiempo reprimiendo. Bien dispuesta, ansiosa.

Con ágiles dedos le subió la camisa de linón, le sacó fuera los faldones, y entonces introdujo las manos por debajo y deslizó las palmas por su tersa piel.

Él se estremeció por el placer de esa caricia y la estrechó con fuerza contra su cuerpo.

Por suerte, debido al calor de la noche, supuso, él no llevaba corbata y tenía la camisa abierta en el cuello.

Mary le mordisqueó suavemente la piel por la larga columna del cuello, sintiendo su sabor salobre y le besó el pulso que sintió latir ahí. Pero sus manos, sus brazos, seguían deseando el contacto con su cuerpo.

Deseaba más. Lo deseaba todo entero.

Le cogió la camisa y se la tironeó hacia arriba.

Un primitivo destello de excitación brilló en los ojos de él. La soltó y se subió la camisa, la pasó por los hombros y se la quitó.

Entonces miró ávidamente su vestido de lino blanco, y a ella se le aceleró la respiración.

Sopló una repentina brisa, revolviéndole el pelo y aplastándole el vestido contra su excitado cuerpo.

El frescor de la brisa sobre su piel caliente le endureció los pezones.

Al instante la mirada de él se centró en las duras puntitas que le empujaban la fina tela del vestido. Con la yemas de los dedos siguió la curva de uno de sus pechos y luego ahuecó la palma sobre él, frotándole con el pulgar el pezón erecto.

Mary ahogó una exclamación al sentir esa ardiente caricia y sus pensamientos lujuriosos aumentaron hasta el límite su excitación. Leventó la cabeza y lo miró.

—Yo también te necesito —musitó.

Él ahuecó una mano en su nuca y con la otra le bajó el corpiño por los brazos y repitió la operación con la camisola, dejándoselos a la altura de la cintura.

Por instinto ella se cruzó de brazos cubriéndose los pechos.

Él levantó una mano y le acarició la mejilla, mirándola intensamente a los ojos.

—No tienes nada que temer de mí.

Deslizó suavemente la mano por su cuello y continuó hacia abajo hasta llegar a sus brazos, que apartó ligeramente. Entonces deslizó las yemas de los dedos por la tersa piel de su pecho.

La sensación la hizo cerrar los ojos.

—No te temo —dijo en voz baja, mezclada con un suspiro—. Te deseo.

A él se le quedó atrapado el aire en la garganta ante esas simples palabras.

—Oh, Mary.

El sonido de su nombre, envuelto en su cálido aliento, le rozó el cuello. Los labios húmedos de él siguieron esa ruta, presionados contra su piel.

Ella dejó caer la cabeza hacia atrás y el pelo se soltó de las horquillas cayéndole en una oscura cascada por la espalda.

La mano con que él le presionaba firmemente la cintura subió por su espalda hasta ahuecarse en la nuca. Le levantó la cabeza, acercando su cara a la de él, y la besó con avidez.

Sin dejar de besarla, retiró la mano de su pecho y de repente se la pasó por detrás de las rodillas, la cogió en brazos y la depositó suavemente sobre la hierba.

De pie a su lado, contempló con deleite su cuerpo con sus ojos oscuros y ardientes.

Ella ya estaba jadeante de deseo. Levantó una mano, suplicándole.

Entonces él se arrodilló a su lado y ella aprovechó para rodearle el cuello y bajarlo a su altura. Posó sus labios en los de él y luego introdujo la lengua en su boca.

Estaba tan duro como la maldita piedra que tenía debajo de la rodilla.

Sería necesaria una ley de la Iglesia y la Corona para refrenarlo en ese momento.

Mary se arqueó y con las dos manos lo apretó más contra ella.

No cabía duda de su disposición, de su deseo y su pasión. Lo deseaba tanto como él a ella.

En ese momento.

Rodó hacia un lado y, besándola ávidamente, cogió las capas de falda y enaguas y se las subió hasta la cintura; desnudándola para sus manos.

Ella suspiró cuando él ahuecó la mano en la corva de su rodilla y la arrastró hacia él, separándole las piernas.

Lentamente deslizó la mano por entre sus blancos muslos, y después fue ascendiendo poco a poco hasta que sintió en la palma la caliente humedad de su entrepierna.

Mientras él pasaba los dedos por el vello de su sexo, ella presionó firmemente la pelvis contra su mano.

Sintiéndola mojada por la excitación, Rogan deslizó el índice por la hendidura y lo movió en círculos por la pequeña protuberancia carnosa.

Mary agrandó los ojos. Se tensó y le cogió sin fuerza la muñeca, intentando apartarle la mano.

—Rogan.

Afirmándole el brazo con el hombro, él se soltó la mano, la besó en la boca y continuó explorándola con los dedos.

Le introdujo dos dedos en la vagina, los retiró y volvió a introducirlos de nuevo, y así continuó, sintiendo contraerse los músculos interiores alrededor de los dedos.

Mary se retorció, gimiendo de frustración. Se movió, tratando de apretarse contra su cuerpo.

—Rogan, por favor.

Le pasó el brazo por el hombro y con todas sus fuerzas intentó atraerlo para que se colocara sobre ella.

Él comprendió que deseaba sentir su peso, que deseaba sentirlo dentro de ella.

Saber que Mary lo deseaba fue su perdición.

Retiró los dedos mojados y se apartó para soltar los dos botones que le aprisionaban el miembro. El pene erecto saltó libre.

La mirada de ella recayó sobre su miembro y se le agrandaron los ojos. Pasado un momento, se calmó y levantó la mano.

Él supuso que lo iba a acariciar en la cara, pero ella dobló la mano alrededor de su pene duro y se lo frotó firmemente mientras él se posicionaba entre sus piernas.

Sorprendido, hizo una corta inspiración.

—¿Dónde aprendiste esa maniobra, en ese libro que llevas contigo para todas partes?

Ella le sonrió traviesa.

—Bueno, claro. Trata de enfermedades parasitarias, disentería, infecciones contagiosas, etcétera y, ah, lógicamente, de cómo seducir a un duque.

—¿Dice algo sobre cómo seducir a una diosa?

—Ni una palabra.

—Entonces me parece que tendré que aprender, probando y equivocándome muchas veces.

Le sonrió travieso y luego le miró la satinada piel de los muslos. Se los separó más, deseando introducirse en ella hasta el fondo en ese mismo instante.

Desvió la mirada hacia su cara. Su expresión era la de una inocente, y eso le recordó que, a pesar de su naturaleza apasionada, no tenía ninguna experiencia en las maneras de hacer el amor.

Pero, claro, aunque había llevado a la cama a tantas mujeres que ya no recordaba el número, él tampoco tenía experiencia.

Hasta esa noche nunca había estado con una mujer a la que amara.

Y a Mary la amaba de verdad.

Sintió un escozor en los ojos al comprender lo que de verdad sentía por ella. Por primera vez en su vida, sabía lo que significaba estar enamorado.

Amor.

El Duque Negro estaba enamorado.

Y cuando sus ojos se encontraron con los de ella, supo con todas las fibras de su ser que ella también lo amaba.

—Rogan, te deseo —resolló ella moviendo más rápido la mano alrededor de su miembro y guiándoselo hacia su entrepierna—. No deseo esperar.

Maldición. Así no.

No como la última vez, la primera de ella.

Tenía que ir despacio, con suavidad, aun cuando su miembro ya se mostraba impaciente.

Observándole atentamente la cara, Rogan le acarició con un dedo el lugar más sensible. Sintió cómo le apretaba las rodillas con los muslos, como si por reflejo quisiera juntar las piernas.

Le acarició otra vez, suavemente, moviendo el dedo en círculos y poco a poco fue aumentando la presión y el ritmo.

Mary cerró los ojos. Giró hacia un lado la cabeza y enterró los dientes en el labio inferior.

Sí, eso era lo que deseaba para ella. Y más, mucho más.

Aumentó la rapidez de los círculos, mientras se incorporaba lentamente hasta quedar de rodillas, y entonces bajó la cabeza por entre sus temblorosos muslos hasta posar la boca en su entrepierna.

Ella resolló y le cogió la cabeza entre las manos, como si quisiera apartársela. Entonces él comenzó a lamer y ella hundió los dedos en su pelo.

Cuando Rogan metió los dedos en su estrecha abertura, ella gimió y por instinto lo apretó más contra ella. Y así continuó, lentamente, retirando e introduciendo los dedos, haciéndola retorcerse presa de un salvaje placer, al tiempo que movía la lengua sobre la pequeña protuberancia.

—Rogan, Rogan, basta por favor. Te necesito a ti.

La voz le sonó ronca de deseo.

Ansioso por complacerla, se incorporó, apoyándose en las manos. Tenía el miembro tan duro y vibrante de necesidad que le dolía.

Doblando los codos, le besó el vientre. Mary le rodeó el cuello con las manos e intentó subirlo hacia ella. Mientras ascendía por su cuerpo, Rogan le besó el torso y lamió y succionó sus pechos. Entonces ella le hizo ascender hasta su boca.

Apoyando el peso en una mano sobre la hierba junto a su hombro, Rogan bajó la otra para posicionar el miembro duro entre sus pliegues. Le acarició con la punta redondeada del pene, mojándola con su esencia. Entonces le levantó las nalgas y la penetró.

Ella suspiró y agrandó los ojos mientras su cuerpo aceptaba el de él, lento pero seguro.

Rogan detuvo el movimiento, al sentir apretarse sus músculos interiores alrededor de su miembro, y entonces embistió preso de la pasión. Cerró los ojos y combatió el increíble deseo de poseerla de forma rápida y salvaje.

Mary arqueó las caderas. Deseaba sentirlo más dentro de ella. Rogan gimió y continuó embistiendo a un ritmo lento y sensual.

Ella pasó los brazos por debajo de los de él y le rodeó la espalda, apretándolo más y más contra ella.

Más fuerte, más rápido, más profundo.

En un solo movimiento, que lo sorprendió, ella levantó la rodilla y pasó la pierna por su espalda. Apretó con fuerza la pierna, apremiándole a profundizar más sus embestidas.

Los músculos interiores se apretaban y apretaban alrededor de su miembro. Ya no podía esperar más.

Levantándose apoyado en las manos, embistió fuerte, enterrándose en su abrasador calor. Suaves y cortos gemidos de placer salían por la boca de ella mientras él la penetraba una y otra y otra vez.

De pronto ella gritó su nombre, y a él se le tensó el cuerpo y eyaculó.

La besó en la boca y mientras acomodaba la cabeza en la curva de su cuello creyó oírla decir algo, pero no, no era posible que hubiera dicho eso.

Sería esperar demasiado.

Entonces ella le besó la oreja y volvió a susurrar:

—Te amo, Rogan.

Capítulo 20

Cuando despertó a la mañana siguiente, Mary se encontró sola en la enorme cama, o, mejor dicho, en la cama de su futuro marido. Sonrió dichosa.

Tal vez algún día, muy pronto, usarían la cama para hacer algo distinto de dormir. Pero hasta entonces siempre había jardines y coches. Se rió para sus adentros.

En todo caso, ya era como si estuvieran casados.

Bueno, habían tenido una ceremonia, aunque fuera ilegal, a la que habían asistido familiares y amigos. El matrimonio ya estaba consumado. Y ella tenía el anillo.

Sonriendo, levantó la mano para mirárselo.

El anillo no estaba en su dedo.

¡Maldición!

Un estremecimiento la recorrió, se levantó de un salto de la cama y sacó la colcha y las sábanas.

Sacudió las almohadas, las tiró al suelo y pasó las manos por el colchón.

Buen Dios, no estaba por ninguna parte. ¿Cómo lo había podido perder? Había estado más de un día intentando quitárselo y siempre se negaba a salir.

¿Por qué ahora, cuando lo necesitaría en cualquier momento?

Entonces se le ocurrió. El jardín. Debió caérsele cuando estaban allí la pasada noche.

Descalza y sólo cubierta con el camisón de dormir, salió del dormitorio, bajó corriendo la escalera, siguió por el corredor central y salió al iluminado patio.

—Buenos días, cariño —dijo Rogan. Estaba sentado ante una mesa de hierro cubierta de papeles al lado de otro caballero—. Él es el señor Lawson, mi abogado.

Repentinamente consciente de que no iba vestida, se cruzó de brazos, cubriéndose los pechos, hizo un gesto de asentimiento y sonrió al abogado, azorada.

—Buenos días.

Retrocedió lentamente hacia las puertas cristaleras para entrar en la casa. Cuando tocó el umbral con el talón, alargó la mano hacia la espalda y palpó, buscando la manilla.

—Mary, ¿necesitas algo? —le preguntó Rogan amablemente.

Ella bajó la manilla y la puerta se abrió.

—No, no. No era nada, en realidad. Sólo quería saber si estabas en casa, nada más.

Entró retrocediendo, y empezaba a cerrarse la puerta cuando oyó la voz de Rogan otra vez.

Ocultando su cuerpo casi desnudo detrás del cristal, asomó la cabeza.

—¿Sí?

Vio que Rogan tenía una expresión risueña.

—Recibí una nota de respuesta del párroco de Marylebone. La boda se celebrará aquí, la noche del miércoles. ¿Te va bien?

Olvidando cómo estaba, salió de detrás del cristal.

—¿La noche del miércoles?

—Es mejor que los vecinos no se enteren de que la pareja recién casada se está casando de nuevo.

—Ah, muy bien. Sí, el miércoles me va perfectamente.

Entonces, sin decir otra palabra, entró en la casa y corrió hasta su dormitorio a vestirse.

Buscó en la mesa Pembroke, moviendo todos los frascos de perfumes y botes de polvos. Revisó incluso las costuras y dobladillos del vestido que llevaba la noche anterior.

Nada.

Menos mal que la boda no iba a ser al día siguiente. Tenía hasta el miércoles para encontrar el anillo.

Se vistió rápidamente, pero la inquietud por el anillo la llevaba a pasearse una y otra vez por el dormitorio.

Finalmente comprendió que había tardado demasiado en su arreglo personal.

No le servía de nada dar vueltas y vueltas por la habitación como un animal enjaulado. Ya estaba claro que no iba a encontrar el anillo en el dormitorio.

Era posible que Rogan y su abogado ya se hubieran ido del patio, con lo que quedaba libre para realizar una buena y muy concienzuda búsqueda en el jardín.

Dándose media vuelta, salió del dormitorio, pasó sigilosa por el corredor y empezó a bajar de puntillas la oscura escalera.

Claro que podía confesarle a Rogan la pérdida del anillo, pero él fue tan encantador cuando declaró que esa joya no saldría nunca de su dedo porque estaba destinada a quedarse ahí eternamente.

No, si no lograba encontrarlo, tendría que comprar otro. No sería muy difícil encontrar otro sencillo anillo de bodas. Cualquier joyero de Bond Street tendría uno, ¿no?

Entonces la golpeó la realidad.

Se supone que estoy casada.

Si no llevaba el anillo en el dedo, no podía salir de casa. Si salía, se fijarían en que no llevaba anillo, se propagaría el rumor y podría salir a la superficie la verdad del engaño de Lotharian.

Serían inútiles todos sus planes para la boda secreta.

No, no, no. Necesitaba la ayuda de sus hermanas para encontrar un anillo pronto. Simplemente les enviaría una misiva pidiéndoles que la visitaran lo antes posible.

Bajó corriendo y sólo había recorrido la mitad del corredor cuando oyó la sonora voz de Rogan procedente del patio.

Se volvió y entró en el despacho a buscar papel y tinta para escribir la nota que enviaría a sus hermanas.

Cerca de la ventana del lado de la fachada había una librería-secreter de caoba con los bordes de madera satinada de las Indias y tiradores de bronce en forma de cabeza de león.

Cogió los dos tiradores del cajón central y lo abrió. Dentro había numerosos documentos legales, cartas y, por fin, una hoja de papel vitela.

Lo cogió, cerró el cajón y giró la llave que abría las puertas con paneles de cristal de la librería situada sobre la mitad de atrás del secreter. Sacó un tintero y una pluma.

Lo llevó todo al escritorio de palisandro y se sentó a escribir el mensaje.

—Vamos, fatalidad —exclamó al mirar el papel.

No se había fijado en que por el otro lado ya había algo escrito.

Se levantó, y estaba a punto de meter el papel en el cajón del secreter cuando vio su nombre en él.

Fue hasta la ventana y puso el papel a la luz de la mañana.

Señorita de campo conquista el corazón de un duque.
Una boda Royle

Las dos líneas estaban tachadas. No era el titular del texto, evidentemente. El titular elegido estaba escrito más abajo, subrayado tres veces.

La señorita Royle se casa con el duque en una ceremonia sorpresa.

Cuando leyó el texto escrito abajo y recordó lo que había leído en el diario, la columna que hizo necesaria otra boda, una legal, su humor dio un giro hacia la rabia.

Rogan había escrito el texto de la columna y lo había enviado para que lo pusieran en un lugar prominente en el diaro. Él fue el que hizo el anuncio de la boda.

Dejó el papel en el escritorio de un golpe. Pero ¿por qué? ¿Por qué hizo algo así?

¡Bah! ¿Importaba eso?

No.

Una vez más la había manipulado.

Nada era sagrado para él. Todo era simplemente un juego, una partida de ajedrez.

Salió del despacho, subió corriendo al dormitorio y cogió el libro de enfermedades y remedios de su padre. Dejando ahí todo lo demás, bajó corriendo, salió por la puerta principal y la cerró de golpe.

No sabía, ni le importaba, qué dirían en la alta sociedad acerca de ella, de él y de la falsa boda. En ese momento, todo le importaba un rábano.

Lo único que sabía era que no volvería jamás a esa casa.

Qué suerte para ella haber perdido el anillo de bodas.

Si no lo hubiera perdido, no se habría enterado nunca de lo que hizo Rogan sin ninguna consideración hacia ella ni hacia sus hermanas.

Moviendo furiosa los brazos al caminar, cruzó la plaza en dirección a Oxford Street para volver a su casa en Berkeley Square.

Cuando el señor Lawson se marchó, Rogan se quedó un rato más en el patio. Todo le parecía más agradable ese día: el aire, el sol, su vida.

Con la boca curvada en una sonrisa, se internó en el jardín siguiendo el sendero de conchas con la cara levantada hacia la cálida luz del sol.

Salió del crujiente sendero, se abrió paso por entre la pegajosa hiedra y pasó junto al nogal hasta llegar al claro.

Asintió para sí mismo. Ése era el lugar.

El lugar donde Mary le declaró su amor por él.

Y el lugar donde él haría eso mismo ante Dios y la familia.

Ése era el lugar donde se casarían.

Estaba contemplándolo cuando algo captó su atención, algo que destellaba como haciéndole guiños por entre las tiernas hojas verdes de hierba. Se acuclilló y lo cogió: era un anillo de oro.

El anillo de Mary.

Debió caérsele esa noche mientras hacían el amor.

Se levantó y lo frotó en su chaqueta para abrillantarlo.

Entonces comprendió. Cuando Mary salió corriendo al patio sólo con el camisón de dormir y con la cara afligida, acababa de darse cuenta de que el anillo se le había salido del dedo.

Sonrió. Probablemete en ese mismo momento estaba poniendo el dormitorio del revés buscándolo. Giró sobre sus talones y se dirigió rápidamente a la casa.

En el dormitorio estaba todo revuelto, tal como se había imaginado. Las almohadas, las sábanas y la colcha estaban tiradas de cualquier manera en el suelo. Incluso había dado vuelta al colchón. Se echó a reír, imaginándosela haciendo su aterrada búsqueda.

Supuso que estaría buscando el anillo en otras habitaciones, bajó la escalera. No la encontró en el salón.

Tampoco la encontró en la biblioteca, ni en la sala de desayuno, ni en el comedor.

Siguió por el corredor hasta el despacho y asomó la cabeza.

—Mary, ¿estás aquí?

Empezaba a girarse cuando con el rabillo del ojo vio algo fuera de lugar.

Entró y se dirigió al escritorio. Allí cogió el papel que encontró junto a un tintero y una pluma.

Aunque esos útiles para escribir no estaban ahí la noche pasada, sólo con mirar el papel reconoció al instante la letra de Quinn en lo escrito.

Lo levantó para leerlo.

Acababa de empezar cuando cayó en la cuenta, asombrado, de lo que tenía en la mano.

Y lo que había encontrado Mary.

—Infierno y condenación.

Capítulo 21

Cavendish Square

Rogan levantó la vista del sombrero que tenía en la mano y miró la redonda cara de lady Upperton.

—Mary está dolida. No quiere verme, no acepta mis tarjetas ni mis mensajes, y sus hermanas tampoco. Necesito su ayuda. A usted la escuchará.

—Querido niño, a ti también te escuchará. Sólo tienes que darle un verdadero motivo.

—¿Qué mejor motivo hay que el que la amo y deseo pasar el resto de mi vida con ella?

—¿Sí, Blackstone?

—Sí.

—¿Le has dicho eso a Mary?

Él hizo girar su sombrero, pensando en la pregunta.

—No... con palabras. Pero ella conoce mis sentimientos. De eso estoy seguro.

Lady Upperton emitió un bufido.

—Nunca infravalores el poder de las palabras, Blackstone. A veces, cuando más necesitamos oírlas, las palabras son más potentes que los actos.

Rogan reflexionó sobre lo dicho por la anciana. Y era cierto. Cuando Mary le susurró «Te amo» al oído, a él se le expandió el corazón.

Hasta entonces no sabía cuánto necesitaba oír esas simples palabras. Le parecía que había estado esperando toda la vida para oír «Te amo».

—Hablaré con Lotharian. Él te ayudará, Blackstone. —Levantó una mano antes que él pudiera discutir la sabiduría de esa sugerencia—. Vamos, vamos, no me interrumpas. Lotharian necesita redimirse. Desea veros unidos casi tanto como lo deseas tú.

La bajita anciana se estiró hasta el extremo del sofá, tiró de una palanca y salió un escabel de debajo del sofá.

—Has dicho que el párroco puede celebrar la boda el miércoles, ¿verdad?

—Sí. A las diez de la noche.

Ella puso los pies en el escabel, se levantó y de ahí bajó al suelo. Rogan le cogió el codo y caminó junto a ella hasta el vestíbulo de entrada.

—No cambies tus planes —le dijo ella cuando llegaron a la puerta y el lacayo la abrió.

—Pero ¿cómo va a...?

—No, no. No más conversación por ahora. —Le dio una palmadita en el brazo—. Espera mi mensaje mañana. Habrá boda. —Curvó los labios pintados de carmesí—. Ya lo verás. Confía en la pureza del corazón de Mary. No te fallará.

Era miércoles.

Y esa noche Mary se habría convertido en la duquesa de Blackstone.

Pero continuaba encerrada en casa, con las cortinas corridas y la aldaba quitada de la puerta, como si la familia no estuviera residiendo en la casa.

Cuando oyó abrirse la puerta, se levantó del sillón que había al lado de la ventana del salón y se dirigió al vestíbulo para recibir a sus hermanas, que habían ido a Portman Square a coger sus pertenencias.

Lo extraño era que habían vuelto muy rápido.

Cuando llegó al vestíbulo, vio que allí no estaban solamente Elizabeth y Anne.

Quinn avanzó apoyándose en su bastón y con la otra mano tendida hacia ella.

—Mary —dijo con la voz algo temblorosa—. Debemos hablar. Por favor.

Ella miró hacia Anne.

—Acabábamos de llegar cuando el coche de lord Wetherly se detuvo ante la puerta de la casa. Llegaba de su casa de campo para ayudar a su hermano en los preparativos para la boda.

—Pero tus hermanas me dijeron que no habría boda hoy —miró un momento el suelo hasta que reunió el valor para mirarla—, y creo que la culpa de eso es mía.

—¿Cómo puede ser eso?

Al no recibir respuesta inmediata, le hizo un gesto indicándole que la siguiera hasta el salón. Con el rabillo del ojo vio que Elizabeth hacía ademán de seguirlos. Se volvió hacia ella.

—¿Me haríais el favor de subir mis cosas a mi dormitorio? —dijo, con la esperanza de tener un momento a solas con Quinn para oír lo que tenía que decirle sin que sus hermanas lo escucharan todo.

—Ah, no hemos traído tus cosas —dijo Elizabeth, y miró a Anne nerviosa, como en busca de apoyo—. Y te pedimos disculpas por ello, Mary.

Anne retrocedió un paso.

—Quinn estaba seguro de que lo que tenía que decirte pondría fin al malentendido entre tú y el duque —dijo—. Así que le dije a Elizabeth que simplemente volviéramos a casa y dejáramos tus cosas allí. Eso era lo más juicioso, porque todavía es posible que haya boda esta noche.

Mary dirigió a Anne una mirada fulminante, pero sin decir nada se dirigió al salón seguida por lord Wetherly.

Cuando entraron, fue a sentarse en el sofá y le indicó un sillón, pero el vizconde, que se veía bastante nervioso, le dijo que prefería continuar de pie.

—Creí que lo sabías.

—No entiendo, Quinn.

Con los ojos entrecerrados, él miró sus ojos confundidos.

—Te pedí disculpas. Y tú las aceptaste.

Ella puso las manos sobre sus rodillas y se inclinó un poco.

—Habla claro, Quinn, por favor. No recuerdo ninguna disculpa. ¿Qué podrías haber hecho que necesitara una disculpa?

—¿De verdad no lo sabes?

Ella negó enérgicamente con la cabeza, a ver si con eso lograba que él se explicara de una vez por todas.

—Me sentía muy feliz por mi hermano. Feliz de que hubiera encontrado una mujer tan digna de su corazón. —Tragó saliva e hizo una inspiración profunda—. Deseaba que todo el mundo conociera la felicidad de mi hermano, pero eran tan pocas las personas que sabían de la ceremonia. Así que escribí la información sobre vuestra boda en los Salones Argyle y la envié al diario para que la publicaran en la columna.

Mary se levantó de un salto.

—¿Fuiste tú? Pero yo encontré el papel junto con los otros de Rogan en el secreter.

—Lo puse ahí para después poder comparar lo redactado por mí con lo que apareciera en la columna cuando se publicara la noticia de la boda. Supongo que conoces la predilección de los columnistas por embellecer las cosas. Quería estar seguro de que la información que daban era la correcta. Eso era importante para mí.

—Entonces, ¿Rogan no vio el borrador ni supo de la columna antes que se publicara?

—No. —Se encogió de hombros cohibido—. Yo estaba leyendo la columna con la información que había enviado al diario cuando él bajó a desayunar. Yo llegué muy tarde esa noche y no supe si él había llegado o no.

A Mary comenzó a dolerle la cabeza. No deseaba oír más, pero debía. Quinn continuó:

—Cuando Rogan me contó que la boda había sido una farsa organizada por Lotharian, me quedé sin habla. Entonces él cogió el diario y comenzó a leer la columna. Ya estaba en la puerta antes que yo pudiera confesarle mi error. Antes de marcharse me dijo que te llevaría a casa con él. Comprendí que se casaría contigo y que se encarrilarían las cosas.

—¿Por qué no se lo dijiste? ¿O por qué no me lo dijiste a mí?

—Rogan estaba tan feliz. Ah, intentaba no dejarlo ver, pero yo me di cuenta. Nunca había visto a un hombre con el corazón tan lleno. No podía decírselo. Y de todos modos, el artículo ya no tenía importancia. Os ibais a casar.

Mary frunció el entrecejo.

—Espera un momento. Sí que me dijiste lo de la columna. —Levantó un dedo, hurgando en la memoria para recordar sus palabras—. Dijiste que lamentabas lo de la columna. —Lo miró—. Pero yo entendí que lamentabas que se hubiera publicado lo de la boda. No que tú hubieras escrito esa información.

Quinn emitió una risita nerviosa.

—Supongo que en cierto modo me di cuenta de que me habías entendido mal. Sólo esperaba que comprendieras que yo había dado la información cuando leyeras la columna y vieras que el único nombre que faltaba era el mío.

Mary negó con la cabeza.

—Estaba tan conmocionada por las consecuencias de lo publicado en el periódico que no me fijé en eso —dijo en voz baja.

Se dio media vuelta y se dirigió casi sin ver al vestíbulo. Allí cogió su papalina de paja de una percha.

Quinn la había seguido casi pisándole los talones.

—Lo siento, Mary. No puedes imaginarte cuánto.

Ella abrió la puerta y bajó la escalinata.

Oyó los sonidos del bastón de Quinn detrás.

—Tengo que hablar con Rogan. Debo pedirle perdón por haber dudado de él.

—Permíteme que te lleve a Portman Square. Es lo menos que puedo hacer.

Antes que ella pudiera aceptar, MacTavish la llamó desde la puerta abierta.

—¡Señorita Royle! —agitó la misiva cuadrada que tenía en la mano—. Le llegó esto cuando estaba hablando con lord Wetherly en el salón.

—La leeré cuando vuelva —dijo en tono cortante.

—Es del duque, señorita Royle. El lacayo me dijo que le dijera que es muy importante.

Mary se giró, subió corriendo la escalinata y cogió la misiva. Rompió el sello de lacre rojo, extendió el papel y leyó el corto mensaje.

Entonces miró a Quinn.

—Ha ido a Portman Square. ¿Podrías llevarme allí a encontrarme con él?

—Será un honor para mí, señorita Royle.

Los hicieron pasar a la biblioteca, donde estaban la gruesa anciana y lord Lotharian esperando.

Mary paseó la mirada por la sala. No estaba Rogan. Levantó la misiva y se la enseñó a los ancianos.

—Tenía la impresión de que Blackstone estaría aquí.

—Ah, y estará —dijo Lotharian levantándose y tendiéndole la mano.

Ella retrocedió un paso.

—Querida mía, puede que esté algo ofendida conmigo ahora, pero juro que dentro de una hora querrá besarme la mejilla.

—Eso lo dudo mucho, milord. Estos últimos días han sido los más desdichados de mi vida.

—Pero ¿cómo han sido sus noches, querida? —preguntó él haciéndole un odioso guiño de picardía.

Mary ignoró el comentario del viejo libertino y dirigió sus palabras a la anciana.

—Perdone, lady Upperton, pero si Rogan no está aquí, ¿dónde está? Debo hablar con él inmediatamente. Es importante.

—Estoy aquí.

Se giró y vio a Rogan entrando en la biblioteca con una señora mayor de pelo cano cogida de su brazo.

La mujer tenía un porte muy regio y la reconoció al instante; la había visto en alguna parte, aunque en ese momento no logró recordar dónde.

Lord Lotharian y lady Upperton se acercaron a la mujer y comenzaron a hablar con ella. Pero los ojos de Mary estaban fijos en Rogan y no le prestó la menor atención a la dama.

Él se soltó del brazo de la anciana, se disculpó amablemente y caminó hacia ella.

—Mary, tengo que hablar contigo.

Entonces lady Upperton se giró y los cogió a los dos por los brazos.

—Habrá tiempo, todo el tiempo del mundo para que habléis. Pero ahora es el momento de enterarnos de lo que sabe lady Jersey.

—¿Lady Jersey? —exclamó Mary. La miró con atención. Sí, era ella. Era la mujer del retrato de la galería de los Harrington. Sólo que, lógicamente, había envejecido; tenía el pelo cano, no castaño. Y su piel blanca ahora era algo cetrina, no tan vibrante—. ¡Lady Jersey! Pero... pero ¿cómo?

Con sumo refinamiento, la anciana señora se dejó conducir por lord Lotharian hasta el sofá y se sentó.

Entonces miró a Mary con expresión evaluadora.

—Conocí bastante bien al duque de Blackstone. Su hijo aquí presente me pidió que viniera a hablar con usted acerca de un chal de cachemira mío que usted podría haber encontrado.

Mary agrandó los ojos.

—Sí, encontramos un chal entre las pertenencias de mi padre, después que él murió.

Lady Jersey arqueó sus delgadas cejas.

—Creo que no la conozco, niña.

Un estremecimiento pasó por todo su cuerpo al ocurrírsele que si la historia de los Viejos Libertinos era cierta esa mujer habría preferido que ella y sus hermanas hubieran muerto.

Lady Upperton se apresuró a hacer las presentaciones.

En el momento oportuno Mary se inclinó en una reverencia, algo vacilante, porque se sentía como si le hubieran reemplazado los huesos por hielo.

—¿Señorita Royle? —repitió lady Jersey entrecerrando los ojos—. Su apellido me resulta conocido, pero su cara no—. ¿Nos han presentado antes? ¿En el teatro, en una fiesta, tal vez?

—No, milady. Tal vez conoció a mi padre y por eso recuerda el apellido. Durante un tiempo fue el médico personal del príncipe de Gales.

Mary la observó por si veía algún gesto, algo que pudiera contradecir o confirmar la historia sobre su nacimiento y el de sus hermanas.

Pero no vio nada.

—No lo recuerdo a él concretamente —dijo lady Jersey en tono muy tranquilo. Qué curioso que pudiera hablar por entre los dientes sin mover en absoluto los labios—. El príncipe mantiene a su servicio a un buen número de médicos. Tanto en el pasado como ahora.

Lotharian le enseñó el chal, tal vez comprendiendo, como Mary, que la paciencia de lady Jersey con ellos se estaba agotando.

—Éste es el chal de cachemira del que le habló el duque —dijo—. Se ha observado que usted lleva uno del mismo color y diseño en el retrato que cuelga en la galería de los Harrington. ¿Es suyo este chal?

Lady Jersey se inclinó a mirar la prenda.

—Parece ser uno de los varios chales de cachemira que tenía.

A lady Upperton le relampaguearon los ojos.

—Lady Jersey, este chal está muy manchado, y parece que las manchas son de sangre ya seca. ¿Nos podría decir cómo ocurrió eso, y cómo fue que esta prenda pasó a posesión del señor Royle?

Una sonrisa algo incómoda estiró los labios de lady Jersey.

—Sólo hay una ocasión que recuerdo en que podría habérseme manchado. —Con el borde de su ridículo movió el chal, extendiéndolo sobre la mesita para el té. Entonces miró a lady Upperton y se echó a reír—. No debería decirlo, pero puesto que este chal parece inspirar mucho interés a los presentes, lo diré. Ocurrió hace muchos años. El príncipe de Gales tenía fiebre y se sentía desconsolado cuando la señora Fitzherbert lo dejó por un tiempo. Los médicos no vieron otra opción. Tuvieron que sangrarlo.

Mary tragó saliva, muy atenta.

—Yo era muy amiga de él en ese tiempo, así que me senté a su lado para calmarle mientras un médico le abría el brazo. Pero él hizo un movimiento brusco y le salió un chorro de sangre, en lugar de gotas. El médico, que se vio en la necesidad de actuar rápido, me quitó el chal de los hombros y se lo ató al brazo para restañar la sangre.

—¿Y el chal? —preguntó Rogan—. ¿Qué fue de él?

Lady Jersey se levantó.

—No volví a verlo nunca más. Ni me importó. Tenía otros. —Miró a Rogan—. Ahora, si no hay ninguna otra cosa, Blackstone, quisiera volver a mi casa, por favor.

El duque se inclinó en una venia y se volvió hacia su hermano. Bastó que cruzaran una mirada para que Quinn cogiera el brazo de lady Jersey y saliera con ella de la sala para llevarla hasta su coche, que esperaba ante la puerta.

Entonces lord Lotharian exhaló un sonoro suspiro.

—Bueno, lamento que su informe no fuera más alentador, señorita Royle.

—Para mí no cambia nada. No es mi pasado el que me interesa, sino mi futuro. —Miró a Rogan a la cara, acariciándosela con los ojos—. Aunque mis hermanas podrían sentirse algo desilusionadas, eso sí. —Miró a lady Upperton y sonrió—. Pero nuestra estancia en Londres no ha terminado aún, y yo diría que Elizabeth y Anne continuarán haciendo indagaciones y fisgoneando, así que aparecerán otras pistas.

—La señora Fitzherbert está viva —terció Rogan—. Yo podría hablar con ella en tu nombre y el de tus hermanas.

Mary lo miró a los ojos.

—Gracias, pero no. Ya hemos acordado mis hermanas y yo que nunca iremos con nuestra historia a esa tan estimada señora sin tener pruebas irrefutables. Y no las tenemos.

Al terminar, continuó mirándolo.

Lady Upperton vio la íntima mirada entre ellos.

—Lotharian, ¿podríamos hablar un momento en el corredor?

—¿De qué, por...?

—Últimamente he tenido problemas con los roedores. Ven por aquí.

Con increíble rapidez, la anciana le cogió el brazo y lo llevó por la biblioteca hasta salir al corredor.

A Mary se le llenaron de lágrimas los ojos, que tenía fijos en Rogan.

—Lo siento mucho, mi amor, perdóname. Debería haber confiado en ti. —La voz le salió temblorosa por el pesar y no pudo evitar que las lágrimas le bajaran en un torrente por las mejillas—. Lo siento muchísimo...

Rogan la silenció poniéndole los dedos en los labios.

—Chss. No digas nada más. Simplemente escucha, por favor.

Mary asintió en silencio.

Él le cogió la cara entre las manos, mirándole los acuosos ojos y limpiándole las lágrimas de las mejillas con las yemas de los pulgares.

—Te amo, Mary. Con todo mi corazón y todo lo que soy, te amo, te quiero.

Se inclinó a besarla en los labios y ella se derritió en sus brazos.

Cuando sus labios se separaron, él la miró sonriendo.

—No puedo hacerte princesa, pero si me aceptas esta noche, serás duquesa.

Metió la mano en el bolsillo del chaleco y sacó el anillo de oro; lo sostuvo ante los ojos de ella.

—Si me amas como yo te amo a ti, di que te casarás conmigo, Mary. Di que serás mi esposa.

—Sí. —Se le empañaron los ojos al mirarlo, pero entonces apareció un destello pícaro en ellos—. Todavía me falta llevar una diadema, ¿verdad?

Portman Square, esa noche

Brillaba la luna en el cielo iluminando como una linterna el claro del jardín cubierto de hierba, donde estaban las tres jóvenes, cada una con su cara tersa y blanca como el mármol bajo la azulada luz.

Sus vestidos, blancos como la nieve, caían elegantemente de sus hombros, ceñidos al talle por cintas de seda color marfil cruzadas. Parecían diosas de otro tiempo y de otro lugar.

Una en particular.

Rogan sonrió de orgullo al mirar a Mary que estaba a su lado. Anne y Elizabeth estaban situadas a la izquierda de ella y su hermano a la derecha de él.

El aire estaba impregnado del exquisito y suave perfume de las rosas rojas de los rosales plantados ese día, y los pétalos dispersos sobre la hierba formaban una lujosa alfombra aterciopelada para el grupo reunido allí para la boda.

Lágrimas de alegría rodaban por la cara de lady Upperton dejando huellas en el abundante polvo que se la cubría. Lord Lotharian estaba a su lado, sonriendo muy confiado. Sin embargo, su mirada se posaba cada dos por tres en las pequeñas bolsas de piel con las monedas apostadas que tenían Gallantine y Lilywhite en sus manos, listas para entregárselas cuando la pareja estuviera casada, tal como él había predicho.

El párroco le hizo la pregunta a Mary.

—Sí, quiero —contestó ella, y miró a Rogan, ensanchando la sonrisa.

Él le apretó la mano. Jamás en su vida se había sentido tan feliz. Nunca antes había sentido tan lleno su corazón.

Nunca antes había estado tan completamente enamorado.

—Te amo —le susurró al oído deslizándole el anillo por el dedo—. Y te amaré siempre.

—Yo también te amo y te amaré siempre —susurró ella.

Rogan sintió que un agradable calorcillo le recorría todo el cuerpo.

Sabía que el anillo no se le volvería a salir nunca más del dedo, porque esta vez nada podría interponerse entre ellos.

Estarían verdaderamente unidos, juntos, para siempre.

Epílogo

Mary se apoyó en el cojín de piel con borlas y ladeó el libro de enfermedades y remedios de su padre hacia la luz que entraba por la ventanilla del coche.

—No puede ser que quieras leer ese libro durante todo nuestro viaje a Blackstone Hall —dijo Rogan quitándoselo de las manos.

—No puedo dejar de elucubrar por qué mi padre eligió este libro, entre todos los textos médicos que tenía en la biblioteca, para ponerlo en la caja de documentos. Elizabeth está segura de que contiene alguna pista o alguna información importante que podría ayudarnos a descubrir la identidad de nuestros verdaderos padres. Mi padre hizo muchas anotaciones cortas y subrayó párrafos. Tiene que haber algo en sus notas. Pero aún no he encontrado nada.

—Creí que ese libro trataba de cómo seducir a un duque.

—Mmm, recuerdas eso, ¿eh? —dijo ella sonriéndole de oreja a oreja—. Bueno, estudié bien ese capítulo. De hecho, lo memoricé.

—¿Ah, sí? —levantó una de las comisuras de la boca y esbozó esa sonrisa pícara suya—. ¿Y qué sugiere ese capítulo?

—Ah, es muy sencillo en realidad. —Levantó la mano y corrió la cortina de la ventanilla—. Simplemente, encuentra un coche.

• • •

Un lacayo de librea de satén azul oscuro estaba de pie justo fuera del círculo formado por la luz de la vela del escritorio.

Era prácticamente invisible para lady Jersey cuando mojó la pluma en un tintero de cristal y comenzó a escribir sobre el papel. Pero ella sabía que estaba ahí, esperando para llevar la importantísima misiva que estaba escribiendo a toda prisa.

Cuando terminó, esparció arenilla sobre sus palabras. Después levantó el papel, golpeó el borde sobre el escritorio, lo dobló y lo selló con una gota de lacre rojo. Entonces presionó su anillo sobre el lacre ya medio seco, se giró y le dio la carta al lacayo.

—Llévasela. Deprisa. Ella debe saberlo.

Él se inclinó en una venia y desapareció en la oscuridad.

Lady Jersey apoyó los codos sobre el escritorio, luego escondió la cara entre sus temblorosas manos, enterrándose granitos de arena en la piel, y cerró los ojos.

«Dios me asista. Las trillizas sobrevivieron.»

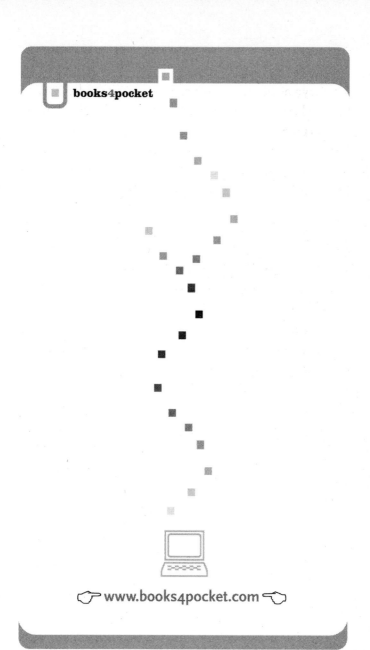

books4pocket

www.books4pocket.com